Secreto...

ein mittelalterliches Geheimnis...

vun mier erdachdt dialogus ader eyn graußligk zeyt
vvn vnchrystlych leer vn tath wyder dem gemaine volck
verkundthe vun

Roman Schmidt

Diese Geschichte ist völlig frei erfunden. Jede Ähnlichkeit mit lebenden oder toten Personen wäre rein zufällig und keinesfalls von mir gewollt.

Roman

Vorwort

Die gute, alte Zeit! Wie schön es doch früher war, als es noch keine Eile, keinen „Stress" und Leistungsdruck gab!
Das hört man oft von älteren Menschen, die sich nach Ruhe und Geborgenheit sehnen. Dabei denken sie an ihre eigene Kindheit, an jene Zeit, die wenige von uns noch erlebt haben. Wo man noch verträumt auf der Straße spielen konnte, da es noch lange nicht den dichten Verkehr und das geschäftige Treiben gab. Doch war die Zeit wirklich so einfach? Ist es nicht ein verklärender Blick zurück, wenn man sich nur an das Schöne erinnert und die düsteren Erinnerungen und Erlebnisse ausblendet, die zweifelsohne ein jeder von uns mal reichlich, mal spärlich durchleben musste?
Aber ich will von einer Zeit erzählen, die weit davor lag … von der romantisierenden Epoche der Burgen und Ritter, vom sogenannten Mittelalter! Eine Zeit, die niemand von uns erlebt hat und doch meint, sie genau zu kennen. Wenn sich unsere Ahnen in dieser Zeit, geprägt von Entbehrungen, Hunger und Fronarbeit, nicht trotz allem behauptet und vermehrt hätten, …keiner von uns wäre heute hier.
Ich will nicht verleugnen, dass es damals wohl auch Menschen gab, die das Leben wundervoll fanden … die Lehnsherren und vor allen Dingen den Klerus! Für sie schien es keine Gesetze zu geben, denn sie hatten die Macht inne und lebten sie auch in vollen Zügen aus! Ein Papst, der seine Söhne zu sich in den Vatikan holte und seine Tochter mehrfach verkuppelte…heute undenkbar!!?? Die Geistlichen wirkten im Hintergrund und drohten damit, (allzu gerne und voreilig schnell) dass nur Keuschheit und harte Arbeit ins Himmelreich führen würden.
(Obwohl sich mancher Mönch und einige Pfaffen selber nicht an solche Lebensweisen gebunden fühlten!)
Sie predigten Keuschheit und trieben es mit den Weibern.

Man erfand sogar für den männlichen Adel das privilegierte Recht, die heiratswilligen, jungen Weiber in ihr Bett zu befehlen. „Jus primae noctis!" Das Recht der ersten Nacht.

Ich stelle mir die armen, unterdrückten Leibeigenen vor und erzähle die Geschichte aus ihrer Sicht. Geprägt von Angst, Verzweiflung und manchmal sogar Wut, gab es kein Entrinnen aus dem Stand, in den sie geboren wurden … oder etwa doch? Gab es Aufmüpfige? Leute, die irgendwann durch Zufall die andere, angenehmere Seite des damaligen Lebens sahen oder glaubhaft erzählt bekamen?

Spätestens durch die aufrührerischen Thesen des Martin Luther erfuhren auch die Ärmsten, dass es wohl doch nicht unbedingt hingenommen werden musste und kein gottgewolltes Schicksal war, so geknechtet zu werden. Es muss wie ein Dammbruch gewesen sein, als sich der Pöbel anschickte, sein angebliches Recht einzufordern. Die Burenaufstände folgten und wurden brutal niedergeschlagen … doch der Keim der Freiheit war gepflanzt. Unmut machte sich breit und man sah keinen Sinn mehr darin, sich nur noch für die anderen zu schinden und selbst **auf keinen grünen Zweig zu kommen**.

(Wenn man ein Stück Land erwarb und sein eigen nennen durfte, so bekam man vom Verkäufer als Bestätigung einen Zweig oder kleinen Ast, der auf diesem Land gewachsen war. Nun harrte man einen Tag und eine Nacht auf dem neuen Land aus und hatte es damit … **besessen.**

Diese Anfänge der Unzufriedenheit unter einigen Mutigen nehme ich zum Anlass und erzähle ihre fiktiven Erlebnisse.

Roman Schmidt

3

Index

Gernot, der Schmiede-Sohn
Alma, seine Schwester

Tilmann, der Gaukler (Til)
Walpurga, dessen Schwester, die spätere Geliebte des Gernot
Ansgar ein weiterer Gaukler

Baldur von Hagen, ein Ritter von hünenhafter Gestalt
Gesine, ein leibeigenes Weib mit geheimer Vergangenheit

Kräuterfrau, genannt die Hexe, Hebamme und Hüterin des Secreto

Fin, das Findel lebte im Nonnenkloster bis zum 8. Lebensjahr danach als Knecht auf dem Hof von:
Lienhard dem Roten und
Gotthard dem Wilden

Graf Falko von Gneisenstein
Lehnsherr der umliegenden Höfe
Gero, sein Sohn

Graf Widukind von Hohenheim
(befreundet mit der Feste Gneisenstein)
Wulf, sein ältester Sohn,
(unbeherrschter Wüterich mit Zweihandschwert, dem Biden)
Eginhard, der zweite Sohn

Kapitel 1 Ein trauriger Tag

Der fünfzehnjährige Sohn des Schmiedes war tief enttäuscht. Zu oft hatte er mit seinen, ebenfalls leibeigenen Freunden den Rittern zugeschaut und anfangs ihre Lebensart bewundert. Der Stolz, der aber nun von ihnen ausging, war überheblich. Es war nichts mehr zu spüren, von dem Schwur, den Armen zu helfen, bedrängte Frauen zu retten – jetzt waren sie es selber, die zur Gefahr wurden. Und an letzter Stelle stand der Pöbel. Die immer noch Leibeigenen, die sich nicht wehren konnten oder durften. Sie mussten ihr Schicksal, wie es der Klerus an jedem Tag des Herrn von der Kanzel predigte, als Gottgegeben hinnehmen. Trotzdem wussten natürlich auch die Ärmsten, dass es auch andere Lebensformen gab. Die Gottesmänner und der Adel hielten an ihrem feudalen Leben fest, auch wenn die Zeit dafür schon lange abgelaufen war. Es machte Gernot traurig, dass solch ein Leben für ihn unerreichbar schien und er haderte mit seinem Schicksal, in diese ärmlichen Verhältnisse hineingeboren worden zu sein. Zu allem Überfluss schauten selbst die älteren Stadtbewohner tatenlos zu, wenn sich wieder einmal die allen bekannten Reiter ungeniert in den Gassen bewegten und ihrer Lust freien Lauf ließen. Keiner hinderte sie innerhalb der befestigten Mauern an ihrem Tun. Selbst die Landsknechte, die zu ihrem Schutz da waren und für die Sicherheit der Bürger sogar ohne Pachtabgaben ihre Häuser in den gemauerten Umfriedungen hatten, fühlten sich nicht zuständig. Sie drehten sich weg, wenn die Reiter durch die Gassen galoppierten, als würden sie nichts mitbekommen. Doch an diesem nebeligen Markttag war alles anders.

Mit den folgenden Ereignissen war das Maß voll, denn soeben waren die edlen Herren an der Schmiede vorbeigeritten, wendeten ihre Pferde und trabten zurück, da sie die ältere

Tochter des Schmiedes sahen, die gerade mit einem vollen Holzeimer vom Brunnen zurückgekommen war. Mit ihr könnten sie sich einen Zeitvertreib, ein für die edlen Junker alltägliches, lustiges Spiel gönnen. Sie wurde sofort angepöbelt und belästigt. Einer war schwungvoll von seinem Vierbeiner gesprungen, griff nach ihrer Haube und warf sie einem, der anderen Reiter zu. Dabei fiel ihr langes Haar herunter, das sie zu einem Knoten verdreht darunter verborgen hatte. Es war bei der Obrigkeit nicht gerne gesehen, dass sich die niederen Weiber mit solch prächtiger Haartracht schmückten. Deshalb packte der überraschte Junker sie hart an der Schulter, riss sie herum und zupfte das gedrehte Flechtwerk barsch auseinander: „Was haben wir denn da?" Sie versuchte verzweifelt sich zu wehren, dabei wirbelte ihre üppige Mähne wie ein Banner im Wind. Strähnen blieben verklebt auf ihrem Gesicht zurück, während sie hart an den Armen gehalten wurde. Aus dem anfänglich für den Junker begonnenen Spiel wurde plötzlich bitterer Ernst. Er schlug in ihr Gesicht und schickte sich an, diesen um sich schlagenden, kleinen Wildfang auf seinen Gaul zu heben, als der Schmied auf die Gasse trat. „Lass sie frei, du Unhold!" Er stand breitbeinig mittig auf dem Pflaster und hielt mit beiden Händen seinen schweren Schmiedehammer, gut zwei Ellen lang, vor der Brust. Der Junker beachtete ihn nicht, lächelte nur und ungeachtet der Drohung bemühte er sich weiter, der Dirn habhaft zu werden. Seinen Begleitern war das zu viel. Sie schienen darüber weniger erfreut, denn sie gaben ihren Rössern die Sporen und trabten davon. Bald war nur noch das entfernte Klappern der Hufe zu vernehmen. Irritiert ließ nun der Junker von der jungen Dirn ab, die sofort zu ihrem Vater lief und sich hinter seinem Rücken verbarg. „Alma! Geh ins Haus! Sofort!" wies er sie an und das junge Ding folgte sofort. Der Junker, nun alleine auf sich gestellt, sah in dem spärlich bewaffneten Alten keinen ebenbürtigen Gegner.

Er ging zu seinem Pferd und löste die Lederriemen, mit denen sein Biden, das mannshohe Schwert seitlich neben dem Sattel befestigt war. Diese fürchterliche Blankwaffe, dem Namen entsprechend mit beiden Händen geführt, konnte nur ein geübter Recke sein eigen nennen. Er zog es mit geübtem Schwung aus der Scheide und ließ es surrend über seinem Kopf kreisen, während er langsam auf den Alten zuging.

Da flog die Tür auf und der Schmiedesohn stolperte in die Gasse. Er schrie den edlen Junker wütend an, ungeachtet der drohenden Gefahr, die sich ihm bot: „Meine Schwester blutet an Kinn, du Wüstling!" Er wollte vor seinem Vater den fremden Mann erreichen, wurde jedoch von dessen Pranke an der Schulter daran gehindert. „Was hab ich dich gelehrt, Gernot?" Der Edle verlangsamte seinen Schritt und stellte den doppelschneidigen Biden, der seine Schulter um eine Fußlänge überragte, neben sich. „Ich hab Zeit! Ihr belustigt mich, denn ich habe zuvor noch nie erlebt, dass man sich darum streitet, wer zuerst seinem Schöpfer gegenübertreten darf. Nur zu! Wenn ihr euch einig seid, so lasst es mich wissen!" Er schaute mit schmalen Augen auf die Szenerie, die sich ihm in der engen Gasse bot, denn auch den Nachbarn war der Streit nicht verborgen geblieben. Sie hingen gierig in den Luken, die zur Gasse herunter zeigten. „Lass von ihm ab! Ich kenne ihn! Ich hab ihn beim letzten Tjost gesehen, es ist ein geübter Gassenhauer! Troll dich besser und schütz dein Leben, Schmied! Hast du denn vergessen, was deinem Weib widerfahren ist? Du kennst doch die Gebräuche, die sich der Adel selbst erdungen hat!" riefen seine besorgten Freunde ihm zu, als er sich aufmachte, den Edlen mit seinem Hammer zu zerschlagen. Bevor es aber zum Zweikampf kam, richtete der Edle das Wort an den Zuschauer, der es gewagt hatte, seine warnende Weisheit aus der Luke herunter zu rufen. „Verschwinde und zügele dein Mundwerk, du Bastard, sonst bist du der Nächste!" Die Schnelligkeit, mit der der Junker daraufhin sein Zweihand-Schwert wieder über den Kopf brachte, verblüffte die Zuschauer. Ungeachtet der vielen Zeugen ließ er nur zwei Mal die schwere Klinge kreisen, bevor er einen Schritt vortrat und mit geübter Wucht dem stämmigen Schmied den Kopf vom Rumpf trennte. Die Weiber kreischten auf und die Männer sprangen entsetzt von den Windluken zurück, als der Kopf im hohen Bogen hart auf die Steine fiel und noch eine kurze Strecke rollte, den dunkelroten, fast schwarzen Lebenssaft hinter sich her ziehend. Gernot stand als Einziger noch vor dem Haus, unfähig auch nur einen einzigen Finger zu bewegen. Er sah in die graugrünen Augen des Mörders, der sich völlig im Recht wähnte.

„Seine Schuld! Warum rennt er mich an, während meine Klinge kreist?" Er bückte sich und zog die triefende Vorder,- und Rückseite der Stahlklinge über den Torso des Toten, um sie von den Spuren seiner Schandtat notdürftig zu reinigen.

„Lass dir diese Lektion eine Lehre sein, Jüngling!" Seelenruhig befestigte er den Biden wieder quer an seinem Gaul, sprang mit einem Satz in den Holzsattel und nahm die Zügel in seine Linke. „Leg dich nicht mit einem Edlen an, Kleiner! Du und deinesgleichen seid auf der Welt, um uns zu dienen! Vergiss das nie! Deine Schwester werde ich mir holen, wenn sie einen Bräutigam erkoren hat! Jus prime noctis! Das ist mein Recht." Das Pferd tänzelte unruhig auf dem Pflaster, denn der Geruch des Blutes kroch durch die Gasse. „Ich bekomme die Jungfer sowieso! Warum hat sich dein alter Herr so darüber erbost? Das hat er nun davon! Jetzt hat er seinen Lohn!"

Er zog die Zügel an, gab seinem Pferd die Sporen und trabte in Seelenruhe hinter seinen Reitern her, zurück zum Stadttor. Niemand wagte es, sich dem Mörder zu widersetzen und der kleine Gernot stand immer noch völlig regungslos da.

Viel zu schnell waren die Ereignisse auf ihn eingeprasselt.

Natürlich wurden früher immer wieder die derben Späße und die Willkür der hohen Herren erwähnt, aber es war doch etwas anderes, so etwas nur vom Hörensagen mitzubekommen oder mit eigenen Augen und seiner Seele ertragen zu müssen.

Er traute sich immer noch nicht auf den Boden zu schauen, die Welt schien still zu stehen und er verspürte nur, wie ihn eine unsichtbare, eiskalte Hand am Hals packte und zudrückte.

Unwillkürlich schnappte er nach Luft, drehte sich um und stolperte zur Tür, während allmählich verstohlen und hilflos die Nachbarsleute aus ihren Häusern kamen, mit den Schultern zuckten und den abgetrennten Kopf, wie auch den Torso mit groben Leinensäcken abdeckten.

Sie hatten gelernt sich zu fügen und demütig alle Schandtaten der Edelinge über sich ergehen zu lassen. Gleichzeitig wurden Stimmen laut, dass der Schmied schon immer etwas jähzornig und hitzig dahergekommen war.

Man wollte die Schuld auf ihn schieben, denn schließlich war er es gewesen, der den Edlen zuerst angegriffen hatte. Es war doch edles Recht, sich der niederen Weiber nach Gutdünken zu bedienen! Was mischt sich denn der Alte da ein? Es war doch sowieso nur eine Frage der Zeit, wann auch Alma im Bett des Landgrafen oder seines Sohnes gelandet wäre, denn das war ihr Schicksal, ihr trauriges Los, mit dem sich alle abfanden! Alle? Nein, bei weitem nicht alle! Gernot sah es genauso wie sein Vater. Es war nicht das zu ertragende Los der Niederen! Wurde jemals an die Schmach der Weiber gedacht?

Wie viele waren nach dieser erlebten, traumatischen Nacht dem Wahnsinn verfallen? Duzende sprangen aus Verzweiflung von den Stadtmauern, weil sie diese Nacht und die erduldete Scham nicht mehr verwinden und vergessen konnten!

Mancher Bräutigam hatte die Zurückgebrachte angespuckt und dann wie verrückt als Freiwild benutzt und nicht mehr als Eheweib akzeptiert. Nein, das Treiben musste ein Ende haben!

9

Versuch eines Protestes

Ab sofort brachte er keinen Laut mehr über seine Lippen. Gernot blieb vor Schmerz stumm. Der Lenz verging und die marodierende Horde war seit dem Mord nicht mehr in der Stadt gesehen worden. Dann, nach vier Monden, im Spätherbst, fasste sich der kleine Schmiedesohn ein Herz. Er ging am Markttag auf die Gasse, stellte sich auf eine alte Kiste und erhob nach langer Zeit endlich einmal wieder seine Stimme.

Er schien zum Manne gereift. „Mein Vater war ein ehrenwerter Bürger dieser Stadt und vermochte es trotzdem nicht, sich und seine Familie vor diesem unflätigen Pack, Edelinge genannt, zu schützen. Offensichtlich schätzt die Obrigkeit in der Ratsstube samt Magister die Lage seiner Bewohner völlig falsch ein oder sie alle sind unwillens und unfähig, sich den Edlen zu widersetzen. Ist es nicht so, dass wir als unfreie Lehnsleute hierher, hinter diese Mauern der Stadt gelockt wurden, da man uns versprochen hatte, als freie Bürger leben zu dürfen! Was ist daraus geworden? Wie lange noch sollen wir dieser Willkür, den Pöbeleien und der Schmach der edlen Burgbewohner weiter ausgesetzt bleiben?

Diese fünf Männer sind doch allen bekannt! Es sind unsere ehemaligen Lehnsherren, die es anscheinend nicht verwinden können, dass man uns hier angeblich Schutz gewährt. Trotzdem lässt man sie ungehindert durch die Stadttore und dann treiben sie hier Schindluder mit den Weibern, berauben uns und wie ich leidvoll am eignen Leib erleben musste, sie morden sogar. Wie Hohn klingt es da in meinen Ohren, dass sich der Pfaff beschwerte, man habe ihm während der heiligen Messe sein gülden Kruzifix gestohlen. Trotz alledem habe ich immer noch nichts Bedauerndes vom Magistrat vernommen! Von ihm und den Seinesgleichen werden wir keine Hilfe erfahren! Ich werde euch auch kundtun, warum das so ist: Die Kerle kommen von der alten Burg Rabenhorst, das ist eher eine befestigte Motte, denn eine Burg! Als uns die Burenmänner davon erzählten, hat man ihnen kein Wort geglaubt. Erst als ein reisender Gaukler von dort oben zurückkam, der dasselbe berichtete, kamen in der Schänke erste Zweifel auf. Es waren tatsächlich der alte Graf dieser Feste, sein Sohn und weitere Edelinge. Den Grund für ihr Tun hatte der fahrende Possenreißer auch parat: Die regelmäßigen Abgaben, Lehn-Pacht, Beden und der Zehnt, der durch die umliegenden, leibeigenen Buren zu erwirtschaften waren, sind in den vergangenen Jahren durch schlechtes Wetter und damit verbundenen Missernten zurückgegangen. Während die Edelinge immer pompösere Feste veranstalteten und sich jeden erdenklichen Prunk gönnten, sind deren Mittel dadurch nun aufgebraucht und ihre Begehrlichkeiten sollen nicht unter der akuten, finanziellen Durststrecke leiden."

Ein Raunen ging durch die Menge. Man traute sich nicht, eine eigene Meinung zu haben. Zu tief saß die Angst vor der Rache und den darauf folgenden Repressalien.

„Es wird alles nur noch schlimmer, wenn wir uns erheben! Geh in die Schmiede deines Vaters und füge dich! Der Junker hat dir doch gezeigt, was wird, wenn man sich denen widersetzt? Meinst du wirklich, dass du stärker bist als dein Erzeuger, den man den mächtigen Graubart nannte? Du versündigst dich und willst uns verführen. Am Ende bist du noch von Satanus gesandt, um uns zu prüfen!" Das saß! Die Weiber bekreuzigten sich und die Mannsbilder spuckten verächtlich vor sich auf die Steine und wandten sich ab. Die Menge löste sich auf und bald stand er ganz alleine auf seiner Kiste.

Aus einer Häusernische hörte er ein leises Klatschen. Dann trat ein Gaukler aus dem Schatten und kam auf ihn zu: „Mut hast du, Kleiner! So wirst du aber den Pöbel nicht aufwecken!" Gernot sprang in die Gasse, klopfte sich den Staub vom Hemd und schnürte die Lederschürze, die sich gelöst hatte, auf

seinem Rücken wieder neu. „Was weißt du schon, lass mich!"
Er wollte wieder zur Schmiede, aber der Gaukler, vielleicht an
die zwanzig Winter alt, hielt ihn fest. Als der Schmiedesohn
sich zu ihm umdrehte, sah er in die verschmitzten, wachen
Augen eines starken Jünglings. „Komm, ich zeig dir, wie man
mit deinesgleichen umgeht, wenn deine aufrührerischen Worte
die Burg erreichen!" Mit einer erstaunlichen Kraft packte er
den Kleinen und schob ihn vor sich in die Gasse. „Ich begleite
dich, denn auch mein Sinnen geht in diese Richtung. Nur dein
Hirn solltest du so schnell wie möglich einschalten und nicht
offen mit deinen Plänen prahlen. Du weißt nicht, wer von den
Städtern im Sold des Adels steht! Es ist schon wegen weniger
derben Worten viel Blut geflossen!" Damit schob er seine
Bluse von den Schultern und zeigte dem Jüngling seinen
vernarbten Rücken. „Du scheinst die Kette mit den eisernen
Dornen noch nicht genossen zu haben! Weißt du wie es ist,
wenn die Folterknechte der Burg dir lachend das Fell gerben?
Rede nicht so unbedacht daher! Ich werde dich lehren zu
überleben, denn ich kannte deinen Vater! Er hat mir meine
Dolche geschärft und keinen Lohn dafür verlangt. Jetzt tilge
ich diese Schuld und werde dir helfen, denn auch ich verspüre
einen Groll gegen die Mächtigen, die sich nicht scheuen uns zu
treten, wann immer es ihnen danach ist." Er raffte seine Bluse
wieder zusammen und gab dem Jüngling die Hand: „Tilmann!"
sagte er dabei und ergänzte schmunzelnd: „Gaukler und
Possenreißer! Freunde nennen mich den flinken Til, denn ich
kann nicht nur mit Lederbällen jonglieren, ich bin auch ein
schneller Beutelschneider. Und wenn es um mehr geht, so wirst
du noch sehen, wozu ich im Stande bin. Wenn mir deine
Gesellschaft passt, so wird sich auch meine Schwester zu uns
gesellen. Sie ist zwar noch recht jung, aber genauso gewitzt
wie ich. Da wir unsere Erzeuger nie zu Gesicht bekamen, war
die Gasse unser bester Lehrmeister."

Kein Aufstand der Städter

Vor der Schmiede wurde er am nächsten Tag von Männern angesprochen: „Schmiedesohn! Weißt du nicht mehr, wie es den einfältigen Buren ergangen ist, die sich haben aufstacheln lassen? Mit Mistgabeln und Dreschflegeln sind diese Tölpel auf das Schlachtfeld gelaufen. Keiner überlebte dieses entsetzliche Massaker. Das ist gerade einmal sieben Monde her. Sie wurden vom geballten Zorn der Adeligen und des Klerus getroffen und von deren gut ausgebildeten Söldnern dahingerafft. Was haben wir den Arkebusen und Bombarden denn entgegenzusetzen?" „Es stimmt, was er sagt! Wir versündigen uns, wenn wir den Stand nicht anerkennen, in den wir hineingeboren wurden! Anmaßend ist das!" Die Weiber und Männer bekreuzigten sich. „Hochmütig! Wir alle haben unsere Erfahrungen mit den Herren machen müssen und bedenkt doch dabei: Wir dürfen noch leben und nicht im Hungerturm vor Schmerzen schreiend den Tod herbeisehnen! Seid zufrieden mit dem was wir haben!" „Und was ist das?" Gernot hatte die ganze Zeit ruhig zugehört. Sie verhielten sich wie geduldiges Vieh, das angebunden aufs Ausschlachten wartet. „Was für ein erbärmliches Leben ist das? Darf man es überhaupt Leben nennen? Ungestraft führen sich die Ritter auf, als wären wir ihre Schafe, die es zu scheren gilt! Die Pfaffen wissen genau, warum wir weder lesen noch schreiben dürfen, denn in ihren heiligen Schriften steht nichts davon, dass wir auf ewig als Leibeigene leben müssen!" „Woher willst du denn wissen, was in den Schriften steht?" Gernot war in seiner Wut zu weit gegangen. Wie konnte er sich nun herausreden? Einfach behaupten, es wäre eine Vermutung? Keiner durfte wissen, dass er der Schrift mächtig war und auch ein paar Worte des Latinums verstand. Eine Todsünde!

Er murmelte deshalb nur „Ach, ich weiß auch nicht!" und ging ins Haus. Dort warteten Til, seine Schwester Walpurga und Ansgar hinter den, mit Stroh verstopften Windluken.

Den Namen Walpurga bekam sie von ihrer Mutter, da sie das Produkt dieser entsetzlichen Nacht war. Der Lehnsherr machte vom „Recht der ersten Nacht" Gebrauch und schwängerte sie. Ihr Bräutigam hatte das nicht verkraftet und war in die Burg geeilt, um diesen ungerechtfertigten Frevel zu tilgen. Er kam nicht weit, denn schon im Hof wurde er, dank seiner wüsten Beschimpfungen gegriffen und von den Zinnen in den Latrinengraben gestürzt. Er fand einen grässlichen Tod. Die geschundene Braut floh und fand Unterschlupf beim fahrenden Volk, wo sie ihr Kind zur Welt brachte und zwei Jahre später auch Tilmann das Leben schenkte.

Til schaute Gernot immer noch eindringlich an und schüttelte den Kopf. Er war mit dessen Auftritt eben in den Gassen nicht einverstanden. „Du bist ein Hitzkopf!" sagte er nur.

Jetzt war Eile geboten, denn keiner legte für den anderen Städter die Hand ins Feuer und so war es wohl eine Frage der Zeit, wann die Ritter wieder herkommen und sich ihrer bemächtigen würden. Von Verteidigung und städtischem Recht war schon lange keine Rede mehr.

Beiden Weibsbildern wurden aus Sicherheitsgründen die Haare vom Kopf abrasiert und gegen ihren Willen trugen sie nun Beinkleider und Wams der Jünglinge. Um sie nicht nur vor dem lüsternen Bidenhänder zu schützen, sollten sie ihm noch einmal unter die Augen kommen. Gleichzeitig wurden die abgeschnittenen Haare und die alte Gewandung von Alma, der Schmiedetochter über die Stadtmauer in den Jauchegraben, auch Mirgel genannt, geworfen. Da in der Zwischenzeit die Adeligen unbehelligt alle Räume der Schmiede durchsucht und anschließend zerschlagen hatten, war jegliche Grundlage für ein Weiterleben innerhalb der kleinen Stadt für sie vernichtet.

Nur der geschlossene Kastenwagen des Schmiedes, der in einer Scheune am anderen Ende der Stadtmauer untergestellt war, entging den Edlen.

Gezogen von zwei mannshohen, mächtigen, angelsächsischen Kaltblütern verließen sie mit dem eilig zusammengerafften Hausrat, dem Werkzeug und allen gefertigten Blankwaffen des Schmiedes noch am selben Nachmittag die verhasste Stadt, die ihnen ihre Jugend raubte. Gernot achtete darauf, dass er vorsichtig durch das enge hintere Stadttor fuhr, ohne die Steine an den Ecken anzukratzen, denn allzu viele Fuhrwerke nahmen die Kurven und beschädigten dabei nicht selten ihre beschlagenen Räder erheblich mit ihrer Ungeschicklichkeit.

Während die neu zusammengefundene Gruppe das östliche Stadttor passierte, fand die Stadtwache im Stadtgraben die Kleider und Haare der verschwundenen, unglücklichen Schmiedetochter, die offensichtlich vor Gram von der Mauer gestürzt und in der undurchsichtigen Brühe „versauft" war.

Sie schenkten dem keine Beachtung mehr, denn einerseits waren sie froh, nicht mehr an dieses grausame Ereignis erinnert zu werden und andererseits waren sie nun Gernot, diesen Quälgeist endlich los. In den Spelunken der kleinen Stadt wurde nur noch spärlich über den Schmied geredet und im Endeffekt das Handeln der Adeligen gegen ihn auch noch gerechtfertigt. Was natürlich dem Klerus sehr gefiel, denn seine Kirche wurde großzügig von den Edlen der angrenzenden Burg mit Abgaben der Leibeigenen, dem Zehnt und Lebensgütern, unter anderem dem begehrten Wildbret, unterstützt.

Der Pfaff hatte ein Abkommen mit dem Grafen. Er teilte ihm mit, welches Weibsbild zu heiraten gedachte und was die Bevölkerung über ihn und die Adeligen dachte. Wertvolle Informationen, die der Graf zu nutzen wusste und der keineswegs darauf bedacht war, die ehemals Unfreien einfach ohne Gegenleistung in die versprochene Freiheit zu entlassen.

Schicksalhafte Begegnung

Hoffentlich würde es ihm nicht den Kopf kosten, dass er immer noch an Rache dachte und im Hinterkopf damit rechnete, eines fernen Tages wieder zurück zu kehren, um dem elenden Treiben des Landgrafen, nicht nur innerhalb der Stadtmauern ein für alle Mal ein Ende zu setzen.

Die Kinder des Schmiedes wollten zwar den Meucheltod des Vaters rächen, aber dauerhaft zurück in die Stadt, auf gar keinen Fall! Sie hatten neue Freunde gefunden, Gernot sogar in der Schwester des Gauklers die Liebe seines Lebens, die ihm von jetzt an treu zur Seite stand. Sie zogen von Dorp zu Dorp, von Stadt zu Stadt und das Geschwisterpaar, wie auch Ansgar vom fahrenden Volk wussten mit ihren Kunststücken die ärmlichen Leute auf dem Markt für kurze Zeit zu erfreuen und von ihrer harten Arbeit abzulenken. Zu besonderen Festlichkeiten ließen sie sich sogar für ein paar Tage auch in manche Burg einladen, um dort die hohen Damen und Adeligen zu erfreuen. Jedoch bekamen sie dort meist abgetragene Gewandung und verschlissene Kappen, die sie in der Öffentlichkeit sowieso nicht tragen durften, da ihnen solche Stoffe und Farben als niederes Volk nicht gestattet waren. Aber wenigstens hatten sie für einige Zeit ein Dach über dem Kopf und durften mit den Burgbewohnern speisen.

Das Glück war ihnen in der Ferne dennoch hold, denn hier trafen sie eines Tages auf einem holprigen Weg mitten in einem Waldstück auf einen verarmten Mann im besten Alter, der von einem struppigen, kniehohen Hundebastard begleitet wurde. Er schien den Wagen und die jungen Leute richtig einzuschätzen, denn er sah sofort, dass bei ihnen nichts Wertvolles zu holen war. Als die ihn zu einer spärlichen Brotzeit einluden, gab er einen kurzen Befehl an seinen vierbeinigen Begleiter, der unschlüssig knurrte. Der dritte oder vierte Humpen des gewürzten Bieres lockerte seine Zunge. Der Bastard, den der Fremde einfach nur „Beißer" nannte, legte zufrieden den Kopf auf seine Pfoten, nachdem er die Hasenkeulen, die man ihm zuwarf, abgeknabbert hatte.

Allzu hungrig schien der Hund, im Gegensatz zu seinem Herrn, dennoch nicht gewesen zu sein.

Jetzt erfuhren sie, wie es um den Fremden stand. Bis vor kurzem noch war er ein stolzer Ritter gewesen, der sehr lange in den Diensten eines Landgrafen gestanden und mehrmals wegen Landstreitigkeiten dessen Haut gegen benachbarte Adelige verteidigte. Als sich aber sein Lehnsherr mit den ehemaligen Feinden verbündete, richtete sich der Groll und Zorn der vergangenen Monde nun gegen den Ritter, der die Welt nicht mehr verstand. Er wurde als Friedloser aus seinen Diensten entlassen, man könnte auch sagen, dass aus der Burg gejagt wurde. Mittellos, ohne Pferd und Blankwaffen war er also nun für vogelfrei erklärt und versteckte sich, wie ein gewöhnlicher Strauchdieb in den hiesigen Wäldern.

Lediglich einen Teil seiner Rüstung hatte er in einem ledernen Rucksack auf einer Schulter. Es schepperte blechern, als er seine Last neben dem offenen Feuer abstellte.

So, wie er das gereichte Brot und den harten Käse gierig verschlang, schien er sehr ausgehungert zu sein.

Til zupfte den Schmiedesohn am Ärmel und forderte ihn auf, ihm zu folgen. Hinter dem Kastenwagen flüsterte er: „Gernot, eine Wink des Schicksals! Den schickt uns der Schöpfer!"

Der Angesprochene stutzte: „Wie meinst du das?"

Tilmann bewegte seine Arme wild durch die Luft: „Na hör mal, wenn uns einer den Gebrauch deiner Blankwaffen zeigen kann, dann ist es dieser ausgehungerte Fremde! Wir fragen ihn, ob er bereit ist, uns zu begleiten und zu lehren, deine Schneid,- und Stichwaffen geübt einzusetzen. Schau ihn doch nur einmal an! Weit wird der alleine und ohne Freunde nicht kommen!"

Gernot zuckte fast unmerklich zusammen, als der Fremde zu ihnen kam. „Redet ihr über mich?" Er schien die letzten Worte mitgehört zu haben. „Wir beratschlagen noch!"

„Bevor mich die Häscher greifen, wird es besser sein, dass ich euch begleite. Ich besitze zwar nur diesen Dolch, um mich zu verteidigen, aber ich bin entschlossen…"

Gernot wartete die Antwort nicht ab, stieg auf die hinteren Bretterstufen des Wagens, öffnete die Tür und beugte sich tief hinein. Dann hob er einen Zweihänder hoch und reichte ihn herunter. „Könnt Ihr damit umgehen?" fragte er den verarmten Edeling, dessen Augen einen unerwarteten Glanz annahmen. Der nahm das Griffstück und nickte anerkennend. „Wo habt Ihr das her? Es ist das Werk eines Künstlers! Nur ein sehr guter Waffenschmied ist in der Lage, ein solches Eisen zu schmieden!" Er prüfte mit der Rückseite seines Daumennagels die Schärfe der Klinge und gab sein weiteres Urteil ab.

„Mehrfach gefalteter Stahl, in Öl gehärtet! Eine wundervolle Arbeit!" Gernot stand immer noch auf den Stufen, schloss die Tür und sprang herunter: „Die anderen Stücke sind noch eingewickelt. Ich lass sie in der Kiste! Um Eure Frage zu beantworten, die Waffen gehörten meinem Vater. Als er verstorben war, habe ich sie an mich genommen."

„Verstorben?" Alma mischte sich wütend ein: „Gemeuchelt wurde er! Von diesen…" „Schweig still, Schwester! Wütende Raserei hilft uns nicht weiter, hör auf Tilmann. Mehr will ich jetzt nicht sagen!" Alma schaute vor sich auf den Boden und drehte sich verschämt um. Jetzt wandte sich Gernot wieder dem fremden Ritter zu, der immer noch bewundernd die Klinge betrachtete. Nun erklärte sich der Schmiedesohn: „Wir sind einfache Leute, ehemalige Leibeigene sogar und müssen leider, leider akzeptieren, dass es uns nicht gestattet ist, sie auch endlich einmal benutzen zu dürfen. Meine Schwester hat ja Recht, mit dem was sie sagt, aber die Zeit ist noch nicht reif!"

Ein Lächeln huschte über das Gesicht des Fremden. Er stellte die Blankwaffe, die ihm bis zur Schulter reichte, neben sich und streckte Gernot die Hand entgegen: „Darf ich mich vorstellen? Baldur von Hagen, Ihr dürft mich als einen der Euren betrachten, wenn Ihr mir gestattet, Euch damit zu beschützen. Die Zeiten sind wahrlich nicht mehr sicher, weder für euch alle, noch für mich selbst. Aber hiermit..." er hob mit gekonnter Geste das Schwert in die Luft und ließ es über seinem Kopf kreisen . . .

Gernot bereute genau in diesem Augenblick, dass er zu gutmütig diesem Fremden die tödliche Waffe dargeboten hatte, aber der Ritter schien friedliche Absichten zu haben. Er ahnte, was der Schmiedesohn soeben dachte und bot ihm die rechte Hand. „Nennt mich Baldur! Für Unterschlupf, Speise und Trank bin ich der eurige!" Gernot und Til fielen sich in die Arme. Der Plan von Rache schien Formen anzunehmen.

„Eine Frage hab ich noch..." Der Ritter schaute die beiden an: „Was ist mit den anderen drei Gauklern? Traut ihr denen?"

Sie lachten so laut auf, dass die Angesprochenen aufschreckten und vom offenen Feuer zu ihnen kamen.

„Trauen ist gar kein Ausdruck! Sie sind von unserem Blut!" Gernot stellte die beiden zierlich wirkenden „Gaukler" als seine Schwester und die andere als sein Weib, sowie Ansgar als den verbündeten Freund vor. Er zeigte auf die seltsam anmutende Gewandung und die kurzen Haare der Weiber: „Zum Schutz, Ihr versteht?" Alle gaben sich freundschaftlich die Hände und Gernot verkündete stolz, dass sie nun unter dem Schutz eines Ritters ihre weitere Reise fortsetzen konnten. Erleichterung machte sich in der Gruppe breit, denn bisher hatten sie zugegebenermaßen einfach nur Glück gehabt, dass sie schadlos so weit gekommen waren, ohne ein einziges Mal die Klinge kreuzen zu müssen.

Lehrjahre

Baldur bekam viel zu tun, in den folgenden Monden, denn nicht nur die Mannsbilder rissen sich darum, endlich mit den scharfen Klingen umgehen zu können, auch die jungen Weiber wollten lernen, sich alleine ihrer Haut erwehren zu können.
Sie stellten sich, zur Verwunderung aller, dann auch sogar noch geschickter an, als selbst der Ritter gedacht hatte.
„Es ist schon von seltsamer Eigenart…" murmelte er abends am Feuer und sprach dann laut weiter: „Vierzehn Jahre hab ich warten müssen, bis ich die Klinge schwingen und beim Buhurt, sowie Tjost meine Fertigkeiten an den Waffen ausüben durfte. Sieben Winter diente ich als Diener bei Hofe, weitere sieben musste ich als Schildknappe das schwere Rüstzeug schleppen und meinen Herrn ankleiden helfen…" Gernot schaute ihn an: „Und warum sagst du das so traurig?" Baldur lächelte: „Nicht traurig! Amüsant trifft es eher, denn die Weiber haben keine Rechte und es war noch nicht einmal geduldet…" er sah die Dirnen an und fuhr fort: „Ihr müsst schon entschuldigen, aber das ist Gesetz, es ist euch nicht gestattet und außerdem seid ihr allesamt auch noch Leibeigene! Wir kommen allesamt in die Hel, mich schließe ich da mit ein. Einfache Burschen, das wisset ihr doch selbst natürlich auch, dürfen keine Klingen umschnallen und öffentlich tragen. Ein Messer, ein Dolch ja, aber ein Schwert? Mir ist das gleich, denn unser Stand scheint dabei zu sein, sich aufzulösen. Ich habe feststellen müssen, dass sie sich nicht mehr an die alten Sitten gebunden fühlen. So habe ich mich davon gelöst und pfeife auf den Eid und den damit verbundenen Ehrenkodex! Meine Fähigkeiten wurden nicht mehr gebraucht, mein Lehnsherr, der Graf hat mich aus seinen Diensten entlassen . . . Auf unser Wohl!" Er hob sein Füllhorn und trank das gewürzte Bier in einem Zug aus, bevor er wieder aufstand und den Unterricht fortsetzte.

Baldur erklärte als nächstes genau den Aufbau einer Rüstung. Er zeichnete im Staub die einzelnen Blechteile auf und zeigte die Schwachstellen, die ungeschützt waren. „Der Eiserne ist nur gefährlich für euch, solange er sich in seinem Holzsattel festhalten kann. Stürzt er zu Boden, so ist er allein schon durch sein eigenes Gewicht verletzt, oder er liegt hilflos da, wie ein Käfer auf dem Rücken. Sollte er dennoch zum Stehen kommen, oder euch sogar in vollem Eisengewand entgegentreten, so ist er unterlegen! Merkt euch das! Er ist zu langsam, seine Bewegungen, und mögen sie durch ununterbrochene Übungen auch noch so oft praktiziert worden sein, die Muskeln schaffen es auf Dauer nicht, das schwere Gewicht des Kettenhemdes und der darüber befestigten Eisenplatten lange zu tragen. Auch die Bewegungen sind durch die unterschiedlichen Eisengelenke und Nieten nur eingeschränkt möglich. Von seinem Topf Helm will ich erst gar nicht reden. Was ihr nicht wissen könnt ist folgendes: Wenn ich in die Schranken gewiesen wurde, um mich im Tjost dem angaloppierenden feindlichen Schlachtross zu stellen, den wuchtigen Aufprall der Lanze abzuwehren und meinerseits durch die winzigen Löcher mein eigenes Ziel anzupeilen, ohne mit geöffnetem Visier ein Auge zu riskieren, so waren das Anstrengungen, die ganze Aufmerksamkeit erforderten. Man schwitzt, bekommt unter der Eisenglocke kaum Luft und ist froh, wenn man nach dem vermeintlichen Aufprall so schnell wie möglich das Visier wieder öffnen kann. Auf dem Ross sieht man die Dinge von oben herab, erhaben glaubt man, unverletzlich zu sein! Welch ein Irrtum! Als Knappe habe ich mehreren Rittern die Stange gehalten, um ihm nicht dem fremden Stich ausgesetzt zu sehen. Dabei ist gar manch tapferer Recke in seinem geschlossenen Helm zu lange vor den Schranken gestanden und einfach so, ohne jegliche Kampfhandlung erstickt und tot vom Pferd gefallen. Wie viele Ritter haben sich als Held feiern lassen und sind danach, als

man sie aus ihrem ehernen Rüstzeug befreit hatte, elendig leidend in Ohnmacht gefallen und danach innerlich verblutet. Auch wenn es so sicher aussieht, jeder Stoß dieser Lanze bringt einem grüne und blaue Flecken am ganzen Körper bei. Ein Bader erklärte mir, dass es Ausblutungen unter der geschlossenen Haut seien, da Adern, Sehnen und Nerven zerreißen. Ihr seht also, ein Eisenmann ist nicht unverwundbar! Wenn ihr leichtes Gewand, so wie ihr jetzt gekleidet seid, anhabt, so ist die Schnelligkeit euer Freund. Ihr müsst behände seine Schwachstellen finden und sie für euch nutzen." Er machte eine Pause, nahm einen kräftigen Schluck des gewürzten Bieres, sah den neuen Gefährten an, dass sie weiter an seinen Erzählungen interessiert waren und fuhr also fort: „Schulterbereich, unter seinen Armen, denn wenn er den Arm zum Schlag ausholt, heben sich die schützenden Platten. Darunter trägt er meist eine gefütterte Joppe oder ein ledernes Wams. Seine edlen, männlichen Teile werden nur von dem Kettenhemd verdeckt, darunter ist er ungeschützt. Ihr müsst schnell sein und ihm einen Dolch in seine Weichteile treiben, dann wird er erlahmen und sich schneller ergeben, als ihr erwarten werdet. Oder er hat keine Zeit mehr, um Gnade zu flehen!" Alle saßen staunend da und lauschten gebannt dem Ritter, der seine eigenen Schwachstellen zu offenbaren schien. „Wenn das so gefährlich war, ein Eisenmann zu sein, warum trauerst du dieser gefährlichen Arbeit dann noch nach?"
„Es ist die Angst der Unwissenden, die uns stark macht! Ihr wusstet doch auch nichts davon, also hat uns der Mut getragen und solange wir im Sattel waren, konnte uns wenig geschehen, denn es kommt beim Eintreiben der Beden nicht dazu, dass uns ein fremder Rittersmann mit Lanze angreift." „Also ist es doch besser, ein leichteres Lederwams zu tragen!"
Jetzt meldete sich Til zu Wort: „Wenn man mit der Armbrust angegriffen wird, wäre ich lieber in Eisen gewandet!"

Baldur lachte hell auf: „Ein Bolzen durchschlägt die meisten Harnische, ein Schutz ist das auch die nicht! Deshalb sind es geächtete Waffen, aber wer hält sich in einer blutigen Fehde schon daran? Wer will beweisen, woher der Schuss kam und wer ihn abgeschossen hatte? Und nicht genug damit, denn nun hat man auch noch das schwarze Pulver entdeckt, mit dem man Feuerrohre und Bombarden in den Kampf schickt! Die Rüstungen sind überholt, dennoch tragen noch viele die Eisenplatten, da sie der Meinung sind, das würde sie auch gegen den Feuerstrahl und die Geschosse bewahren! Falsch gedacht! Aber zurück zu dem Gerüsteten. Die Kniekehlen, Waden und sein Gesäß, sind auch nur mit Lederlappen verstärkt. Sollte ein Angriff von vorne nicht möglich sein, so versucht so schnell wie möglich, hinter ihn zu gelangen und von dort eure Dolche in die ungeschützten Stellen zu treiben."

Er zeigte mit dem Stock auf die grobe Zeichnung zu ihren Füßen: „Da, hier und da!" Er stand auf, holte seine eisernen Beinlinge, die verstaut im Wagen gelegen hatten und legte sie auf den Boden. „Hier! Seht ihr das?" Die jungen Leute schauten verdutzt auf die Blechteile, verstanden aber nicht, was er ihnen zeigen wollte: „Das musst du näher erklären!" meldete sich Gernot zu Wort: „Ich sehe Bleche, die mein Dolch nicht durchdringen kann!" Baldur verdrehte die Augen und nahm eine Beinschiene hoch. „Wo endet sie? Die Männlichkeit ist nur mit einem verstärkten Leder notdürftig geschützt, das sagte ich doch eben bereits. Der ritterliche Kampf verbietet dort einen Angriff." Er atmete tief durch: „Deshalb frage ich euch nun, seid ihr Ritter? Also braucht ihr euch auch nicht an deren Regeln zu halten."

Alma wetterte los: „Erklärt doch gleich, dass wir ihm das Schwert in den Unterleib treiben sollten!"

Baldur nickte: „Ihr habt verstanden! Wenn es um euer Leben geht, bedenkt der Schwachstellen, die ich genannt habe!"

Zwischenfall auf dem Markt

Alma, die Schmiedetochter war in Begleitung von Walpurga auf einem kleinen Markt, als ein Händler sie am Ärmel hielt. „Bist du nicht Alma? Wir alle in der Stadt dachten, dass du versauft wärst. Versteh ich nicht, wir haben doch deine Haare und Kleider im Stadtgraben gefunden!"

„Ihr müsst mich verwechseln, Herr!" entgegnete sie mit dunkel verstellter Stimme, denn sie trug immer noch die Beinlinge und Joppe eines Jünglings, aber das schien ihr diesmal nicht zu helfen. Schon hatte dieser Widerling sie grob am Arm gepackt und hinter den Stand gezogen. Walpurga reagierte sofort. Sie sprang zur Seite und lief im Bogen hinter den Leuten zurück zu der bedrängten Freundin. Sie sah, wie der Grobian mit seiner Rechten beiden Hände fest auf ihrem Rücken hielt, während sich seine andere Hand unter ihr Wams zwängte.

„Dachte ich`s doch! Du bist es!" Er warf sie auf eine hüfthohe Bohle, die von der Kundschaft versteckt hinter seiner Bude stand. Die Brotlaibe purzelten in den Dreck, aber das störte den Alten nicht mehr. Er wollte sich des Weibsbildes bemächtigen, bevor er sie den Gendarmen überlassen würde. Da war jedoch die Gauklerin bei ihnen, zog den Wüstling von ihr und hieb mit der Faust in seinen Rücken. Alma bekam für einen kurzen Augenblick ihre Hände frei, denn der Alte fingerte nervös und umständlich an seinen Beinlingen herum. Ihn schien niemand mehr von seinem Vorhaben abbringen zu können. Endlich bekam Alma den kleinen Dolch zu fassen, den sie in einer Lederscheide an ihrem Bein trug. Schnell hatte die die Klinge in der Hand, drehte sich ruckartig auf dem dicken Holzbrett herum und stieß das kurze, scharfe Eisen in seinen Unterleib. Erstaunt schaute er sie an, während sein befreites Beinkleid herunterfiel. Sie rollte sich zur Seite, nahm einen losen Pflasterstein und schlug zu! Einmal, zweimal!

Der Händler spuckte Blut und fiel neben seine Brote in die verdreckte Gasse. Dabei entblößte sich sein Hinterteil und hob sich hell gegen den schwarzen Dung ab. Beide Weiber bückten sich und rafften ein paar Brote zusammen, die etwas weiter auf leere, abgelegte Flachssäcke gefallen waren.

Während Alma ihre Gewandung ordnete, nahm Walpurga den Korb. Dann drückten sie sich, unverdächtig lächelnd hinter den Ständen vorbei, bis sie gefahrlos in die Gasse traten.

„Langsam! Bloß nicht auffallen!" beruhigte sie die Begleiterin, während beide auf das Stadttor zugingen und bald danach draußen, vor den Mauern auf Gernot trafen.

„Was wollt ihr mit den Broten? Hattet ihr so viel Geld?" Alma antwortete nicht auf die Frage, sondern zog ihn am Ärmel: „Schnell! Wir müssen weg! Es ist etwas Dummes passiert!" Sie hielt die Hand schützend an sein Ohr und flüsterte schnell, was sich soeben ereignete, während Walpurga aufmerksam das Stadttor im Auge behielt. An Gernots Gesicht, das sich langsam verfärbte, konnte man seine Ratlosigkeit sehen. „Wir können nicht weg!" erwiderte er: „Die Gaukler sind noch innerhalb der Mauern. Nur Baldur bewacht im Wald unsere Habe." Der Ritter hatte beschlossen, noch nicht unter Leute zu gehen. Er ließ sich seit ein paar Wochen einen Bart wachsen und meinte, dass man ihn dann nicht mehr in der Gegend erkennen würde. „Alma! Dich und Walpurga wird man, wenn überhaupt suchen! Lauft zu Baldur und sagt ihm, was geschehen ist. Versteckt euch im Wagen. Ich werde in die Stadt zurückgehen und nach den Freunden suchen. Sorgt euch nicht! Alles wird gut. Er hat es verdient, sag dir das immer wieder. Es wird dir helfen, deine Tat zu verarbeiten! Und jetzt eilt euch!"

Während die Weiber zum Wald liefen, drehte sich Gernot um und betrat die Stadt durch das große, eisenbeschlagene Tor.

Er sah keine Wachen, hörte kein Geschrei, es konnte nur so sein, dass man den Alten noch nicht gefunden hatte.

Zurück im Wald

Als sie an dem, mit Sträuchern und Ästen bedeckten Wagen im Wald ankamen, war von Baldur nichts zu sehen. Sie waren zwar gute tausend Schritte von der Stadtmauer entfernt, aber allzu laut wollten sie nun doch nicht nach dem Ritter rufen. „Beißer muss uns doch gehört haben!" flüsterte sie der Freundin leise zu. Ob er trotzdem die Stunde genutzt hatte und alleine weitergezogen war? Zutrauen könnte man ihm so manche Schandtat. Alma stieg auf das hintere Trittbrett, zog sich am Türrahmen hoch und beugte sich im Wageninneren unter die gewachste Plane. Vielleicht hielt er sich versteckt?
Da wurde sie auch schon von hinten gepackt. „Walpurga, lass die Späße!" rief sie, aber da wurde sie auch schon ins Innere gestoßen, die Tür flog zu und die gewachste Plane flatterte über sie. Sie zog im Halbdunkeln wieder den kleinen Dolch, riss die Decken beiseite und schaute . . in das lachende Gesicht des Ritters, während jetzt auch der Bastard wild bellend um den Wagen sprang. Baldur stand auf und öffnete die Tür. „Wenn man eine Wache sieht, so taugt sie nichts! Man muss aus einem sicheren Versteck beobachten!" Er half ihr hoch und zeigte auf eine Gruppe von niederen Bäumen. Bei näherem Hinsehen konnte man den alten Umhang erkennen, auf dem er wohl eben noch gesessen hatte. Aber den konnte man tatsächlich auch nur erkennen, wenn man die Stelle genau wusste. Sie musste anerkennend lächeln, während sie sich erhob und mit seiner Hilfe wieder vom Wagen sprang. Sie steckte den Dolch zurück in die Scheide und schaute ihn traurig an. „Was ist?" fragte er lächelnd: „Freut euch doch, dass ich es nur war. Ein Strolch hätte die Gelegenheit genutzt!"
„So, ist es mir eben ergangen! Deshalb sind wir hier! Es wird von Nöten sein, dass wir zusammenpacken und sobald die anderen gekommen sind, müssen wir von hier verschwinden!"

In schnellen Worten erklärte sie ihm, was sich auf dem Markt zugetragen hatte und während Baldur sein bärtiges Kinn rieb, fragte er nur: „Hat euch jemand gesehen?" „Wie? Was? Ich weiß nicht! Wir haben die Brote gerafft und sind geflohen!" Er zog seine Stirn kraus: „Es soll keine Kritik an deinem Tun sein, aber warum musstest du ihm den Kopf zerschlagen? Dein dünner Dolch hätte doch das gleiche Ergebnis gebracht, ohne das man so schnell erkannt hätte, woran er verstarb."
Jetzt meldete sich die Gauklerin zu Wort: „Du warst doch nicht dabei! Es ging so rasend schnell, dass ihr keine andere Wahl blieb! Außerdem schien er sie erkannt zu haben, trotz ihrer Gewandung!" „Ja, ja! Ist schon gut! Hoffentlich glauben die Leute, dass er sich beim Sturz in die Gasse selbst verletzte, egal! Es ist nun mal, wie es ist! Beim nächsten Mal müsst ihr umsichtiger sein, denn ein nächstes Mal wird es mit Sicherheit geben! Schaut eure Köpfe an. Eure Haare sprießen nur so und ihr habt beileibe keine männlichen Züge im Gesicht. Schert euer Haupt zur kahlen Platte und schwärzt euer Kinn mit Asche aus dem erloschenen Feuer! Denn nur so wird man annehmen, dass sich dort ein Bart seinen Weg sucht!" Alma nickte und machte sich sofort mit Walpurga an die Arbeit. Sollte wider Erwarten ein Zeuge gesehen haben, dass sie sich gegen den Alten gewehrt hatte, so wäre es natürlich von Nöten, dass man sie nicht mehr wiedererkennen würde. Baldur schien ihre Gedanken zu erraten und warf ihr eine dicke, alte Joppe zu. „Zieh die über! Sie gehört mir und ist dir natürlich viel zu groß. So wird deine Person noch ein wenig mehr verunstaltet!" Dann schaute er die Gauklerin an: „Für dich liegt auch eine im Wagen!" Während sie sich die Joppe sofort holte, lief Alma mit dem Dolch zum Bach, spülte die verräterischen Blutspuren ab und wischte die Klinge an ihrem Hemd trocken. Mehrfach versuchte sie, mit dem scharfen Dolch die nachgewachsenen Kopfhaare zu rasieren, aber es gelang ihr nicht.

„Baldur? Kannst du mir helfen?" Sie hockte sich hin und schaute zurück zum Wagen, aber weder der Ritter, noch die Freundin waren zu sehen. Auch zwischen den niederen Bäumen war keine Spur von ihnen. Instinktiv duckte sie sich und lief in gebückter Haltung ein Stück am Bach entlang, während sie den kleinen Dolch in ihrer Rechten zur Abwehr bereithielt. Als sie eine kleine Böschung heraufkroch, hörte sie leise Stimmen. Sie hob ihren Kopf und sah drei verwahrloste Burschen, die wohl über die nahe Kuhweide gekommen waren und leise flüsternd zum Kastenwagen herüberschauten. Von Walpurga und dem Ritter war immer noch nichts zu sehen. Sie nahm einen Stein und warf ihn, soweit sie konnte in die entgegengesetzte Richtung. Sofort drehten sich alle dorthin, während sie die Gelegenheit nutzte und aufsprang, denn in diesem Augenblick saß sie Baldur, der sich vom Wagen aus anschlich. „Heh, ihr da!" rief sie, um auf sich aufmerksam zu machen. „Wer seid ihr?" Die Burschen standen erschrocken auf und verteilten sich, um sie in die Zange zu nehmen. Da öffnete sich langsam die hintere Tür des Kastenwagens und die Gauklerin schaute herüber. Noch erkannten die nicht, dass sie ein Weibsbild war. Wie ein dunkler Schatten stand nun Baldur in deren Rücken auf und schwang den Biden über dem Kopf, während er leise noch näher auf die Gruppe zuging. Da sah sie, dass die Männer nicht nur mit Knüppeln bewaffnet waren. Diese verrosteten Klingen glänzten zwar nicht, aber sie würden auch so tödliche Wunden reißen. „Legt die Eisen beiseite, Männer! Wir können doch reden!" versuchte sie, die Situation zu klären, erntete jedoch nur ein höhnisches Gelächter. „Sssum!" machte es und ein kopfloser Torso sank auf die Knie, die beiden Verbliebenen verstummten. Fassungslos schauten sie Alma, dann ihren toten Begleiter und wieder die Jungfer an: „Pech für euch! Ich sagte doch, wir hätten darüber reden können!" Wieder sauste der Biden hinter ihrem Rücken durch die Luft und traf diesmal den Nächsten, der sich jedoch noch versuchte, wegzudrehen und deshalb an seiner Schulter hart erwischt wurde. Blut spritzte aus der zerlumpten Jacke und sein Arm fiel kraftlos nach vorn, während er schreiend trotzdem noch versuchte, wegzulaufen. Der zweite Streich traf ihn, sodass er in selben Augenblick seinem Schöpfer gegenüber trat.

Der Dritte fiel flehend auf die Knie, das verrostete Eisen in hohem Bogen von sich werfend. Er zeigte auf den Torso, der vor ihnen im Gras lag. „Weh mir! Wir wollten das nicht! Er hat uns dazu angestachelt! Glaubt mir! Ich wollte nur eine Kuh stechen!" schrie der Mann verzweifelt. „Er hat uns angehalten, euch zu überfallen!" Baldur stellte sein Biden ab und gebot dem Verängstigten, aufzustehen. Während der reumütig tat und auf den Ritter zuging, sah Alma, wie er hinter dem Rücken ein ellenlanges Messer hervorzog. Er war noch zwei Schritte von dem arglosen Baldur entfernt, als Alma mit ihrem Dolch nach vorn sprang und ihm die Klinge in den Rücken rammte. Dann zog sie geschickt das Eisen zurück und stach erneut zu. Gerade noch rechtzeitig, denn nun hatte er sein Messer in der Faust und schlug damit um sich. Seine Schritte wurden jedoch ungelenk und er stürzte hart auf den Boden, bevor er noch einen weiten Schritt machen konnte. Baldur kratzte sich am Kopf: „Gut gemacht, Alma! Du hast was gut bei mir!" Die Dirn schaute auf ihren blutverschmierten Dolch: „Dabei hab ich ihn gerade sorgfältig abgewaschen!" Der Ritter zeigte zum Waldrand: „Mich dünkt, die nächtlichen Gerüche stammen von einer Mirgel-Grube, neben der Weide." Dabei grinste er verschmitzt und fuhr fort: „Die Strauchdiebe werden sich wohl in der Dunkelheit verlaufen haben und sind dort hineingefallen und im Jauchesud versoffen!" Walpurga hob einen Zeigefinger: „Nicht aber, ohne vorher ihre Beutel verloren zu haben!" Damit zeigte sie auf die beiden prallen Ledertaschen.

Aufbruch in die Nacht

Sie hörten von weitem, wie die Gaukler und der Schmiedesohn zurückkamen. Mächtig hatten sie dem vergorenen Rebensaft zugesprochen und zogen eine Handkarre, gefüllt mit allerlei Kram hinter sich her. Nachdem die Männer wild über den Rest des Hasenbratens am offenen Feuer hergefallen waren, erfuhren Baldur und die Weiber endlich von ihnen, dass niemand in der Stadt Verdacht geschöpfte.

Die Marktbesucher fanden erst nach Stunden den Alten tot hinter dem Stand und vermuteten, dass er auf dem unebenen Pflaster gestolpert und dann unglücklich auf den Kopf aufgeschlagen war. Dessen Habe war schnell unter ihnen aufgeteilt. Kurz danach waren die Landknechte von der Obrigkeit dazu aufgefordert worden, den Toten abzuholen.

Die Gaukler bemächtigten sich seiner brauchbaren Karre, die sie in der allgemeinen Verwirrung und Neugier der Leute nun dazu nutzten, sich an den unbewachten Ständen sorglos zu bedienen. Dabei hörte Gernot zufällig, dass sich das Weib des Toten damit nicht zufrieden gab und einen Scheffen aufforderte, sie in der kommenden Woche vor dem Rat dazu offiziell im Zeughaus anzuhören. Sie war herbeigeeilt, als sie am Brunnen von dem Unglück hörte. Sie schien allerdings auch die einzige zu sein, die einen Argwohn hegte, wohl deshalb, weil von der Ware und den eingenommenen Talern nichts mehr übrig war. In Wahrheit war sie von einem jähzornigen Grobian befreit worden. Wie er wirklich gestorben war, schien nicht mehr von Interesse, denn niemand hatte dem Geschehen beigewohnt und die beiden Jungfern, die es besser wussten, schwiegen aus verständlichen Gründen, ihre Mäuler fest verschlossen. Trotzdem behielt Gernot die Kunde, dass das alte Weib wohl nach einer Erklärung suchte, zunächst für sich. Es würde seine Schwester und Walpurga nur unnötig ängstigen.

Er wollte aber versuchen, herauszubekommen, ob man seine Schwester verdächtigte oder das Geschehen tatsächlich als Unfall abtuen und dann endgültig ruhen lassen würde.

Baldur und die beiden Weiber hatten währenddessen die drei Strauchdiebe gefleddert, zur Mirgel-Kawl geschleppt und hineingeworfen. Dann wurden die beiden Gäule angespannt und somit war der Wagen zur Abfahrt bereit, denn die Sonne stand schon sehr tief. Mehr als fünf Meilen würden sie auch mit Fackelträgern am seitlichen Wegrand nicht mehr schaffen. Sie waren bisher immer bei Tageslicht weitergezogen, aber nicht nur Alma beschlich seit dem Überfall der Strauchdiebe ein mulmiges Gefühl in der Magengegend und den besoffenen Rückkehrern wollte man eine Erklärung ersparen. Die Gaukler waren in den nächsten Stunden zu nichts mehr zu gebrauchen, nur Gernot, der Schmiedesahn schien noch einigermaßen bei Sinnen zu sein. Dass er immer noch über den Vorfall nachdachte, entging den anderen. Sie geboten den beiden Betrunkenen, sich auf der Ladefläche unter die Planen zu legen, hoben den Kram aus der Handkarre und verstauten alles neben die schnarchenden Jünglinge. Zum Schluss hoben sie auch die Karre in den Wagen. Baldur saß mit Gernot vorn auf dem Wagen. Der Ritter führte die Zügel, während Walpurga und Alma gute zehn Schritte vorausgingen, die Fackeln bereit, sobald ein Lichtschein von Nöten sein sollte.

Die nächsten zwei Stunden vergingen schnell, denn sie hatten das Waldstück verlassen und kamen nun über ein großes Feld, mit einer Anhöhe in der Ferne. Als sie langsam mit dem rumpelnden Pferdegespann und dem voll beladenen Wagen näher kamen, sahen sie davor dichtes Gebüsch und ein paar hohe Bäume, die einen Bachlauf begrenzten. Der Mond hatte mit der Sonne seinen Platz nun vollends getauscht und brachte ein fahles Schleierlicht auf die Wiesen, die sie noch durchfahren mussten, als Baldur plötzlich die Kurbel neben dem Sitz drehte und damit die Bremsklötze auf die Vorderräder presste. Mit einem: „Hoho, brrr!" beruhigte er die beiden Kaltblüter, wickelte die Zügel um die Eisenhalterung und sprang herunter.

Die beiden Weiber schauten Gernot fragend an, er müsste doch wissen, was der Ritter vorhatte und es ihnen jetzt erklären. Aber er sagte nichts, zeigte nur auf dem Bastard, der nervös mit dem Schwanz schlug und legte deshalb seinen Zeigefinger auf die Lippen. Baldur griff das Zweihand-Schwert und lief damit in gebückter Haltung mit seinem Hund zu den Büschen. „Und was jetzt? Hat der was gesehen, oder vermutet der nur etwas?" Gernot schaute die Jungfern an. „Ich weiß nicht mehr, als ihr. Beißer ist plötzlich stehen geblieben und hat ein Vorderbein gehoben. Daraufhin hat er die Karre angehalten und ist losgerannt!" Murrend meldete sich Tilmann klopfend im Wagen. „Was ist? Warum geht es nicht weiter?" Gernot öffnete die rückwärtige Tür: „Bist du wahnsinnig? Baldur sucht uns einen Schlafplatz. Wir stehen hier ungeschützt im hellen Mondlicht. Verhalt dich still, schlaf!" Nach ein paar Minuten winkte der Ritter den anderen. „Ihr könnt kommen! Es war nur ein Fuchs. Hier verbringen wir die Nacht!" Durch diese Unterbrechung fanden sie glücklicherweise einen guten Platz für die nächtliche Ruhe. Man konnte den Wagen und die Kaltblüter gut hinter den dichten Sträuchern verstecken. Die gewachste Plane wurde routiniert von der Ladefläche zu einem dicken Baumstamm gespannt und ergab so ein regendichtes Dach von gut viermal drei Schritten als Schlafstätte. Baldurs Mischling war Wache genug, denn er murrte schon, wenn sich ein Lebewesen auf fünfzig Schritte näherte, was er eben wieder einmal eindrucksvoll bewies. So war es ja auch am gestrigen Tag gewesen, als sich die drei Strauchdiebe dem vorigen Lager näherten und ihre verdienten Strafen dafür erhielten.

Ein Lagerfeuer machten sie nicht, lediglich eine kleine Fackel am Wagen brachte ein spärliches Licht, denn sie wollten nicht unnötig auf sich aufmerksam machen.

Als sich die neu gefundenen Pärchen eng beieinander unter die Decken gelegt hatten, kehrte auch bald Ruhe ein.

Am nächsten Morgen in der Frühe, machte sich Gernot auf, um mit einem der Gäule zurück in die Stadt zu reiten. „Wozu? Hast du noch was zu erledigen?" Er nickte: „Man sprach von einer Verhandlung, denn das Weib des Händlers hat Einwände. Ich will erkunden, worum es dabei geht!" Er grüßte noch einmal und deutete auf seine Schwester: „Ihretwegen! Ich eile mich und werde gegen Mittag zurück sein!" „Bring bloß den Gaul wieder mit! Ohne zwei starke Pferde werden wir den schweren Wagen nicht von der Stelle bekommen!" „Ich weiß!" rief er zurück und trottete, die Beine durch den wuchtigen Leib des Kaltblüters weit zu den Seiten gestreckt, seinem Ziel entgegen. Er war noch nicht außer Sichtweite, da setzte sich Baldur plötzlich so ruckartig auf, dass sein Hund erschrak. „Was ist?" flüsterte Ansgar. „Hast du was gehört?" Der Ritter stand auf, schüttelte den Kopf und ging in den Kastenwagen. „Ich will nur endlich wissen, was die drei Lumpen in ihren Beuteln mit sich herum schleppten!" Jetzt war auch Tilmann hellwach. „Lumpen?" fragte er. „Welche Lumpen?" Während Baldur nach den Lederbeuteln suchte, rief er: „Frag seine Schwester! Sie kann dir alles erzählen!" Bevor Walpurga sagen konnte, was sich in deren Abwesenheit im Wald ereignet hatte, war der Ritter schon zurück und unterbrach sie: „Na, dann wollen wir mal sehen, was wir da gefunden haben!" Er löste die Riemen, zog den zusammengekräuselten Rand auseinander und schüttete im Schein einer Fackel den Inhalt auf eine Decke.

Stadtgericht

„Mein Mann war die Güte in Person!" das alte Eheweib des getöteten Buren, der den Marktstand betrieb, wollte aus dem Ableben des feisten Grobian ihren eigenen Vorteil schinden und vom Rat der Ältesten eine Entschädigung erhalten. „Nie hat er dem gewürzten Bier oder dem vergorenen Rebensaft stark zugesprochen und er war immer gut zu mir!" Den letzten Satz hätte sie besser nicht ausgesprochen, denn unter den Zuschauern, die den großen Raum des Rathauses füllten, ertönte nun ein lautes, vielschichtiges Grölen und Lachen. „Weib, was redest du da? Alle hier wissen doch, dass er nicht gerade sanft mit dir umgesprungen ist! Warum lobst du ihn jetzt in alle Höhen?" „Woher hast du denn dein Hinkebein? Warst du es nicht, die ihn bezichtigte, dich in den Brunnen gestoßen zu haben?" „Und dein buntes Gesicht erst? Schau dich doch an! Mir scheint, dass seine Fäuste erst kürzlich deine Wangen bearbeiteten! Und wer kommt wohl dafür in Frage, wenn nicht dieser Tölpel, der bei jedem einen Zwist entfachte!" Der Schultheiß gebot Ruhe im Saal und erwartete eine Antwort von der Frau, die nur darauf aus war, die uneben verlegten Steine auf dem Marktplatz dafür verantwortlich zu machen. „Unglücklich gestürzt ist er, wegen eines dummen Fehltritts, den er Euch, dank der ungleichen Steine, zu verdanken hatte!" Jetzt war sie mit ihren Anschuldigungen zu weit gegangen und ein Raunen ging durch den Saal. Natürlich wusste der Rat auch, dass man gehörig mit den Holzklumpen an den Füßen aufpassen musste. Man trug unter den normalen Stoff.- oder Lederschuhen die angeschnallten Holzklötze, um sich vor Unrat und Dreck zu schützen. Man balancierte manchmal wie ein Gaukler auf dem Hochseil, um die Gasse einigermaßen unbeschadet zu queren. Deshalb mussten sie der Forderung Einhalt gebieten, denn sollten sie nachgeben, so könnte jeder,

der sich dann in Zukunft in die Gasse legen würde, ein ebensolches Entgelt einfordern. Neue Pflasterung kam nicht in Frage, denn fast alle Wege, Gassen und Plätze hatten sich in den letzten Jahrzehnten verschlechtert. Regengüsse, Frost und Hitze führten dazu, dass sich einige Steine lösten, andere verschoben. Die schweren Wagen und Karren mit ihren eisenverstärkten Holzrädern taten den Rest. Nein, man musste hart bleiben und den Alten im Nachhinein verunglimpfen, ihm Trunksucht und anderes Fehlverhalten nachsagen. Schon meldete sich eine verschrumpelte, alte Hexe, die so stark stank, dass gut zwei Klafter um sie herum keine Menschenseele stand: „Mich hatte er belästigt! Besoffen, wie ein Ackergaul rannte er hinter mir her…" Mehrere Männer unterbrachen ihre Reden und Anschuldigungen: „Das hättest du wohl gerne gehabt!" „Die spinnt, die Alte! Er mag den Weibern zugetan gewesen zu sein, aber ich sage ausdrücklich auch – den Weibern. Ich fürchte, deine Hirngespinste gehen mit dir durch! Hexe! Schau dich doch einmal an! Aber dazu benötigst du einen Kübel Wasser, um dein grässliches Ebenbild zu sehen, und Wasser hast du doch nur gesehen, wenn's regnete!"

„Schluss jetzt! Bleiben wir bei der Sach!" Der Schultheiß drehte sich zu der Alten: „Ehrlich, Amanda! War es wirklich so, wie du das eben behauptet hast?" Ein wirres Kichern war die Antwort: „Na, ja!" krächztest sie, „vielleicht nicht genauso, aber ähnlich!" Mit der Faust auf sein Podium gebot er wieder Ruhe im Saal und beachtete die Alte nicht mehr, die sich leise aus dem Saal schlich.

„Wir stellen also fest, dass der alte Michel, Bur in den Weiden, unvorsichtig und selbstverschuldet durch einen unglücklichen Sturz am Markttag in der letzten Woch zu Tode kam. Die Witwe wird aufgefordert dem Rat der Stadt für die Entsorgung, sowie die von ihr angeforderte Richtbarkeit einen Taler binnen drei Tagen zu entrichten! Für eine Holzkiste, so sie sich das zu leisten vermag, oder das normal gekälkte Linnen für die Leich, sowie für das Grab hat sein sorgendes Eheweib aufzukommen! Die Sitzung ist geschlossen!"

Gernot hatte es sich nicht nehmen lassen, der Sitzung in der Stadt beizuwohnen, um seiner Schwester Alma später die freudige Mitteilung überbringen zu können.

Jetzt gönnte er sich in der Schankstube ein lauwarmes, gewürztes Bier. Er saß etwas abseits in einer Nische und konnte von dort gut den Wirt hinter dem groben Eichentresen und die Gäste, die stehend dem gebrannten Kartoffelschnaps und Rebensaft zusprachen. Zwischendurch wurde von einem jungen Schankweib ein Krug gereicht, der den schon lange nicht mehr vorhandenen Durst stillen sollte.

Gernot saß nicht weit von den Männern entfernt, aber ihre Sprache wurde von Humpen zu Humpen unverständlicher und es war kein Wunder, dass sie sich untereinander entweder nicht mehr richtig verstanden, oder gedemütigt fühlten, jedenfalls entbrannte ein heftiges Gerangel, als Wortgefecht konnte man es nicht bezeichnen, denn Worte fielen dabei nicht. Es waren eher einzelne Laute, die sie sich gegenseitig zuriefen. Auch der Wirt konnte die Gemüter nicht mehr beruhigen und griff zu einem Knüppel, den er für solche Zwecke hinter dem Tresen verwahrte.

Das schien als ein Zeichen zu gelten, denn nun prügelten alle aufeinander los. Steingut zerbrach, Tonkrüge splitterten, Bänke fielen um, Schemel flogen durch die Luft.

Wer zu wem gehörte, war nicht mehr auszumachen. Gernot sprang von seinem Schemel und brachte den noch halb gefüllten Humpen und sich selber in Sicherheit.

Böse Überraschung

Als die Männer endlich erschöpft Ruhe gaben, brachte er den geleerten Humpen zum Wirt zurück, der triumphierend mit dem Knüppel hinter seinem Tresen stand und ihm anerkennend zunickte. Die Mittagssonne stand hoch am Himmel, als er wieder auf die Gasse trat. Verwundert schaute er sich um.

Neben der Tränke standen nur zwei alte, abgemagerte Klepper, von dem Kaltblüter, den er hierher geritten hatte…keine Spur! Ein kleiner Junge, er mochte bis dato sechs oder sieben Winter überlebt haben, saß auf einer Mauer und betrachtete ihn genau. „Hey, du! Komm mal her!" rief er ihm zu, aber der Kleine war flink. Mit sehr schnellen Beinen sprang er über einen Zaun und schon war er in einem kleinen Hinterhof verschwunden.

Gernot schaute sich um und lief entschlossen hinter ihm her, denn wenn einer etwas gesehen hatte, dann war es der Bengel! Warum sollte er sonst Fersengeld geben und flüchten? Eben war der Kleine noch in Sichtweite gewesen und nun stand Gernot in einem Innenhof. Ein von drei Seiten mit Wänden begrenzter Platz. So schnell konnte dieser Winzling niemals hinter einer, der Brettertüren verschwunden sein. An den Wänden standen Holzbohlen, Geräte, leere Fässer, eine Leiter, irgendwo musste er geblieben sein! Gernot lehnte sich enttäuscht an eine Wand. Ein leises Geräusch machte ihn auf eine Ecke aufmerksam und als er näher kam, hörte er hinter einem Abfallhaufen das schnelle Atmen des Kleinen.

Er packte seinen Arm und zog ihn aus dem Müllhaufen zurück ins Tageslicht. „Warum läufst du vor mir weg? Ich will dir doch nur eine Frage stellen!" Der Kleine zitterte vor Angst und schloss die Augen. Gernot drehte ihn herum und schaute in sein Gesicht: „Schau mich an!" Nun öffnete er seine Augen und stotternd ließ er ihn wissen: „Ich habe nicht gesehen, wie sie mit dem Pferd weggegangen sind!" „Aha!" entgegnete Gernot,

„man hat also den Gaul gestohlen! Wer? Kennst du die Leute?"
„Schlag mich nicht! Ich kann sehr laut schreien!" Gernot schüttelte den Kopf: „Ich glaube, du weißt überhaupt nicht, worauf du dich da einlässt!" Er beugte sich zu ihm herunter: „Pferdediebstahl wird mit dem Rad bestraft und wenn du weißt, wer es war, so wird man das auch von dir erfahren! Nicht ich werde dir etwas tun, sondern die Stadtgarde, der Schultheiß oder die Scheffen!" Der Kleine schien zu überlegen: „Was bedeutet mit dem Rad bestraft?"

Gernot wollte nicht mit langen Reden seine Zeit vertun. Er zog ihn hinter sich her, während er das Zeughaus suchte. Dabei erwähnte er ausführlich: „Man wird auf ein Rad gefesselt, waagerecht gedreht und mit Knüppeln so zerschlagen, dass man als Krüppel oder tot darauf endet! Das ist das Rad!"

Diese Aussage versetzte den Jungen in pure Panik. Als er sich losreißen wollte, zerriss sein Ärmel und gab einen blau-rot verfärbten Arm frei. Es schien, als wüsste er um das Rädern: „Wenn ich dir zeige, wo dein Pferd steht, komm ich dann frei?"

Gernot blieb stehen: „Natürlich! Du hast mein Wort, aber überleg nicht zu lange! Da hinten ist das Zeughaus mit der Stadtwache. Da kann ich den Diebstahl anzeigen! Also, was ist?"

„Zeig sie an! Einmal musste das geschehen, damit ich endlich Ruhe hab! Aber du redest mit ihnen, ich halt mich zurück und sag euch nur, wo dein Gaul jetzt sein müsste!"

Gernot fand im Zeughaus einen verständigen Amtmann, der die Sache sehr ernst zu nehmen schien. Er konnte das Pferd gut beschreiben, denn es war ja noch aus dem Besitz des Vaters, der den Gaul immer mit seiner Hilfe beschlagen hatte.

Sie gingen zusammen auf der Rückseite des großen Hauses in den Innenhof, wo mehrere Landsknechte saßen. Manche trugen Hellebarden, andere einfache Spieße, aber alle trugen an der linken Seite in einer Lederscheide den Katzbalger, die typische

Blankwaffe der Landsknechte, ein beidseitig geschliffenes, scharfes Schwert mit sehr breiter Klinge und stumpfer, abgerundeter Spitze. Manche legten ihre Klingen auf die Schenkel und zogen Wetzsteine im schrägen Winkel an der Schneide vorbei, um sie für den Kampf zu schärfen.

„Ich brauche Freiwillige, die bereit sind den Junker und das Findelkind zu begleiten." Er deutete mit einer Kopfbewegung in Gernots Richtung. „Man hat seinen Kaltblüter gestohlen!"

Einige Männer waren schon aufgestanden, als sie aber hörten, worum es ging, nahmen sie wieder ihre Tätigkeiten auf und widmeten sich der Blankwaffen. „Was ist? Seid ihr taub? Das ist ein Auftrag!" Sie wandten sich ab und taten so, als würden sie nicht so recht verstehen. „So werd ich euch bestimmen!"

Er zeigte mit der ausgestreckten Hand in die Gruppe: „Du, du auch und du dahinten! Mitkommen!" Ohne abzuwarten, drehte er sich wieder um, nickte Gernot und dem Jungen zu und ging ins Haus zurück. Murrend und widerwillig folgten die drei Landsknechte, die er soeben bestimmt hatte. Man schien zunächst den Aussagen des Jungen Glauben zu schenken und so zog die kleine Gruppe los. Nachdem sie das Stadttor durchschritten und sich einem Gehöft näherten, griff der Kleine verstohlen nach Gernots Hand und zog so lange daran, bis er ihn verstand und sich zu ihm herunter beugte: „Was noch? Sind wir da?" „Nein, noch nicht! Aber die werden mich totschlagen! Schlimmer als das Rad!" Jetzt blieb der Schmiedesohn stehen. „Wie kommst du darauf?" „Na ganz einfach! Die haben mich doch vom Kloster abgeholt und nun wohne ich bei denen! Ich bekomme schon wegen viel weniger die Knute zu spüren, das glaub mir mal!"

„Hey, Landsknecht!" begann er sein Gespräch: „Ist das wahr, was der Junge da von sich gibt, oder will er sich wichtig tun?" Der Angesprochene stellte seinen Spieß neben sich: „Das wissen doch alle hier! Der Kleine ist ein Findel und er führt uns wohl direkt zu Lienhard, dem Roten." Er hob den Spieß und zeigte in Richtung der Häusergruppe, gut dreihundert Schritt entfernt. „Der Wicht lebt seit einem Winter bei ihnen. Nonnen fanden ihn vor sechs Jahren halb verfroren an ihrem Gartentor. Sie nahmen ihn auf, wie es Christenpflicht ist. Aber du weißt ja auch, dass diese Pflicht mit dem achten Lebensjahr vorbei ist. Jetzt muss er sich eben alleine durchschlagen! Er kann froh sein, dass ihm der Rote für die vergangenen Monde ein Dach und Essen gab. Wir wollen nur sehen, ob wir deinen Gaul bei ihm finden. Wenn ja, dann hat der Kleine einen gut bei dir! Der Rote wird dann entweder im offenen Käfig an die Stadtmauer gehangen, bis sich die Krähen an ihm satt gepickt haben, oder er bekommt das Rad. Das müssen der Schultheiß und seine Braideler entscheiden! Wenn nicht, so sind wir umsonst hier draußen und werden uns den Kleinen vornehmen!"

„Ich hab es doch mit meinen eignen Augen gesehen! Lienhard wars und Gotthard, den sie den Wilden nennen. Ich bleibe hier! Wenn sie merken, dass ich sie verraten habe, so kann ich gleich in den Mirgel springen. In der Vieh-Jauch versaufen ist besser als zerschlagen zu werden!" Gernot spürte die tiefe Angst des Kleinen und erinnerte sich an seinen blutunterlaufenen Arm. Jetzt verstand er auch, warum er so schnell weglief, als er ihn wegen seines Kleppers fragen wollte.

Ein Landknecht griff den Kleinen nun hart an der Schulter. „Du willst also hierbleiben und abwarten? Gut, so werd ich dich bewachen, denn noch wissen wir nicht, ob du gelogen hast!" Die anderen beiden nickten Gernot zu und so gingen sie weiter auf das Gehöft zu. Die Anspannung stieg und der Jüngling holte sein langes Messer aus der Joppe und schloss fest seine Faust um den ledernen Griff.

Im Lager

„Sagte er nicht, er sei sofort nach der Verhandlung zurück?"
Unruhig lief Baldur auf und ab. Alma weinte und machte sich
lauthals Vorwürfe, weil das alles ihre Schuld war. Walpurga
zitterte und machte so ihre Angst um den Geliebten für alle
deutlich sichtbar. „Flennen hilft uns nicht weiter! Wir sitzen
hier fest. Ein einziger Gaul, und mag er noch so stark sein,
wird den Wagen nicht alleine hier vom Fleck weg bewegen! Es
hilft nichts, es muss einer zurück in die Stadt und nach ihm
suchen!" Wie untereinander abgesprochen, standen Tilmann
und Ansgar sofort auf, zogen ihre Joppen an und steckten die
Dolche an ihre Gürtel. „Wir sind Spielleute! Unverdächtige
Gaukler! Wir wissen, wie man den Leuten die Zunge löst! Vor
Anbruch der Dunkelheit sind wir zurück!"
Mit offenen Mündern schauten die beiden Weiber schluchzend
Baldur an, doch der hob nur seine Schulter und bestätigte die
Beiden in ihrem Tun. „So soll es sein! Wir warten!" Leise
murmelte er für sich: „Was bleibt uns anderes übrig?"
„Was nun? Wenn das so weitergeht, so sind wir Weiber bald
alleine! Sollen wir uns so schnell unserem Schicksal ergeben?"
Baldur ließ einen kurzen Pfiff ertönen und Beißer, der sich ein
paar Klafter entfernt um einen Maulwurfhügel gekümmert
hatte, kam sofort angerannt, wedelte mit seinem Schwanz und
setzte sich abwartend vor seinen Besitzer.
„Es wird alles gut! Warten wir die nächsten Stunden ab! Alma,
hol Brennholz! Wir werden es uns solange mit einem
Hasenbraten den ich mit der Armbrust erjagen werde. Es nützt
uns nicht, wenn wir nur herum sitzen und Trübsal blasen!"
Die Jungfern standen auf, wischten ihre Tränen und machten
sich an die Arbeit, während Baldur die Armbrust spannte, einen
Bolzen in die Schiene legte, zwei weitere hinter seinen Gürtel
steckte und mit seinem Hund aufs Feld ging.

Der Hof schien verlassen, es war keine Menschenseele zu sehen. Die Windluken waren mit Brettern verschlossen, alle Türen zu . . . wirklich alle? Gernot blieb stehen, legte seine Hand auf die Schulter eines Landsknechtes und machte eine Kopfbewegung in die Richtung eines Schuppens. Von dort hatte er gerade ein leises, wehleidiges Wiehern gehört.

„Hey! Jemand da?" laut machte sich jetzt der andere Soldat bemerkbar, der sorglos mit gesengter Hellebarde in den leeren Innenhof kam. Es war zu spät für die beiden anderen, ihn jetzt noch zu warnen, denn er war schon zwanzig Schritte vor ihnen. Ohne eine Warnung hörten sie ein dumpfes Surren. Der Landsknecht wurde von einer unsichtbaren Faust vor die Brust getroffen, knickte ein und fiel auf den Rücken.

Der kurze Bolzen einer abgeschossenen Armbrust steckte in seinem Kettenhemd. Sofort duckten sich die beiden anderen und liefen in den Schutz der seitlichen Gebäude.

„Was machen wir nun? Habt Ihr wenigstens gesehen, von wo der Bolzen kam?" Gernot antwortete nicht darauf, lief zu dem Liegenden, der sich zur Seite gerollt hatte und das Holzstück mit der eisernen Spitze in seiner Hand hielt. „Er ist nicht tief eingedrungen. Es geht schon wieder!" flüsterte er. „Nimm meinen Katzbalger und zerschlag diese Wüteriche!" Der Schmiedesohn ignorierte das, bückte sich und packte den Liegenden an beiden Schultern. Er zog ihn mit sich, während er rückwärts unter eine Remise stampfte. Sein Kollege kam ihm dabei zu Hilfe und Gernot nahm jetzt, wie eben angeboten das Kurzschwert und schlich sich im Schutz des überstehenden Daches seitlich zu der geöffneten Stalltür. Dort lehnte er sich mit dem Rücken an die Wand und schloss seine Augen, um sie an die Dunkelheit zu gewöhnen. Dann zählte er bis drei und atmete tief ein. In der Rechten den Katzbalger, in der Linken sein Messer, so gerüstet sprang er hinter das Tor.

Das Feuer war entfacht und die Flammen loderten, als Baldur vom Feld zurückkam, ein Rebhuhn in der Linken. „Es war weder ein Has zu sehen, noch zu erjagen!" entschuldigte er sich und warf den toten Vogel vor sich auf den Boden. Alma nahm ihn auf, zückte ihr Messer und fing an, die Federn zu rupfen, als Beißer kurz einen Laut von sich gab. Sie schauten sich erstaunt an. Sofort spannte Baldur wieder seine Armbrust und legte einen neuen Bolzen auf die Laufschiene. Dann bog er vorsichtig die Äste auseinander, um zu sehen, warum der Hund sich gemeldet hatte. Es war jedoch weit und breit niemand zu sehen. Das Feld und die dahinter liegenden Wiesen waren menschenleer, lediglich in der Ferne kreisten ein paar Krähen. Unmöglich, dass sie den Hund auf diese weite Entfernung verunsicherten. Es war wohl eher so, dass der Bastard ein Tier im Unterholz in unmittelbarer Nähe witterte.

Trotzdem waren sie gewarnt. „Pass gut auf!" munterte er seinen Vierbeiner zur weiteren Wachsamkeit auf und ging zu den beiden jungen Weibern zurück, die das ausgenommene, gerupfte Huhn an einer Stange über dem Feuer drehten.

Er setzte sich mit Ansgar etwas abseits auf einen Baumstamm, denn der wissbegierige Gaukler konnte nicht genug bekommen von den Erzählungen des Ritters und der Handhabung mit Blankwaffen. Er bewunderte Baldur so sehr, dass die Weibsbilder schon darüber tuschelten, ob die beiden nicht mehr, als nur eine normale Männerfreundschaft verband.

Til, der seinen langjährigen Begleiter besser kannte, als sich selbst, wies solche Verdächtigungen weit von sich.

Die beiden, die solch unnützes Gerede betraf, waren davon völlig unberührt, denn Ansgar war besessen darauf, seine Klinge perfekt führen zu können.

Der fremde Hof

Im Inneren des Schuppens war eine große Unordnung. Gernot musste sich vorsichtig bewegen, denn hinter jedem Gerümpel konnte eine Überraschung auf ihn warten. Dann wurde das leise Wiehern zur Gewissheit und für ihn ein großer Schock, denn da lag sein Kaltblüter mit durchgeschnittener Kehle in einer großen Blutlache. Grenzenloser Hass und verzweifelte Wut stiegen in ihm hoch. Wie sollten sie ohne den Gaul mit dem schweren Wagen weiterkommen? Ein Geräusch ließ ihn aufhorchen. Er warf sich geschickt auf den Boden und drehte sich in die Richtung, aus der er etwas gehört hatte. Gerade noch rechtzeitig, denn der abgeschossen Bolzen surrte so über ihn hinweg und schlug in die Holzbretter hinter ihm ein. Gernot sprang auf und rannte zu dem Stützpfeiler, hinter dem sich der Schütze versteckte. Als die Armbrust wieder sichtbar wurde, schlug er wuchtig mit dem Kurzschwert gegen die linke Hüfte des Grobians. Gleichzeitig machte er einen Schritt zur Seite und ließ den verletzten Mann vor sich auf den Boden fallen. „Wo ist der andere? Rede du Schuft!"

„Ich bin verletzt! Was willst du von mir? Das ist mein Hof, du Wahnsinniger!" Gernot blieb unbeeindruckt: „Schießt du jeden nieder, der sich hier nähert?" Ungewöhnliche Geräusche aus dem Hof ließen ihn aufhorchen. Er ließ den Verletzten liegen und rannte durch das offene Scheunentor.

Erleichtert sah er die beiden Landsknechte, die dem zweiten, weglaufenden Pferdedieb die Hellebarde in den Rücken geworfen hatten. Ein guter Wurf, denn der Mann lag unbeweglich auf dem Bauch, nur der wuchtige Holz Schaft wippte noch ein wenig in dem toten Körper. Jetzt kam der kleine Jüngling angerannt, gefolgt vom dritten Stadtsoldaten. „Hast du deinen Gaul gefunden?" wollte er wissen und Gernot nickte traurig, denn die Suche war beendet.

Nachdem die Soldaten den Toten auf eine Handkarre gelegt hatten, packten sie den verletzten Lienhard hart an der Schulter und stellten ihn auf die Beine: „Ich kann nicht gehen, seid ihr wahnsinnig? Ihr könnt mich so nicht mit zurück in die Stadt nehmen!" Jetzt erst sah er den Kleinen, der sich hinter Gernot versteckte. „Du Bastard! Nichtsnutz! Hast du sie hierher gebracht?" Wütend versuchte der Rote sich jetzt aufzurichten und den Kleinen zu greifen. Gernot stellte sich schützend vor ihn. „Wenn du nicht mit in die Stadt willst oder kannst, so ist es auch möglich, dass wir dich neben deinen Freund legen! Den letzten Streich kann dir auch der Jüngling geben, du Pferdedieb! Was ist? Willst du jetzt vor den Schöpfer treten?" Er drehte sich um und tat, als würde er den Katzbalger dem Jungen geben. „Erbarmen! Ich wusste nicht, wer ihr seid!"
Der Rote wurde an Beinen und Händen gebunden und neben den Toten auf die Karre gelegt. Der verletzte Landsknecht forderte seine Waffe zurück: „Mein Schwert, bitte!" Gernot gab ihm die Blankwaffe zurück und schaute die Soldaten an. „Mein Gaul ist tot! Wie soll ich jetzt von hier fortkommen?" Der Kleine zog an seiner Joppe. „Wenn du mich mit zu dir nimmst, so zeig ich dir die beiden Pferde auf der Koppel. Sie gehören…" Ein Landsknecht unterbrach den Jüngling: „Die haben dem Lienhard gehört. Jetzt besitzt du einen Gaul, mein Kleiner und der andere soll für den Fremden sein, als Wiedergutmachung, sozusagen. Ihr wisst, wie ihr zurückfindet? Nehmt euch, was ihr wollt, denn wir werden alles bezeugen, bevor der Rote gerädert wird. Sein Gehöft wird einen neuen Verwalter bekommen, aber das muss der Lehnsherr bestimmen. Wir werden deine Entschädigung und dein Ansinnen vor dem Schultheiß vertreten!" Sie nickten ihm zu und machten sich mit den beiden Pferdedieben in der Handkarre auf den Weg, zurück in die Stadt. Gernot bückte sich zu seinem neuen Begleiter: „Wie nennt man dich?" Der Kleine zuckte mit den Schultern:

„Weiß nicht, Bastard, Nichtsnutz, Balg, du hast es doch eben gehört!" „Wir finden einen Namen für dich! Das sollen die anderen entscheiden! Bis dahin rufe ich dich Fin, das ist meine Abkürzung für Findelkind. Jetzt suchen wir erst einmal unseren Ersatz für das getötete Ross!" Nach einer Stunde, die Sonne streichelte schon den Horizont und ein diffuses Dämmerlicht stellte sich ein, waren die Beiden endlich zur Rückreise bereit. Fin führte ihn zu einem Stall, in dem zwei Ochsen standen. Die wurden vor einen offenen Leiterwagen gespannt. Die beiden Pferde von der Koppel waren am hinteren Ende der Karre angebunden. Auf der Ladefläche hatten sie Fleischstücke des getöteten Gauls in Leintücher gewickelt. Der kleine Findel und Gernot holten noch ein paar brauchbare Sachen aus dem Haus und legten sie mit auf den Wagen. Dann hob Gernot den Kleinen hoch, nahm die Zügel und setzte das seltsame Gefährt in Bewegung, den wartenden Freunden entgegen. Fin war zwischen den Sachen und den abgedeckten Fleischklumpen eingeschlafen, als Gernot das freie Feld erreichte. Das laute Rumpeln der Räder ließ die Wartenden aufmerksam werden. Sie waren erleichtert, denn die beiden Gaukler waren vor Stunden ohne Lebenszeichen Gernots zurückgekommen. Jetzt freuten sich alle über die unerwartete, zweite Karre, das Pferdefleisch und die neuen Gäule. Der Kleine wurde mit offenen Armen aufgenommen, der Hund wurde zu seinem Begleiter und speziell die beiden Weiber freuten sich auf den Knaben, den sie ab jetzt mit auf die weitere, abenteuerliche Reise nahmen. Es blieb bei dem Namen Fin, den alle angebracht fanden und Walpurga nahm ihn sofort unter ihre Fittiche. „Du wirst ein Spielmann, wie wir! Ich kann dir einige Tricks zeigen!" Baldur nahm den Kleinen und legte ihn zurück auf einen Wagen. „Heute nicht mehr! Morgen ist auch noch ein Tag", sagte er und ging zu den anderen, die am Lagerfeuer saßen und ihre Erlebnisse austauschten.

Es war früher Morgen, der Tau lag noch auf den Wiesen und Nebelfetzen krochen über das offene Feld. Gernot wurde durch ein Geräusch geweckt. Da sah er, wie sich Fin neben ihm erhob und wieder auf die Ladefläche des Ochsenkarrens kletterte. Wie jeden Morgen, so tastete er auch jetzt nach seinem Messer und dem Lederbeutel, den er mit den Silberlingen immer am Gürtel trug…nur diesmal nicht! Nur das Messer hing noch da. Wo hatte er den Beutel verloren? Am gestrigen Tag bei dem Spektakel im Gehöft? Nein, das konnte nicht sein! Gestern Abend war er noch in seinen Händen, als er am Feuer eingeschlafen war. Fin wird ihn doch nicht bestohlen haben? Sollte dieser Kleine ein Beutelschneider sein? Er setzte sich auf und suchte seinen Gürtel ab . . . tatsächlich hingen da noch die abgeschnittenen Schnüre seines Lederbeutels. Er sprang auf und rannte zum Wagen, riss den Kleinen herum und hatte die Bestätigung, denn Fin hielt Münzen und den zerschnittenen Beutel fest in den kleinen Händen und schaute ihn zitternd an: „Die Idee kam nicht von mir! Bei meiner Ehr!" Gernot war enttäuscht und fassungslos. Er holte zum Schlag aus, als sein Arm festgehalten wurde. „Ruhig, Gernot! Fin hat Recht! Wir wollten nur sehen, ob der Kleine nur große Töne spuckte, als er sich am Lagerfeuer gestern Abend damit brüstete. Der kleine Prahlhans meinte, so geschickt zu sein wie ein richtiger Dieb. Du tust ihm Unrecht, denn wir mussten ihn zu dieser Tat überreden. Er hält große Stücke auf dich, da du ihm zu seiner Freiheit verholfen hast." Der Schmiedesohn runzelte seine Stirn und nun kamen auch die Weiber und erklärten ihm dasselbe und beruhigten ihn: „Wir haben ihn dazu ermuntert, dir eine Lektion zu erteilen, da du immer so sicher warst, auf deine Habe besonders gut aufpassen zu können!"
Kleinlaut nahm er Fin in seine Arme: „Gut gemacht, Kleiner! Sollte ich deine Dienste einmal brauchen, so werde ich darauf zurückkommen!" Jetzt strahlte er und stieg vom Wagen.

Gernot klopfte ihm anerkennend auf die Schulter: „Wie hast du das gemacht? Ich hab das überhaupt nicht bemerkt!"

Lächelnd zog Fin einen messerähnlichen Gegenstand aus einer Stoffhülle, die er am Bund trug. Einen Gürtel konnte er sich nicht leisten, deshalb waren seine Beinlinge nur mit einer Hanfschnur um den Bauch befestigt. Er zeigte ihm nun das eigentümliche Messer mit einer scharf gekrümmten Klinge und verkündete stolz: „Damit ist das ein Kinderspiel!" Gernot nahm das seltsame Instrument in die Hand: „Wo hast du das her?" Fin lächelte: „Ich hab oft bei den Nonnen im Klosterstift bei der Novizin Agnes in der Lederstube zugeschaut, wenn sie die Sandalen der Schwestern zugeschnitten und repariert hat. Mit solchem Werkzeug wird die Kuhhaut zugeschnitten und dieses alte Messer hat sie mir überlassen. Ich hab dann schnell festgestellt, dass es nicht nur Sohlen, sondern auch dicke Gürtel und Riemen schnell zu durchtrennen vermag. Für Beutelschneider ein wahres Geschenk!" Dann sengte er seinen Blick: „Aber es kann die Hand kosten, so man von den Schergen oder der Stadtwache dabei erwischt wird!" Gernot und die anderen hatten ihm strengstens untersagt, bei Fremden zu versuchen, sein Geschick zu beweisen. Zu diesem Zeitpunkt konnte jedoch noch niemand ahnen, dass genau diese Fähigkeit des kleinen Strolches ihnen einmal das Leben retten würde. Jetzt verteilten sie ihre gesamte Habe auf den Ochsenkarren und das hohe Gefährt des Schmiedes.

Gernots Kastenwagen wurde von zwei Pferden gezogen. Fin war damit einverstanden, den dritten Gaul dem Ritter zur Verfügung zu stellen, der nun den kleinen Treck anführte. Baldur trug mittlerweile seinen ersehnten Vollbart, der ihn etwas anders aussehen ließ. Til war mit seiner Schwester ins Dorp gegangen, um für alle lange, regendichte Umhänge aus Linnen besorgt. So konnten sie ihre Waffen am Körper besser verbergen und sich gegen das herbstliche Wetter schützen.

Später erfuhren sie von den Geschwistern, dass sie keinen Groschen für die Gewandungen bezahlten. Als Gegenleistung dafür waren die Bewohner mit akrobatischen Sprüngen und Kurzweyl belohnt worden. Fin bekam von Baldur eine abgetragene Joppe, die Alma für ihn umgeänderte. Es war ein seltsames Bild, das sich der Bevölkerung bot, wenn die kleine Gruppe durch die Gassen zog.

Ein ganzes Jahr war vergangen, seitdem der alte Schmied vor seiner Werkstatt von dem Edeling gemeuchelt worden war.

Er wollte die Ehre der jungfräulichen Tochter verteidigen, aber was war daraus geworden? Nun moderte er im Grabhügel vor der Stadt dahin, seine Familie war entwurzelt und es schien, als gäbe es keine Zukunft für seine Brut. Und wie sahen es die betroffenen, verwaisten Kindes des Schmiedes selbst?

Würde man Gernot danach fragen, so müsste er antworten, dass er in Walpurga, die er liebevoll Walli nannte, die Liebe seines Lebens fand. Alma alberte mit dem Gaukler Til herum und Baldur, der starke Ritter gab ihnen allen Geborgenheit.

Es hätte auch schlimmer kommen können, viel schlimmer!

Das bemerkten sie schnell, als sie in die Nähe der gräflichen Burg kamen, in der Baldur die meisten Jahre verbrachte und zum Ritter erhoben wurde.

Ihre beiden Wagen und die Zugtiere waren wieder gegen Bezahlung bei einem Schmied untergestellt und nun saßen sie in einer Spelunke, um auszuruhen, zu speisen und gemütlich ein paar Becher kreisen zu lassen. Fin und die Weiber waren nach dem gemeinsamen Essen zurück in die Scheune gegangen und schnell im Kastenwagen eingeschlafen. Die Turmglocke schlug gerade neunmal, als polternd die Tür aufgerissen wurde.

Fünf Männer der Stadtwache kamen herein. Zwei bewachten den Ausgang, während die anderen mit ihren Spießen den dämmrigen Schankraum betraten.

„Und, Wirt? Wo verbirgt er sich?" Gernot blickte zur Tür und sah, wie sich ein schäbig gekleideter, verkrüppelter Mann für den Verrat seinen Judas-Lohn abholte und schnell auf die Gasse huschte. Der Wirt wandte sich an den Anführer: „Wie hoch, sagtet Ihr, sei das Kopfgeld?" Der Soldat wurde unwirsch: „Schweig, soll ich Handel mit dir treiben? Sei froh, wenn meine Männer dir nicht die Schenke zerschlagen! Ich frag nicht noch einmal. Du hast uns holen lassen, also wer ist es?" Eingeschüchtert zeigte er mit dem Steinkrug, den er gerade in der Hand hielt auf die Freunde. „Der Bärtige ist es! Er denkt, er könne uns täuschen, mit seinem Gestrüpp im Gesicht, aber sein Gang, die Stimme, ich hab ihn gleich erkannt!"

Die Wachsoldaten drehten sich zu ihnen um, während Baldur ruhig und bedacht aufstand. Zu den anderen flüsterte er: „Wir kennen uns nicht! Nie gesehen, verstanden?" Dann stellte er sich breitbeinig vor den Tisch, seine Augen blitzten und suchten einen freien Platz, wo er sein Schwert kreisen lassen konnte. Gernot bemerkte, dass er den Biden griffbereit unter seinem Umhang hielt. „Bist du Baldur, der Verstoßene?" Der Ritter hatte noch den Mut, in dieser scheinbar aussichtslosen Situation ein müdes Lächeln auf sein Gesicht zu zaubern. „Den Namen kenn ich nicht! Ich habe die Schwertleite empfangen und man nennt mich Baldur von Hagen! Wer will das wissen und warum störst du mein Abendmahl, Soldat?" Man merkte den Männern an, dass sie sich einer ungewohnten Sache stellen mussten. „Führt ihn nach draußen und nehmt seine Waffen, so er denn welche hat! Abführen! Auch seine Begleiter!" Baldur ging ruhig auf die Männer zu, er überragte sie um eine Elle: „Ich will wohl mit euch auf die Gasse gehen, aber die Fremden, die mir einen Platz boten, lasst in Frieden!" Zwei Soldaten nahmen den Ritter in ihre Mitte und führten ihn auf die Gasse, wo nur ein Feuerkorb sehr schwaches Licht auf das Pflaster warf.

Als sie draußen waren, überschlugen sich die Ereignisse. Gernot und Til legten den Soldaten an der Tür ihre Dolche an den Hals und drehten anschließend ihre Arme auf den Rücken. Mit lautem Getöse ließen die ihre Piken fallen. Sie wagten es nicht mehr, nach dem Katzbalger an ihrer Seite zu greifen. Da surrte schon der Biden über dem Kopf des Ritters und die anderen Soldaten duckten sich verzweifelt. „Gegenwehr ist zwecklos!" versuchte zaghaft der Anführer dennoch, seine Leute zu beruhigen, doch die liefen schon ängstlich in die Dunkelheit, ohne sich noch weiter um ihn zu kümmern.

Baldur stellte seine Blankwaffe neben sich, zog einen Dolch und ging auf den Soldaten zu, der als einziger noch übrig geblieben war. „Erbarmen, Herr! Ich tue nur meine Pflicht. Der Landgraf Falko von Gneisenstein hat angeordnet, Euch zu greifen, da Ihr unehrenhaft aus seinen Diensten entlassen wurdet!" Er schluckte und fuhr fort: „Das Volk verlangt nach Genugtuung!" Baldur schnitt ihm den Lederbeutel vom Gürtel und warf ihn zurück in die Stube. Dann klopfte er sich den Umhang ab und rief seine Freunde: „Wir waren eingeladen! Er hat unsere Zeche bezahlt! Kommt, wir gehen!" Während die Freunde nach draußen kamen, bemerkte keiner, wie der Soldat seinen Dolch hervorzauberte und sich hinter den Ritter schlich. Der war gerade dabei, seinen Biden wieder auf den Rücken zu schnallen, als sich wie aus dem Nichts ein kleiner Schatten dem Soldaten von der Seite näherte, eine schnelle Bewegung machte und sofort wieder in der Dunkelheit verschwand. Irritiert zauderte der Wachsoldat, wollte zur Tat schreiten und stürzte unverrichteter Dinge auf den Bauch. Seine Hand, die verzweifelt noch Halt suchte, griff ins Leere. Baldur griff seinen Dolch und schnellte herum. Die Beine des Soldaten verhedderten sich in seinem abgetrennten Ledergürtel und der Halterung seines Katzbalger. Da er den Dolch fest in seiner Hand hielt, war er unglücklich in seine eigene Klinge gestürzt.

Eine kindliche Stimme kam aus der Dunkelheit: „Ist er hin?"
Gernot packe den Schatten und zog ihn ins Licht. Fin stand vor
ihnen, seinen Beutelschneider noch in der Hand.

„Gut gemacht, Junge! Wo sind die Weiber?" Der Kleine
schaute Baldur stolz an: „Sie schlafen tief und fest, ich bin
alleine gekommen." Der Ritter nickte ihm zu: „Und das genau
zur rechten Zeit! Jetzt heißt es aber zurück zu den Wagen! Es
wird nicht sehr lange dauern, bis sie mit Verstärkung hier sind
und uns greifen! Nun werden wir wohl alle auf der Liste derer
von Gneisenstein stehen!" Baldur bückte sich und schnitt dem
Liegenden auch den zweiten, prall gefüllten Geldbeutel ab. „Da
kommt es jetzt wahrlich auch nicht mehr drauf an! Gehen wir!"
Während sie zum Stall eilten, um sich im nahen Wald mit den
beiden Wagen in Sicherheit zu bringen, runzelte Gernot die
Stirn: „Die Stadttore sind seit Stunden verschlossen! Wie sollen
wir hier heraus kommen?" Baldur drehte sich im Gehen zu ihm
um: „Ich komme aus dieser Gegend, schon vergessen? Es gibt
einen östlichen Ausgang, der durch eine Furt direkt in den
Wald führt. Dieses Tor ist nicht bewacht und kann leicht von
uns geöffnet werden. Folgt mir!"
Alles ging nun sehr schnell. Tilmann hatte sogar daran gedacht,
die Räder mit Stofflumpen zu umwickeln, damit sie nicht zu
laut über das Pflaster rollten. Nach einer kurzen Weile kamen
sie an einen Brunnen, dahinter lag nur noch finsterste
Dunkelheit. Hier hörten die Feuerkörbe auf und in diesem
versteckten Winkel der Stadt schien niemand mehr zu hausen.
„Die Fackeln, schnell!" Die Weiber gingen vor und leuchteten
den Weg, während Baldur die Richtung vorgab. „Jetzt rechter
Hand, um die Eiche! Da seht ihr die Mauer und das Tor?"
Tatsächlich kamen sie nun an die besagte Stelle. Baldur sprang
vom Wagen und zerschlug mit dem Biden die Eisenkette, die
den kleinen Durchlass versperrte.

Als er die Luke öffnete, hoben sie mit vereinten Kräften die langen Balken aus den Halterungen in der seitlichen Wand und stellten sie hochkant. Dann schwangen quietschend die beiden Flügel auseinander und gaben den weiteren Weg in die Finsternis frei. „Nimm du die Zügel!" rief Baldur dem Schmiedesohn zu. Wartet vor dem Tor, bis ich alles wieder verriegelt habe!" Jetzt verstand Gernot. Dieser Fuchs würde wieder die Balken vor das Tor heben und danach durch die kleine Luke zu ihnen nach draußen kommen. So würden sie in der Stadt nicht bemerken, dass sie diese Durchfahrt genommen hatten. Ein genialer Plan. Als sie die flache Wasserstelle passierten, wurden sie schon alsbald von der Dunkelheit des Waldes verschluckt. Diesmal war die Flucht noch geglückt. Hoffentlich würde ihnen auch in Zukunft das Glück hold bleiben und sie vor dem Kerkerturm bewahren. Baldur fand trotz der finsteren Dunkelheit nach geraumer Zeit genau den Platz, den er zuvor seinen Mitstreitern erklärt hatte. Das nächtliche Lager konnte nicht besser gewählt werden. Zwischen einer steilen Felswand und einen tiefen Gewässer war ein langer Einschnitt, der von beiden Seiten nur den schmalen Zugang eines Karrens zuließ. Sie versperrten den Zugang zu einer Seite mit dem Ochsenkarren und verkeilten die Speichen der Räder mit abgehackten, armdicken Ästen.

Dann wurden zwischen dem Kastenwagen und der Karre drei Seile gespannt, über die nun gewachste Planen, einem großen Zelt gleich herabhingen. Die Tiere waren angebunden. Auch Beißer war nun an einer langen Leine. Die Weiber schliefen mit Fin im geschlossenen Wagen, während sich die Männer mit ihren Decken und den Umhängen unter den beiden Wagen zur Ruhe legten. Der unheimliche Ruf eines Uhus begleitete ihre Nacht bis zum frühen Morgen.

„Wir brauchen frisches Brot!" Sie saßen an der morgendlichen Feuerstelle und der Ritter schaute die beiden Jungfern auffordernd an. „Wie ihr gestern leider gemerkt habt, erkennt man mich trotz meines Bartes. Ich schlage deshalb vor, dass ihr beiden mit Fin und meinem Hund ins Dorp zurückgeht und einkauft. Heute ist großer Markttag und man kennt euch nicht, denn niemand hat euch gestern genau gesehen!"

Die Weiber nahmen die kleine Handkarre vom Wagen, legten ein paar leere Jutesäcke hinein und lösten die Leine, um Beißer mitzunehmen. Alma nahm ihren Geldbeutel in die Hand und wiegte ihn. Baldur schaute sie an und lächelte, und verstand ihre Geste. Er ging in den Kastenwagen, kramte ein wenig und kam zurück. „Lasst eure Münzen hier. Die fremden Stücke könnten euch verraten. Nehmt diese hier, denn sie sind aus der Gegend! Und zügelt eure heidnische Zunge, denn die frommen Christenmenschen dulden die alten Gebräuche nicht." Er trat zu den kahlgeschorenen Weibern, die immer noch wie Burschen aussahen und zog die Verschnürung eines Beutels auseinander. „Ich hab sie sortiert! Alle Stücke sind von niederem Wert. Drei Groschen gelten so viel wie ungefähr zwei Kreutzer und ein paar Pfennige!" Alma nickte und schnürte den Beutel an ihren Gürtel. Gernot war traurig, dass er nicht mitgehen, und sie beschützen konnte, aber Baldur hatte Recht damit, denn durch das gestrige Scharmützel war es zu riskant. Fin setzte sich mit Freude in die Karre. Die Weiber winkten noch einmal und nahmen den Weg, den er ihnen beschrieben hatte. Es war später Nachmittag und die Männer waren schon leicht beunruhigt, als sie endlich die Rückkehrer wieder im Lager begrüßen konnten. Sie schienen sehr gut gelaunt, hatten viel eingekauft und setzten sich zuerst ans Feuer, um sich zu stärken. Fin war der erste, der schmunzelnd eine Frage stellte: „Was bekomme ich von euch, wenn ich eine Wichtigkeit preisgebe?" Baldur musste über die Art, wie er redete lächeln und ging auf das Angebot ein, denn er erwartete eine kindliche Spielerei: „Ein Silberling ist es mir wert!" Gernot war der einzige, der nicht mitbekommen hatte, was in dem Beutel der Männer gewesen war, die im Mirgel – Kawl ihr Grab fanden. „Ein Silberling?" rief er und schaute Baldur an: „Bist du doch nicht so arm gewesen, wie du uns weismachen wolltest? Wie kommt ein verarmter Ritter zu Silberlingen? Und überhaupt? Wieso wurdest du gesucht?"

„Also, wo fang ich an? Deine Kammeraden sind Zeugen, denn die Münzen stammen von den Wegelagerern, die mich und Alma meucheln wollten. Da ward ihr noch in der Stadt und habt ordentlich dem Rebensaft zugesprochen!" „Ich nicht!" protestierte Gernot. „Ich konnte noch gehen und hab den Weg gefunden!" „Nun gut und jetzt will ich euch genau erzählen, wie der Graf mich und die anderen Ritter reingelegt hat!"

„Stopp!" rief Fin! „Erst meine Geschichte!" Alle drehten sich zu ihm um, nur die beiden Weiber waren davon informiert, denn sie hatten in der Stadt diese gute Nachricht gehört, die der Kleine nun gegen klingende Münze von sich geben wollte. „Dein Graf hat sich mit den Bewohnern rund um die Feste Gneisenstein überworfen! Er hat nicht nur dich, sondern einen jeden als Lügner, Betrüger und Denunzi…" Alma kam ihm zu Hilfe: „Denunzianten, ekelhafte Speichellecker versuchten ihren Profit daraus zu schlagen! Du wirst nicht gesucht!"

Fin hielt dem Ritter seine Hand entgegen: „Sag ich doch!"

Den Mund halb geöffnet, legte er die versprochene Münze in die kleine, wartende Hand. Fin nahm sie in den Mund und biss mit den Zähnen darauf. „Gut!" meinte er danach und steckte sie geschickt in den Beutel zu seinem gekrümmten Messer. „Wie, ich werde nicht gesucht? Woher wollt ihr das wisst?"

Walpurga setzte sich aufrecht und erklärte es ihm: „Das ist ein großes Thema im Dorp, wenn man die Leute darauf anspricht. Der Alte von Gneisenstein ist nicht mehr bei Sinnen. Er schreit den ganzen Tag herum und keiner auf der Feste traut sich, ihm zu widersprechen. Er ist, so sagen sie im Dorp, der Raserei verfallen. Er hat sein Weib von den Zinnen gestoßen und schimpft auf jeden. Er behauptet, dass ihn alle bestohlen hätten. Er ist krank! Selbst der Pfaff hatte versucht, ihn zu besänftigen und wurde während der Messe von ihm aus der Kanzel geholt. Er musste sich in seiner Burg einschließen. Es ist eine Frage der Zeit, wann ihn seine eigenen Leute überwältigt haben. Kein Mensch fragt nach dir! Keiner kennt die Ritter beim Namen, die er des Diebstahls bezichtigt, du kannst dich frei bewegen!" Man hätte dem starken Mann nicht zugetraut, dass er nach diesen Worten so nasse Augen bekommen hätte. Walpurga reagierte sofort und nahm den brüderlichen Freund in die Arme: „Na, siehst du! Alles wird wieder gut!" Alma wollte von Fin wissen, warum er auf den Silberling gebissen hatte.

Der Kleine schaute sie erstaunt an: „Na, das machen doch alle Händler so, wenn sie bezahlt werden!" „Und warum machen die das?" „Nur so! Weiß nicht. Aber es sieht doch gut aus, oder nicht?" Jetzt mussten alle lachen und packten die gekauften Sachen aus, teilten das Brot und setzten sich ans Feuer. Alma kam mit einem Krug Rebensaft zu ihnen. „Hat jeder einen Humpen?" Alle nickten und hoben ihre Becher, nur der kleine Fin schrie: „Moment! Ich hab noch keinen!" Während er zum Wagen lief, lächelte Baldur und beschloss: „Für diese gute Nachricht haben sich alle einen gehörigen Schluck verdient.

Es wird Zeit, dass auch der Kleine einmal abgefüllt wird und von Feen und Gnomen träumen lernt!" Den letzten Satz hörte Fin nicht, denn er kam zurück und hielt Baldur stolz den geholten Becher zum Füllen hin. Aber selbst wenn er die Warnung vom dicken Schädel vernommen hätte, wer glaubt schon, dass so etwas wirklich eintreten würde, bevor man nicht selber den Geist in der Flasche geweckt hatte.

Keiner konnte zu diesem Zeitpunkt ahnen, dass der alte Bur, bei dem der Wagen untergestellt war, die beiden Weiber und den Kleinen genau beobachtete. Als dann die Männer und Baldur mit Fin zurückgekommen waren, und in der gleichen Nacht durch die Gasse flüchteten, schöpfte er sofort Verdacht. Die Kunde, dass ausgerechnet diese Gruppe die wilde Rauferei in der Spelunke mit zwei toten Wachsoldaten angezettelt hatte, brachte ihm die Bestätigung. Am Nachmittag des folgenden Tages war er zur Burg geritten und berichtete von der Rückkehr des Ritters und dem veranstalteten Scharmützel.

Ein Beutel Silberlinge war sein Lohn, mit dem Auftrag, die Mär von der Einstellung der Verfolgung Baldurs zu verbreiten. Und tatsächlich waren die unwissenden Weiber bei ihrem Einkauf darauf hereingefallen, denn sie konnten von dieser raffinierten Intrige nichts wissen. Der Graf wollte derweil von seinen, noch verbliebenen Männern erkunden lassen, was sein früherer Ritter gegen ihn vorhatte, denn das schlechte Gewissen plagte ihn. In den nächsten Tagen sollten sich die Freunde noch in Sicherheit wiegen, denn an der Geschichte stimmte nichts. Mit Baldur und seinen Begleitern war man noch lange nicht fertig! Zu groß war die Angst des Edlen, denn er wusste wohl, dass es höchst unritterlich war, Baldur und die anderen Ritter einfach fortzuschicken und ihnen die Schuld für die hohen Beden zu unterstellen. Jahrelang musste Baldur die Zahlungen eintreiben, zweifelhafte Taten. Auch für so manchen Disput, den der Gneisensteiner zu Unrecht mit den Nachbarn vom Zaum brach, mussten die treuen Männer herhalten. Schnell ließ der Graf von seinem Herold damals in der Umgebung verkünden, dass es übertriebene Bede gewesen sei, von der er nichts gewusst habe und die ihm seine Ritter nie ablieferten. Wem sollten die Menschen glauben, wenn nicht ihrem Lehnsherrn? Die Saat war ausgebracht und jetzt verdreht dargestellt worden, um Baldur in Sicherheit zu wiegen. .

Am Morgen waren die Erwachsenen schon lange wach, als sich im Kastenwagen endlich etwas rührte. Es schepperte und rumorte ein paar Mal, bis sich endlich die hintere Tür öffnete, Fin hervortrat und sich mit der flachen Hand vor den grellen Sonnenstrahlen schützte: „Mir ist malad! Ich hab mir ein übles Weh in der Stadt eingefangen." Sprach`s und stolperte vom Wagen in die Büsche. Die würgenden Geräusche taten Alma und Walpurga in der Seele weh, während sich die Männer schmunzelnd anschauten. „Schämt euch! Warum habt ihr den Kleinen gestern nicht davor gewarnt!" Alma lief zu ihm und hielt seinen Kopf, während sie beruhigend auf ihn einredete. „Wir Weiber hätten nicht so früh schlafen gehen sollen!" meinte Walpurga. „Habt ihr Fin tatsächlich so viel trinken lassen, dass er nun meint, krank zu sein?" Baldur hob die Schultern: „Ihm hat es geschmeckt. Hätten wir ihn nicht gebremst, er wäre sogar mit dem ganzen Fass eine innige Freundschaft eingegangen!" Dann ergänzte er: „Jetzt ist er ein ganzer Kerl und weiß, wie er mit den betörenden Säften besser umzugehen hat. Über früh oder spät wäre er doch einmal zu dieser Erkenntnis gekommen und da ist es doch wohl besser, es im Kreis seiner Freund zu erfahren, als dass er alleine in die Gasse fällt und ausgeraubt oder gemeuchelt wird, meint ihr nicht?" Die eindringlichen Worte waren an die Weiber gerichtet, aber wohl auch eine nachträgliche Entschuldigung für sein Tun, denn auch ihm tat der Kleine leid, der sich jetzt seines Mageninhaltes auf erbärmliche Weise wieder entledigte. Nach einer guten Stunde wollte ihm Baldur ein Laib Brot und etwas Käse zum Wagen bringen, aber die besorgten Weiber ließen das nicht zu, denn als Fin den Käse roch, fing er wieder an zu würden. Der erbärmliche Zustand dauerte noch bis zum Mittag. Alma schlachtete ein Huhn und kochte davon einen heißen Sud. Das brachte den Kleinen wieder auf die Beine.

Alma machte sich danach mit Fin und dem Hund des Ritters noch einmal auf, um in der Stadt nach einem Bader zu suchen. Es müsste doch auch eine Tinktur geben, die beruhigend auf den kleinen Magen einwirken könnte. Ein Medicus wäre zu teuer gewesen. Außerdem hatte sie an einem Marktstand einen feinen, braunen Wollstoff gesehen. Auch wenn es nur die Farben schwarz, braun und grau gab, die den Niederen an den normalen Tagen gestattet waren, sie wollte langsam von den Beinlingen und dem viel zu engen Wams der Burschen nichts mehr wissen. Walpurga sollte ihr ein langes Gewand nähen. Die Gauklerin konnte Kostüme machen, mit denen sie, Ansgar und ihr Bruder an Markttagen auftraten, um Kurzweyl zu verbreiteten. Walpurga ging ein gewagtes Spiel dabei ein, denn sie trug manchmal blaue Beinkleider, die nur am Tage des Herrn gestattet waren. Als Alma ein paar Kräuter und ein Glas mit einer übel riechenden Flüssigkeit für zwei Silberlinge vom Bader erstanden hatte, begaben sie sich beide zu den Marktständen. Während Alma mit einem Weib den Preis aushandelte, saß Fin mit geschlossenen Augen am Brunnen, während Beißer seine nasse Hand leckte. Wieso taten ihm die hellen Sonnenstrahlen und die lauten Geräusche nicht so gut? Er würde das im Verlaufe seines Lebens noch erfahren, dass es dem übermäßigen Genuss vom Rebensaft und gewürztem Bier zu verdanken war.

Als er so ruhig dasaß und mit einer Hand als Schale dem treuen Vierbeiner das kühle Nass darbot, hörte er eine leise Stimme. Vier Männer unterhielten sich und Fin erfuhr, dass es um den ausgestoßenen Ritter Baldur ging. Es waren des Grafen Büttel, die sich verabredeten, um der Jungfer zu folgen, denn sie würde die Männer zu ihm führen, so hofften sie.

Fin war hellwach. Er spürte auch kein dummes Gefühl mehr in der Magengegend und auch Beißer spürte die Unruhe und knurrte. „Ich muss Alma warnen!“ ging es ihm durch den Kopf.

Er sprang von der Mauer und schlenderte zu seiner Begleiterin, die gerade dabei war, den Ballen Stoff auf die Handkarre zu heben. Der kleine Kerl, pfiffig und gewitzt, ging an ihr vorbei, ohne sich umzudrehen. „Man beobachtet dich und man dir ins Lager folgen," zischte er leise, während er die Hanfkordel straff zog, damit sie der Hund nicht durch übermäßige Freude der Jungfer gegenüber, verraten konnte. „Mach langsam und komm dann nach, denn ich werde mit Beißer vorlaufen und Baldur warnen!" Alma richtete sich auf und schaute daraufhin um sich. „Mach das nicht! Das fällt nur auf! Tu einfach, was ich dir gesagt habe!" Dann schlenderte Fin zum Tor und rief dem Bastard zu: „Lauf, Beißer! Such Baldur!" Dann rannte er hinter dem Vierbeiner dem Lager entgegen.

Die Männer versorgten die Tiere und Walpurga sammelte im Wald Brennholz, als der Hund angerannt kam. Kurze Zeit später stand Fin taumelnd und völlig außer Atem neben ihnen. Die Dirn bückte sich zu ihm: „Wo ist Alma? Was ist passiert?" Er presste seine Faust in die stechende Seite, während Beißer wild an ihm hochsprang. „Ich, ich hab, oh, sie kommen . . " Jetzt standen auch die Männer bei ihm: „Sprich! Was ist?" Fin atmete tief durch: „Ich hab sie gehört, vier Soldaten sind es!" stammelte er und berichtete, was er am Brunnen gehört hatte. Eile war geboten, denn sie verstanden endlich, dass Fin sie vor den Bütteln des Landgrafen warnen wollte.

Baldur nahm sein Biden und versteckte sich, Walpurga setzte sich ans Feuer, Gernot sowie die beiden Gaukler griffen ihre Waffen und stellten sich mit dem Rücken zum Weg.

Es dauerte nicht sehr lange, da kam Alma mit der Handkarre ins Lager. Sie verhielt sich unauffällig und rief Walpurga: „Schau! Ich hab Stoff für uns gekauft!"

Da traten zwei Häscher aus dem Schatten der Bäume auf den Weg und kamen langsam auf sie zu: „Halt! Ihr da, wo ist der Mann, der sich Baldur rufen lässt?"

Zuerst taten sie überrascht und als zwei weitere Männer auf dem Waldweg auftauchten, kamen sie hinter dem Wagen hervor. Sie stellten sich in eine Reihe und drehten sich zu den Soldaten um. Unbewaffnet, wie es schien, denn ihre Blankwaffen wurden von den schnell übergeworfenen Umhängen verdeckt: „Wer will das wissen?" rief ihnen Gernot entgegen und zur Bekräftigung seiner Worte schlug er jetzt demonstrativ die linke Hälfte des Umhangs zurück, damit seine Waffe sichtbar wurde und die Männer erkannten, dass ihr anfängliches Vorhaben kein leichtes Spiel werden würde.

„Es ist ein gräfliches Dekret! Stellt euch nicht quer, denn wir wollen nur den Verräter, der Gelder unsres Herrn unterschlagen und anschließend die Ritter der Burg aufgestachelt und fehlgeleitet hat. Mischt euch nicht ein! Es ist unsre Sache, wen wir ausliefern! Unser Kerker hat genug Platz für euch alle!"

Da sprang Beißer plötzlich auf die Häschern zu, die unfähig waren, sich gegen den Bastard zu wehren. Der Hund hatte sich in den Umhang des Anführers verbissen und mit dem Kopf schlagend, zog er knurrend an dem spröden Gewebe, bis es auseinanderriss. Ein scharfer Pfiff und Beißer ließ seine Beute augenblicklich los und stellte sich hinter den Ritter. Aber das war erst der Auftakt gewesen, denn nun zog Baldur sein Biden hervor, ließ es sofort über dem Kopf kreisen und ging augenblicklich auf die Häscher zu. Von dieser Dreistigkeit überrascht, richteten zwei ihre Spieße gegen ihn, die anderen zogen ihre kurzen Schwerter. Es sah jedoch bei weitem nicht so aus, als würden sie sich tapfer zum Kampf stellen, denn ein Jüngling zitterte so stark, dass er seinen Spieß nicht mehr halten konnte und ihn vor sich fallen ließ.

Mit einem tierisch anmutenden Aufschrei sprang Baldur auf sie zu und traf mit der rotierenden, langen Klinge gleich zwei der Schergen an deren Schultern und Oberarmen. Er setzte den schweren Biden ab, atmete kurz durch und schwang ihn erneut.

Er wollte gerade dem Anführer nachsetzen, der sein Glück in der Flucht suchte, als ihm Beißer im vollen Lauf in den Rücken sprang und ihn damit sofort zu Boden warf. Knurrend und die Zähne fletschend, stand er auf dem Gestürzten, der es nicht mehr wagte, sich zu erheben oder auf den Rücken umzudrehen. Er hatte beim Laufen den Helm verloren und verbarg nun sein Gesicht mit beiden Händen. Baldur wandte sich ab und wollte den nächsten zum Kampf stellen. Da sah er, wie die beiden Jungfern sich schon der anfänglich Verletzten annahmen. Fest verschnürt saßen sie nebeneinander an die Wagenräder der Karre gefesselt. Von dem Vierten war jedoch nichts mehr zu sehen. Baldur schaute zu Gernot, der nickend zu einem Strauch zeigte, hinter dem sich der letzte verbarg.

Der Ritter war froh, dass es so schnell vorbei zu sein schien, stellte den Biden schräg an den Kastenwagen und rief laut in die Büsche: „Ergib dich, komm hervor! Die siehst doch, dass ihr keine Chance gegen uns habt!" Beißer warnte Baldur bellend, aber es war zu spät! Ein lautes Surren, ein dumpfer Aufschlag und der kurze Bolzen einer abgeschossenen Armbrust steckte in der Brust von Ansgar, der soeben hinter dem Kastenwagen hervorgekommen und zufällig zwischen den Schützen und Baldur geraten war. Er rettete dem Ritter das Leben, um mit dieser Tat sein eigenes zu verlieren.

Verwundert schaute der Gaukler tödlich getroffen an sich herab, während der Schütze seine Mordwaffe vor sich stellte und mit beiden Händen die Sehne erneut zurückzog.

Er kam nicht mehr dazu, den nächsten Bolzen auf die Schiene zu legen, denn ein kurzes Zucken durchfuhr ihn, als er von Gernots geworfenem Dolch in den Hals getroffen wurde. Die schon gespannte Sehne schnellte zurück und ließ die Armbrust auf dem Boden tanzen, während sich der Häscher am Hals fasste und vornüber in den Staub fiel. Ansgar, noch mit dem Holzstummel im Leib, zog sein Messer und wankte taumelnd auf den Anführer zu, der immer noch von Beißer bewacht wurde. „Keine Gefangenen!" hauchte er leise: „So hat es mir Baldur am Lagerfeuer erzählt, das waren die Anweisungen eures Herrn. Ihr müsst doch wissen, dass Baldur viele Jahre in seinen Diensten gestanden, sein Leben in so manchem Tjost und Scharmützel zu seinem Schutz und Ehr eingesetzt und einige Male verwundet wurde. Es ist eine Schand, dass das alles nicht mehr zählt!" Er musste sich abstützen, wollte aber seinen Unmut noch weiter erklären, denn er hatte nichts mehr zu verlieren. „Wie viel Rüstzeug, welche Menge an Waffen und Getier wurde Baldur im Gestech zugesprochen und dann vom Grafen an seiner Statt an sich gerissen? Sprecht!" Er verlor für einen Augenblick das Gleichgewicht und wurde von Baldur gestützt. „Halt ein, Ansgar! Es ist nicht dein Kampf!" Der Gaukler blinzelte mit den Augen, denn ein rosaroter Schleier legte sich auf seinen Blick. Er straffte seinen Körper und erwiderte: „Schau den Bolzen! Sieh meine Verletzung! Jetzt ist es auch an mir, Rache zu nehmen!" Er wandte sich seinem hünenhaften Freund zu: „So war es doch Baldur, oder nicht?" Er griff sich an die Brust, bückte sich zu dem Mann, bog seinen Kopf zurück und schnitt ihm ohne ein weiteres Wort zu verlieren, die Kehle durch. Dann stand er mühsam auf und stampfte auf die beiden Gefesselten zu. Die Jungfern wollten den Rasenden davon abhalten, die wehrlosen Männer zu meucheln, aber er wischte alle Bedenken beiseite: „Ihr seid des Todes! Fragt Baldur! Schaut euch diese Unholde an. Ihr habt doch selbst gesehen, was sie vorhatten, als sie hierherkamen. Lebendig oder tot! So hat der Graf es euch doch aufgetragen, oder nicht?" Die Männer ahnten, dass ihnen das Gleiche bevorstand, was die anderen schon hinter sich hatten. Verwirrt und hilfesuchend schrien sie los. Sie flehten und versprachen, selbst die Jungfern und Gernot waren nicht mehr in der Lage, den tödlich verletzten Gaukler von seinem Tun abzuhalten.

Der hünenhafte Baldur stand wie verwurzelt. „Was für ein Freund!" dachte er für sich, denn seine Reaktion wäre genauso gewesen. Dem Treiben musste ohne Zeugen ein Ende gesetzt werden. Ansgar stand vor den Gefesselten, stützte sich mit der linken Hand am Wagen ab und schaute ein letztes Mal in ihre Augen. Dann bückte er sich unter starken Schmerzen und vollbrachte sein angekündigtes Tun. Er schnitt mit kurzen, kräftigen Bewegungen ihren Hals durch, taumelte danach zurück, ließ das Messer fallen und fiel ansatzlos nach vorn auf seine Brust. Die Eisenspitze des Bolzens drang dabei so tief in den verwundeten Körper, dass sein Wams zerriss und zwischen den Schulterblättern für alle sichtbar wieder heraustrat.

Entsetzen und Ratlosigkeit machten sich breit.

Baldur versuchte seinen Freund hochzuheben und vorsichtig auf die Seite zu betten, aber das Leben war schon aus ihm gewichen und ein trüber, milchiger Schleier legte sich auf seine geöffneten Augen. Es dauerte einen Augenblick, bis die Freunde verstanden, was sich da soeben vor ihren Augen abspielte. „Er gab sein Leben für uns alle!" sprach Baldur und schloss mit der Hand die Augen des Freundes. Der Hüne putzte sein Gesicht am Ärmel ab, denn er wollte nicht, dass man seine Trauer und die Tränen als Schwäche auslegte. „Wir dürfen nicht ruhen! Es wäre auch in seinem Sinne gewesen, wenn wir jetzt hurtig packen und diese Heimstatt vorerst verlassen!"

Jetzt waren sie dessen gewiss, dass der Wütende Graf auch weiterhin nach Baldur suchen würde. Die Freunde waren sich sofort einig darüber, dem gefährlichen Treiben und dem Verfolgungswahn des Adeligen ein Ende zu setzen.

Es war noch nicht die Zeit, sich jetzt schon offen mit ihm anzulegen, aber sie waren sich auch darüber im Klaren, dass noch weitere Männer nach dem Ritter und seinen Begleitern suchen würden.

Der Landgraf schien eine Belohnung auf ihn und seine Freunde ausgesetzt zu haben, anders konnte er sich dies Gebaren nicht erklären. „Da habt ihr euch aber schwer verhört!" Gernot stand in der Runde seiner Vertrauten und meinte damit die Weiber, die gestern noch diese erleichternde Nachricht überbrachten, dass man sich nicht mehr um den Ritter zu scheren schien. Es war wohl eine taktische Finte gewesen, um sie in Sicherheit zu wiegen und die Häscher auf ihre Spur zu bringen. Die Weiber wischten ihre Tränen, während Beißer hinter den Rücken seines Herrchens legte und jeden anknurrte, der sich zu nähern wagte. Er spürte, dass der Kampf nicht ohne Folgen bleiben würde. Selbst Fin, der immer eine gute Hand mit dem Bastard hatte, konnte sich dem Ritter nicht mehr nähern. Es würde Tage dauern, bis der Rüde sich wieder streicheln ließ.

Ansgar wurde in aller Eile von den Freunden begraben und die Stelle mit einem wuchtigen Findling beschwert.

Dem starken Ritter kam dabei ein Bibelspruch in den Sinn, den er auswendig halblaut vor sich hinmurmelte.

Die Gruppe war zutiefst betroffen, denn mit dem Tod des Gauklers verloren sie zudem einen treuen, wahren Beschützer. Allzu lange konnten sie sich dieser Trauer jedoch hier nicht hingeben. Ansgar würde in ihren Träumen und Erinnerungen weiterleben. Schweren Herzens mussten sie sich eingestehen, dass ihnen nicht mehr viel Zeit blieb. Baldur riss die Freunde aus ihrer Trauer: „Bedient euch an den Häschern! Wir wollen doch nicht, dass ihre wertvolle Habe mit ihnen verloren ist!"

Nachdem sie die Männer gefleddert und mit schweren Steinen am Hals dem tiefen Gewässer übergeben hatten, trat Fin in die Runde und schaute auf die erbeuteten Sachen. „Darf ich den Katzbalger mein eigen nennen?" Damit zeigte er auf eines der Kurzschwerter. „Fin!" erklärte Baldur. „Nicht jedes Schwert ist ein Katzbalger! Aber diese Sachen könnten uns doch verraten. Das Wappen des Grafen am Knauf sieht jeder, wir müssen sie

beiseiteschaffen! Am besten, wir zerschlagen sie in Stücke!"
Fin widersprach: „Hoho! Nicht so schnell! Wozu haben wir
einen Schmied in unsrer Runde? Den Knauf kann man auch
flach hämmern, sodass keine Seele je noch das Wappen derer
von Gneisenstein darauf erkennen könnte!" Baldur kratzte sein
Kinn und schaute Gernot an, der ihm zunickte: „Er hat Recht!
Aber wir müssen uns eilen, denn nehmen wir die Sachen
unverändert mit, so sind wir bei einer Kontrolle des Todes.
Wenn ich hier ein Schmiedefeuer entfache, so wird es Stunden
dauern, bis die Tat vollendet ist. Entscheide du!"
Die Wagen wurden von den Dirnen mit der Hilfe Tilmanns zur
Abreise vorbereitet, während Gernot das Feuer entfachte und
die verräterischen Knäufe der Blankwaffen in der Holzkohle
eine dunkelrote, dann immer heller werdende Farbe annahmen.
„Jetzt, Fin! Kräftig treten!" damit meinte er die beiden Bretter,
die der Kleine an seinen Schuhen festgebunden hatte und
abwechselnd mit seinen Füßen den Ledersack mit Luft füllte.
Beim Heruntertreten presste er durch ein Metallrohr einen
unaufhörlichen Luftstrom unter die Glut, die bei jedem Tritt
fauchend und funkensprühend darauf antwortete.
Gernot musste den richtigen Zeitpunkt und die genaue Färbung
des Eisengriffs abwarten, um Baldur ein Zeichen zu geben.
Jetzt war es soweit! Der Hüne nahm, mit seinen dicken
Handschuhen vor der Hitze geschützt die bereitliegende Zange
und zog Stück für Stück aus der Glut. Gernot konnte jetzt mit
dem kurzen Hammer die eingravierten Wappen zu einer glatten
Fläche schmieden. Dabei kam ihm sogar die glorreiche Idee,
mit Stahlstiften einen unverfänglichen Strahlenstern auf den
immer noch hellroten, runden Knauf zu legen und anschließend
mit weiteren, kräftigen Schlägen als neue, unverfängliche
Kennzeichnung darauf zu verewigen.

Obwohl die Zeiten immer noch unruhig und für umherziehende Weiber sehr gefährlich waren, ließen sich die beiden Dirnen ihre Haare wieder länger wachsen.

Sie verbargen ihre neue Tracht zusammengedreht unter einer weiten Kappe und die Gewandung der Jünglinge, die sie in den ersten Jahren getragen hatten, lag nun in einer Kiste auf dem Wagen. Der Beweglichkeit wegen, trugen sie immer noch so etwas Ähnliches wie Beinlinge, die am Gürtel in Hüfthöhe befestigt wurden. Bluse und Wams ähnelten denen der Junker, waren aber von feinerem Stoff und verständlicher Weise etwas weiter geschnitten. Ihr Gang war elegant und geschmeidig, nicht so tölpelhaft wie bei den männlichen Begleiter.

Von weitem hätte man sie durchaus als Edle ansehen können. Die normale Weibertracht, knöchellange Kleider, würden die Jungfern nur an einer schnellen Gegenwehr mit den geübten Waffen hindern. Deshalb suchten sie sich unterschiedliche Klingen aus. Während Alma ein Kurzschwert an der linken Seite und zusätzlich den kleinen Dolch hinter dem Gürtel trug, bevorzugte Walpurga den Katzbalger und ein italienisches Stilette mit dünner, dreikantiger Klinge. Eine gefährliche Kurzwaffe, die sie seit Kindheit ihr Eigen nannte. Ihre Mutter gab sie dem heranwachsenden Mädchen in jungen Jahren. „Dir soll es nicht so ergehen, wie mir. Bewahre die Waffe gut. Ich hab sie deinem Erzeuger als traurige Erinnerung entwendet!" Sie rätselte, ob ihr Vater aus den südlichen Ländern gekommen war, konnte das aber von ihrer Mutter nie in Erfahrung bringen. Fin, mittlerweile den zwölften Lenz hinter sich, durfte mit dem Kurzschwert der Landknechte üben. Er hatte sich prächtig entwickelt und stand in Größe und Statur dem Gaukler und den Weibern nicht nach. Natürlich war Baldur der Hüne unter ihnen, denn er maß 6 Fuß. Gernot war ein Kopf kleiner, aber immer noch größer als Til und die beiden Jungfern.

Sie hatten wieder einmal das Lager der letzten zwei Nächte abgebrochen und wollten gerade ins nächste Dorp aufbrechen, als mehrere Ritter über den Hügel direkt auf sie zuhielten. Baldur kniff seine Augen zusammen und atmete tief durch: „Ich hab`s befürchtet und damals schon vermutet, doch jetzt ist es tatsächlich Wahrheit geworden!" Minuten später waren sie von schwarzen Reitern umzingelt, die weder auf den Schilden, noch ihren Umhängen ein erklärendes Wappen trugen. Sie stiegen ruhig und siegesgewiss von ihren Rössern.

„Was hattest du befürchtet?" flüsterte Gernot und schaute den Ritter an. Der schien fest entschlossen, den Kampf gegen die Übermacht aufzunehmen. „Flamberge!" antwortete er, fasste sein Biden mit den Händen fester und hielt es schützend vor sich. Flankiert von den Weibern stand Gernot neben ihm: „Flam... was?" Baldur beugte sich zu ihm herunter. „Sie führen scharfe Biden mit gewellten Klingen. Hast du je einen Krieger gesehen, der von solch einer Waffe zerrissen wurde? Kein einziger Schlag darf dich treffen, denn er reißt fürchterliche Wunden! Im wilden Gemenge, dem Buhurt, als ritterliche Übung sind diese Schwerter geächtet wie die Armbrüste."

Er sah sich um: „Wo ist Tilmann?" Gernot hob die Schulter und schaute zu Alma, die ein verschmitztes Lächeln auf den Lippen nicht verbergen konnte und ihn fragte: „Kühl dein Blut, Baldur! Erkennst du deine ehemaligen Recken nicht?" Er ließ irritiert seine schwere Waffe mit der Spitze in den Staub sinken und betrachtete die sechs Ritter, die jetzt langsam auf sie zukamen, ohne ihre gefährlichen Langwaffen vom Rücken zu schnallen: „Baldur, mein Freund! Seit wann hast du die trüben Augen eines Grotten-Molchs?" Endlich erinnerte er sich und schaute sich auch die begleitenden Ritter genauer an. Er erkannte so manchen Recken, der mit ihm zusammen aus den Diensten des Grafen entlassen worden war. Der Ritter, der ihn blind gescholten hatte, ein hochgewachsener Mann, kam mit offenen Armen auf ihn zu. „Gero!" sprach er ihn an „Du bist es tatsächlich!" Mit lautem Gelächter antwortete der und nickte den anderen zu: „Deine Freunde?" Baldur atmete erleichtert auf und drehte sich zu den schwarzen Reitern um: „Steht ihr jetzt in seinen Diensten?" Die Männer schlugen als Antwort mit den Fäusten auf ihre Schilde. Die Kettenhandschuhe machten einen Lärm, wie man es sich in der Hel vorstellte. Er hatte sich schon früher mit dem Grafensohn gut verstanden. „Wie hast du mich gefunden? Und warum trägst du nicht das gräfliche Wappen deines Vaters, das dir zusteht?"

„Ist das nicht offensichtlich? Hast du nicht von der Willkür meines Erzeugers gehört?" Er hielt sich mit einer Hand die Stirn und drehte sich zu seinem väterlichen Freund um: „Baldur, manchmal glaube ich, dass er der Raserei verfallen ist! Seitdem Mutter tot ist, verhält er sich zunehmend merkwürdiger! Er hurt mit den Weibern unsres Gesindes herum und tyrannisiert seine Untergebenen. Als ich ihn darauf angesprochen habe, hat er mich der Feste verwiesen, mit der Begründung, ich sei ihm nicht ebenbürtig! Aber lassen wir das! Wir haben viel zu besprechen!" Er griff mit dem Arm um die Hüfte des Hünen: „Bedank dich bei deiner begleitenden Dirn, sie wollte mich über meinen Vater, diesen Tyrannen ausfragen und ich erkannte in ihr eine ehrliche Seel!"

Alma nickte zustimmend und gesellte sich dazu, während Til verschämt den Bolzen von der Schiene seiner gespannten Armbrust nahm und um den Wagen nach vorne kam.

Die Pferde waren schnell am Wagen angebunden und nun saßen sie alle um das neu entfachte Feuer. „Wir werden heute nicht mehr weiterziehen. Können wir mit euch die Nacht verbringen?" Bald war ein geschossener Hirsch abgehäutet und wurde von Fin und Alma mühsam über dem Feuer langsam gegrillt, während Walpurga den Braten mit Fett übergoss, das zischend in der Glut verdampfte.

Gero, der gräfliche Sohn hatte die verstreuten Ritter seines Vaters zusammengeführt und bewohnte mit ihnen die kleinere Feste der Herrscherfamilie, die schon seit mehreren Monden leerstand. Da der Medicus und selbst das Gesinde von dem jüngeren Adeligen besser behandelt wurden, waren mit ihnen auch viele Familien aus freien Stücken hierher gezogen und versorgten die Ritter. Dem alten Landgrafen waren ein paar Ritter und ein Bader geblieben. „Gero, wie viele seid ihr denn und was hast du nun vor? Du wirst nicht verhindern können, dass dein Name hinderlich sein wird und du immer mit den Schandtaten deines Vaters in Bezug gebracht wirst!"

Er nickte. „Ich muss abwarten! Wir werden sehen, wie weit er es noch treibt, aber ich will natürlich kein offenes Gemetzel und Aufbegehren gegen ihn wagen! Zu viele Intriganten und bezahlte Speichellecker könnten mir und meinen Männern dann zum Verhängnis werden. Morgen reiten wir zurück, ihr seid meine Gäste!" Er schaute in die Runde, aber nur Gernot, Baldur und die Weiber hörten aufmerksam zu. Seine Ritter schnitten Stücke aus dem Braten. Fin schenkte die Becher voll und lauschte den Erzählungen der Ritter, seine Augen strahlten und es war eine wahre Freude für ihn, denn er hatte schon immer die Eisenmänner bewundert. Auch er zückte seinen Dolch und holte sich ein saftiges Bratenstück, verweigerte aber trotzig jeden hingehaltenen Trunk, denn seine Erfahrung mit dem vergorenen Gerstensaft war sehr nachhaltig. Er war der erste, der darauf reagierte, als es darum ging, mit auf eine Burg reisen zu dürfen. Er lief zu Baldur und schaute hoffnungsvoll in seine Augen. „Ich kann im Stall helfen…" bettelte er und als der Ritter keine Mine verzog, ergänzte er: „… in der Küche? Mit Alma und Walpurga? Es naht der Winter, das weißt du aber schon! Und die Nächte sind kalt, hier draußen und im Wagen auch…" „Ist ja schon gut Fin! Wir sind uns doch einig!" Tränen liefen dem Jüngling, ob der frohen Botschaft aus den

Augen und er drehte sich verstohlen zur Seite, während er mit dem Ärmel durch sein Gesicht wischte. Nach ein paar Monden überzog eine weiße, kalte Schneedecke das Land und eisige Winde fegten durchs Gemäuer.

Fin arbeitete mit Tilmann für den neuen Herrn als Truchsess. Der schlaue Gaukler erkannte schnell, dass er das Vertrauen des Burgverwalters erlangen musste, eines ältlichen Edelings, der sich aus den Querelen der gräflichen Familie heraushielt.

Alma und Walpurga halfen in der Küche, wobei die Schwester des Gauklers mit fremdartigen, neuen Gerichten bald sehr beliebt wurde und teilweise das Kochen ganz übernahm.

Baldur befehligte nun die Männer, teilte die Wachen ein und übernahm den Schutz von Geros Feste.

Beißer trollte sich im Hof mit den anderen Hunden und schien den Leitwolf zu spielen. Er hatte sogar schon eine vierbeinige Mischlingsdame gefunden und die beiden ließen nicht mehr voneinander. Nur Baldur vermochte sie für kurze Zeit zu trennen, wenn er mit ein paar Männern ausritt, um in den umliegenden Dörpern nach dem Rechten zu sehen und auch dort für Sicherheit zu sorgen. Tilmann versuchte sich derweil zusätzlich abends als Spielmann mit einer Laier, beteuerte jedoch gleichzeitig, dass er nicht als Troubadour oder Minnesänger, sondern eher als Gaukler angesehen werden wollte. Trotzdem kam seine Art, dabei allerlei Sprünge, Schabernack und Klamauk zu machen, bei Hofe gut an und Fin übernahm mehr und mehr alleine die Tätigkeit des Mundschenks. Gernot fand Arbeit in der Schmiede. Natürlich eine naheliegende, vertraute Tätigkeit, da er seinem Vater oft früher geholfen hatte und die Arbeit bestens beherrschte. Mit seinem Werkzeug war er hier mehr als willkommen und erlernte, trotz des nahenden Endes der Ritterschaft noch das Formen der Eisenplatten, aus denen das Rüstzeug gefertigt wurde. Nach einem halben Jahr war aus vielen kleinen Ringen sein erstes Kettenhemd genietet, auf das er ab sofort nicht mehr verzichten wollte.

Als Tilmann ihm half, alle Sachen aus dem Kastenwagen in die Schmiede einzuräumen, stieß er auf seltsame Dinge. „Was sind das für Sachen, die du in den Kisten und Holzkübeln auf deinem Wagen hast. Was willst du mit der grauen Asche?" Gernot lächelte: „Mit dieser Asche, wie du sie nennst, kann ich ein flammendes Schmiedefeuer entzünden. Mein Vater bekam sie als Lohn von einem Alchemisten, warum fragst du?"

„Weil unser Pulver sich ähnlich anfühlst und riecht!" Er griff in ein kleines Leinensäckchen, das er immer am Gürtel trug und warf eine Handvoll davon in die Glut des Schmiedefeuers. Sofort antworteten auflodernde Flammen mit einem hellen Fauchen. „Ja, na siehst du! Es ist ein ähnliches Pulver, das du da mit dir trägst. Bewahre es gut, denn mir dünkt, dass wir es noch einmal benötigen werden!"

Gernot lächelte und verstaute das gefährlich brennbare Gut in einer Ecke, weit vom Schmiedefeuer und der Esse entfernt.

Zu dem Zeitpunkt ahnte noch keiner, wie wichtig und begehrt das Pulver bei der Verteidigung der Feste noch werden würde. Zunächst richteten sie sich gut in der vermeintlich sicheren Feste ein. Kurz gesagt, die zusammengefundenen Freunde hofften auf eine geschützte, dauerhafte Bleibe und das war wohl auch verdient. Aber leider wollte es das Schicksal ihnen nicht so einfach machen.

An einem Abend, Fin stand wie immer im Halbdunkel hinter einem Vorhang und wartete darauf, den Herren im Rittersaal den gefüllten Krug zu reichen, als er zufällig eine angespannte Unterhaltung mitbekam. Am Rand der Tafel saßen zwei fremde Recken, die wohl von der Hauptburg des Grafen gekommen waren. Sie unterhielten sich leise, die Köpfe gesenkt, über den ehemaligen Hauptmann, Baldur von Hagen, der am Kopfende mit Gero das Abendessen einnahm.

„Wie sollen wir es schaffen, ihn ohne Verdacht zu schöpfen, hier herauszulocken?" Der andere drehte sich nach allen Seiten um: „Gero darf nichts davon erfahren! Es ist dem Herrn Grafen wichtig, den Hünen als einen Schuldigen zu präsentieren. Das Volk wurde ausgepresst und stellt sich massiv gegen den Alten. Er will mit der Festnahme des Ritters versuchen, den Unmut des Pöbels von sich auf ihn zu schieben! Ihn als Prügelknaben zu präsentieren, um von sich selber abzulenken." Der Angesprochene schien nicht der gleichen Meinung zu sein und schüttelte vorsichtig zweifelnd den Kopf: „Er wird die Wahrheit herausschreien, wenn man ihn dem Volk präsentiert!" Ein Lächeln huschte über das Gesicht des Intriganten: „Eben deshalb sollen wir ihm das Maul zerschlagen, damit kein Wort jemals mehr von ihm verbreitet werden kann! Wir haben die Erlaubnis dazu, hier!" Er zog ein Pergament aus seinem Ärmel und wollte es gerade zeigen, als er vom Burgherrn angesprochen wurde: „Ihr da hinten, Boten meines Vaters, gesellt euch ruhig etwas näher hierher. Ich will wissen, wie es dem alten Herrn ergangen ist und was es Neues von meiner Heimatburg zu berichten gibt!"

Verwirrt versuchten er, das Schreiben im Ärmel verschwinden zu lassen und bemerkte nicht, dass es unter die Tafel rutschte. „Hier strahlt das offene Feuer mehr wohlige Wärme ab, als bei euch da hinten! Ihr sitzt im Durchzug. Die Tage werden kürzer und die Nächte frostiger!" Die Ritter rückten zusammen und verwickelten die beiden bald in ein Gespräch. Der intrigante Plan musste noch etwas ruhen und sie erzählten deshalb nur belangloses Zeug vom Alltagsleben auf der Feste des Gneisensteiners. Keiner bemerkte Fin, der wie ein Wiesel Tier unter die Tafel gekrochen war, das Schreiben in seinem Wams versteckte und genauso schnell auf der anderen Seite wieder hervorkam. Es gab für ihn den restlichen Abend noch viel Lauferei zwischen dem Gewölbekeller und dem Rittersaal.

Endlich schickte sich auch der letzte Ritter an, taumelnd und wankend die Schlafgemächer anzusteuern.

Tilmann half Fin das Geschirr in die Küche zu bringen, danach die schweren Bohlen von den Holzböcken zu nehmen und gegen die Wand zu stellen. Sie hoben die Tafel auf.

Als sie endlich übermüdet in der kleinen Kammer neben dem Stall ankamen und sich zur Ruhe begeben wollten, fiel beim Ausziehen der Jacke das Pergament aus dem Wams des Jünglings. Til bückte sich und schaute darauf: „Was ist das? Wo hast du das her?" Fin biss sich auf die Lippen, erzählte dann aber freimütig, was sich da am Abend zugetragen hatte. „Wir müssen es einem vertrauenswürdigen Freund zeigen, der die Zeichen entziffern kann! Wie du weißt, bin ich nicht der Schrift mächtig!" Fin nickte: „Aber derjenige, den es angeht! Der kann lesen und schreiben! Baldur von Hagen! Ich muss ihn wecken, denn er scheint in Gefahr zu schweben!" Tilmann hielt den Jüngling am Arm: „Nicht mehr in dieser Nacht! Er ist, genau wie die anderen, trunken und wird das Pergament nicht so beachten, wie es sein müsste. Morgen werden wir eine Gelegenheit finden und uns mit dem Hauptmann unterhalten! Hoffentlich steht im Schreiben wirklich, was du meinst, gehört zu haben!" Fin war empört: „Na, hör mal! Bin ich blind und taub wie ein Moll? Du wirst sehen, wie Baldur darauf reagiert und nun schlaf endlich!"

Til blies das Talglicht aus und kroch unter das wärmende Bärenfell. Er dachte dabei an Alma, die mit seiner Schwester und den anderen Weibern in der Kemenate wohnte.

Die Dirnen hatten sich mit den Burgfräuleins angefreundet, waren sehr gelehrig und außer der Küchenarbeit teilten sie am Tag des Herrn die Kurzweyl der edlen Weiber, die ausritten und mit den Falken auf die Jagd gingen. Sie durften dabei natürlich nur zuschauen, denn noch war es ihnen streng untersagt, einen so kostbaren Greifvogel ihr eigen nennen zu dürfen.

Dabei kamen sie voll auf ihre Kosten, denn mühsam erlernten sie in den Wintermonden die Kunst, den Federkiel zu nutzen und die Pergamente mit fortschreitender Hartnäckigkeit immer besser deuten zu können.

Davon wussten weder Gernot, noch Tilmann, als am nächsten Morgen Fin in aller Frühe am Tor war und Ausschau nach dem Hauptmann hielt, der gestern zur Mittagszeit mit drei Rittern zu einem Einsiedlerhof gerufen worden war.

Er wollte dem ritterlichen Freund so schnell wie möglich das verräterische Papier geben. „Wohin sind die beiden Ritter geritten?" „Sie schlugen diese Richtung ein!" Damit zeigte der Wachsoldat auf das Waldstück am Horizont. Sofort schoss dem Jüngling eine düstere Vorahnung durch den Kopf. Der Soldat schüttelte nur den Kopf, denn er verstand die seltsam anmutende Frage von Fin nicht. Waren sie doch unter einem Vorwand gestern Vormittag aus der Feste aufgebrochen, um zu ihrer Heimatburg zu reiten. Der Jüngling erkannte aber sofort, dass Baldur und die Ritter in eben diese Richtung gerufen worden waren. Es musste sich um eine Falle handeln! Der Jüngling rannte, so schnell ihn seine Füße tragen konnten, durch den Innenhof direkt zum Palas. Er ignorierte die beiden Wachsoldaten an der Eingangspforte. Sie hatten die Pflicht, jedermann nach seinem Begehr zu fragen, stattdessen aber standen sie abseits und unterhielten sich mit ein paar Weibern. So rief er ihnen im Vorbeilaufen einfach zu: „Es eilt, ich muss dem Herr eine Meldung machen!" Die Männer schienen sich damit abzufinden, denn sie kümmerten sich nicht weiter um Fin, der schon hinter der dicken, eisenbeschlagenen Tür die breite Holztreppe hinaufstürmte. Er war erst zwei Mal in dem steingemauerten Palas gewesen, als er mit seinen Weggenossen im Rittersaal zusammen mit dem jungen Grafen speisen durfte. An diesem Abend waren viele Pagen in den Gängen anwesend und alles war mit Fackeln hell erleuchtet.

Nun aber, ohne Diener oder Mägde, kannte er sich nicht mehr aus, denn es brannte keine einzige Flamme und es war zu dieser frühen Zeit auch niemand in den Gängen.

Umso mehr wunderte er sich darüber, wie einfach es doch für ihn gewesen war, dem Edlen in seinem Gemäuer ohne weitere Kontrolle so nahe kommen und ihm gegebenenfalls auch nachstellen zu können. Es brisierte und so stellte er sich mittig in den Gang „Hallo! Niemand da?" rief er mit lauter Stimme, denn er wollte nicht noch mehr Zeit damit verbringen, hinter jeder Tür nach dem Burgherrn zu suchen.

Es dauerte eine ganze Weile, bis mehrere Pagen, manche ohne Beinlinge, andere im gestreiften Wams auf den Flur stürzten. „Bist du von Sinnen? Wie kommst du hier herein? Hast du vom Popanz geträumt? Verschwinde, bevor man dich hier antrifft!"

Fin ließ sich nicht davon beirren. „Ich muss Graf Gero sprechen, sein . . . . unser Hauptmann ist in Gefahr! Nun sagt schon, in welcher Kammer pflegt er zu nächtigen?"

Die Knappen, die nun auch dazu kamen, schauten sich ratlos an. Sollten sie den Herrn unnütz stören, so würden sie die Knute spüren. Aber sollte die Geschichte wahr sein, so ebenfalls, wenn sie ihm nichts davon sagen würden!

So oder so, sie mussten handeln, denn der Jüngling war schon sehr aufgebracht und bei manch spielerischer Rauferei im Hof hatten sie schon alle Bekanntschaft mit seinem durchtrainierten Körper gemacht. Sollte er sich doch selber an seiner Kund die Finger verbrennen. Sie tuschelten untereinander, zeigten dann gemeinsam auf die rechte Tür und rannten zurück in ihre Stuben . . . der Gang war in Windeseile wieder wie leergefegt.

Fin holte ein letztes Mal tief Luft und schlug gegen die genannte Bohlentür. „Herr! Seid Ihr noch im Schlafgewand oder kann ich eintreten?" Da er nichts hörte und nicht noch mehr Zeit verlieren wollte, drückte er die schmiedeeiserne Klinke und trat beherzt ein.

Das Zimmer war viel kleiner, als er dachte. Es lagen etliche Gewänder auf dem Boden, ein halb geleerter Zinnkrug stand neben zwei umgefallenen Bechern, die ihren dunkelroten Inhalt, einer Blutlache gleich, auf den Bretterboden verteilten. Man konnte sehen, dass einige Tropfen durch den Boden in die unteren Räume geflossen sein mussten. „Hey! Niemand da? Man sagte mir, dass…" Jetzt hörte er ein Geräusch von der hinteren Wand, ein Vorhang wurde zur Seite gerissen und ein Bett mit vier hohen Pfosten wurde sichtbar. Zwei junge, barbusige Dirnen hielten sich verstohlen ein paar Laken vor die Brust und zwischen ihnen erhob sich verschlafen und zerzaust ein Mann mit altem, zerknittertem Gesicht . . . so sah also ein Edler nach einer durchzechten Nacht aus! Noch ein weiterer Grund für ihn, den vergorenen Rebensaft in seinem weiteren Leben zu ächten!

Wortlos setzte sich Gero auf und betrachtete den Jüngling, der ihn da so unsanft weckte. Ungeachtet der Tatsache, dass er weder Beinlinge, noch Bluse trug, wälzte er sich umständlich aus den Laken und kam, immer noch wankend, wie Gott ihn geschaffen hatte, auf ihn zu. „Es muss sehr wichtig sein, wenn du dich erdreistest, mir hier unaufgefordert deine Aufwartung zu machen!" Er tapste suchend durch den Raum, fand den Zinnkrug und setzte ihn an den Hals. Der rote Saft lief ihm quer über die Brust und den gesamten Körper: „Red schon! Was ist so dringlich?" Während der Vorhang wieder zugezogen wurde und die schöne Aussicht auf die jungen Weiber damit nicht mehr zur Verfügung stand, erzählte Fin in aller Eile, was er am gestrigen Abend bemerkt hatte, den Zettel in seinem Beutel erwähnte er dabei nicht . . . vor erst noch nicht!

Als er seine Bedenken geäußert und seine Geschichte beendete, schüttelte Gero mehrfach den Kopf. Er war inzwischen in seine Beinlinge gestiegen und versuchte vergebens, die Lederriemen an seinen Bund zu knoten: „Du musst dich verhört haben! Die

Männer, die du verdächtigst, sind sehr gute und treue Freunde! Widukind stammt aus den nordischen Wäldern und Wulf ist ein sächsischer Ritter. Beide sind meinem Vater sehr verbunden und waren in freundlicher Absicht meine Gäste! Ich werde sie in deinem Beisein befragen, damit du siehst, dass deine Angst unbegründet ist!" Er raffte sich ein Tuch vom Holzsessel, schlug es um seine Lenden und trat auf den Gang: „Knappen! Zu mir!" Dann kam er zurück in die Stube und zeigte in eine Ecke. „Setz dich!" Während Fin einen umgefallenen Scherensessel aufhob und der Aufforderung folgte, huschten die beiden Dirnen, in Tücher gehüllt, durch die offenstehende Tür. Gero zog sich ungehemmt an, lächelte und bemerkte nebenbei: „Geschwister! Nett! Sehr nett, und unterhaltsam!"

Da betrat der erste Knappe das Schlafgemach, schaute Fin verächtlich an und verbeugte sich vor dem Burgherrn: „Herr, Ihr wünscht?" „Geh und weck mir den Ritter Widukind! Hol ihn hierher! Auf der Stelle!" Der Jüngling blieb ungerührt stehen: „Er ist ausgeritten, Herr! Mit Wulf!" Jetzt war Gero irritiert: „Wann?" Die Antwort kam sehr schnell, zu schnell. „Gestern Abend noch, Herr! Sie wollten…!" weiter kam er nicht mehr, denn der junge Graf stand nun gefährlich nahe vor seinem Knappen: „Du hast mir gestern Kunde darüber getan, in welcher Kammer die beiden nächtigen würden, ist das so?" Das Gesicht des Knaben verfärbte sich und er stotterte: „Herr, ich sollte Euch das sagen! Ihr solltet im Glauben bleiben, dass sie hier, innerhalb der Feste Eures Vaters bleiben würden!"

Mit einer Schnelligkeit, die ihm Fin nicht zutraute, hielt er seinem Knappen plötzlich einen Dolch an den Hals: „Du solltest mich belügen? Und was heißt die Feste meines Vaters? Stehst du in meinen Diensten oder in denen meines Erzeugers! Sprich, oder ich werde es aus dir herausprügeln!" Der Jüngling senkte den Kopf und hielt dem Grafen einen gefüllten Jutebeutel hin. „Das haben sie mir gegeben, damit ich so handeln sollte. Es ist doch nichts passiert, Herr!" Gero öffnete den Beutel und schüttelte die dünnen Bleche auf den Holzboden: „Pfennige, sogar zum größten Teil gespalten, du Narr! Und für diesen Judaslohn hast du den Hauptmann verraten?" Er hielt ihn fest und ging mit ihm zum Fenster, öffnete es und rief in den Hof: „Wache! Zu mir!" Der Knappe bekam berechtigte Angst: „Herr, ich wusste das nicht! Ihr müsst mir Glauben schenken!" „Das einzige, was ich dir noch zu schenken vermag, ist Aufschub! Eine Galgenfrist für dein erbärmliches Leben! Sollte man Baldur auch nur ein Haar gekrümmt haben, so wirst du auf das drehende Rad geschnallt und deine Knochen werden zerschlagen!" Die Soldaten betraten den Raum und Gero ordnete an: „Werft ihn ins Angstloch! Aber vorsichtig, denn er soll das Rad noch in Gänze kosten, falls dem Ritter Baldur Unrecht widerfuhr!" Jetzt war für Fin der richtige Zeitpunkt für die Nachricht. Er faltete es auseinander und hielt es dem Landgrafen hin.

Der nahm es erstaunt an und als er die, in Eile schnell dahingekritzelten Buchstaben entzifferte, wurde ihm schwarz vor Augen. Er taumelte zum Tisch und ließ sich auf den zweiten Sessel fallen. Das war keine Reaktion des Rebensaftes, das erkannte selbst Fin. Blass wie eine gekälkte Decke verfärbte sich sein Gesicht. „Weh mir! Ich bin ein Tölpel! Sollte das der Wahrheit entsprechen, so ist Fehde zwischen mir und dem Grafen, der einmal mein Vater war! Wo hast du diesen Schrieb her?" Fin erzählte nun die ganze Geschichte, während sie gemeinsam den Palas verließen. Gero hatte sich aus der Küche ein Fladenbrot geben lassen und wurde nun von fünf Rittern mit ihren gefährlichen Flambergen zum Stall begleitet. „Soll ich Til rufen lassen?" „Nein, wir wollen keine Zeit mehr verlieren! Balthazar, Ihr haltet die Stellung!" rief er einem alten Weggefährten zu: „Keiner, und damit meine ich keiner, verlässt oder betritt die Feste ohne meine ausdrückliche Genehmigung!

Auch und gerade niemand aus der Brut meines Vaters! Gebt dem Truchsess Tilmann Bescheid, dass wir Fin mitnehmen! Er soll sehen, wie es Verrätern ergeht!"

„Aber mich nehmt ihr doch auch mit, oder?" Gernot gesellte sich zu ihnen, unter seinem dicken, wollenen Wams trug er sein selbstgeschmiedetes Kettenhemd, den Dolch auf dem Rücken, sein Schwert an der linken Seite. Gero nickte, hob seine Hand und das Tor, sowie die Zugbrücke öffneten sich. Zurück blieb nur eine Staubwolke. Walpurga stand mit Alma hinter dem bleiverglasten Fenster der Kemenate. Beide dachten im Augenblick das Gleiche: Möge man die Recken beschützen und mit Baldur unversehrt zurückkehren.

Gero hatte sich mit den Soldaten der Wache unterhalten und von dem gestrigen, diensthabenden Ritter erfahren, dass sich selbst der erfahrene Baldur gestern keinen Reim auf diesen seltsamen Hilferuf machen konnte. Er war vor einer Woche noch mit seinen Männern auf dem Einsiedlerhof gewesen. Dort gab es nichts zu holen! Keine Güter, für die es sich lohnen würde, ein Scharmützel zu wagen. Von dem alten Burenmann, der sich hierher zurückgezogen hatte, ganz zu schweigen. Auch Baldur zögerte zunächst, musste der Sache aber nachgehen und gab schließlich seinem Pferd die Sporen, von zwei weiteren Rittern begleitet.

Nun warteten sie schon eine ganze Weile auf der Anhöhe, im Schutz eines kleinen Wäldchens auf die Rückkehr des Spähers, den sie vorausgeschickt hatten, um den Hof zu erkunden. Während sie ungeduldig in ihren Sätteln hin und her rutschten, drängte sich der ausgesandte Reiter von hinten zwischen die anderen Gäule.

Nur am glänzenden, verschwitzten Fell seines Braunen konnte man erahnen, dass er im scharfen Galopp gekommen war. „Und, was ist? Sprich doch!" Der Ritter sengte sein Haupt und nahm den Helm und seine Lederhaube ab: „Man hat ganze

Arbeit geleistet, kommt!" Damit wendete er sein Ross und führte die kleine Reiterschar zu einer Lichtung, von der man über die benachbarten Hügel schauen konnte. Dünne Rauchfahnen drehten sich über dem Einsiedlerhof gen Himmel. „Es ist alles verwüstet. Eure Soldaten, Herr scheinen mit zwei weiteren Reitern in östliche Richtung gezogen zu sein. Das haben mir zumindest die Hufspuren gezeigt. Der Schimmel des Baldur, wie auch sein treuer Hund liegen beide zerschlagen neben dem alten Bur auf dem Misthaufen. Das ist das Einzige, was ich von ihm gefunden habe!" Er drehte sich im Sattel um und warf einen sperrigen Jutesack auf den Boden, sprang aus dem Sattel und öffnete ihn. Dann griff er hinein und zeigte das Griffstück des Biden, das immer noch von einer abgetrennten Faust gehalten wurde. „Baldur…" entfuhr es dem Grafen und er drehte sich etwas zur Seite, damit man seine Tränen nicht sehen sollte. Fin war ebenfalls vom Pferd gesprungen, fasste das Griffstück und schaute den Späher an. „Das…." Er suchte den Blick des Grafen: „das ist nicht die Hand des Baldur! Seht doch!" Er hob den Knauf und zeigte die verstümmelte Hand: „Einen solchen Handschuh hat er nie getragen!" Hoffnung keimte auf und sie gaben den Rössern die Sporen, um zuerst zum Hof und dann den Flüchtenden nachzusetzen. Je näher sie dem Einsiedlerhof kamen, umso durchdringender und beißender war der Rauch, der ihnen aus den Stallungen und dem Steinhaus entgegenquoll. Es sah aus, als hätte eine Horde wilder Tiere gewütet. Das Federvieh lag zerfleddert im Dreck, dazwischen die abgetrennten Hufe des Schimmels und Beißer, der Bastard des Hauptmanns war kaum wiederzuerkennen.

Der Bur, ein ehemaliger Mönch und Eremit des Klosters saß fast schon friedlich anmutend auf seiner Bank vor dem Haus. Er hielt mit beiden Händen den Dolch fest, der aus seiner Brust ragte. Fin hatte eine unheimliche Vorahnung und gab Gernot ein Zeichen, mit ihm zusammen die Schuppen und Scheunen zu durchsuchen. Sie nahmen ihre Schwerter fest in die Hände und traten ein Tor nach dem anderen auf, leuchteten mit einer angezündeten Fackel hinein und gingen gemeinsam zum nächsten Gebäude. Mehrmals trat Gernot ohne Erfolg gegen das nächste Tor. Es schien von innen fest verriegelt. Sofort sprangen auch die anderen von ihren Gäulen und kamen ihnen zu Hilfe. Während sie mit vereinten Kräften versuchten, die Bretterwand zu bewegen, kletterte Fin seitlich am Schuppen hoch, trat einen Bretterverschlag mit den Füßen ein und schaute hinein. Nach kurzer Zeit rief er: „Hört auf! Baldur liegt hinter dem Tor! Er atmet noch, ich klettere hinein!"

Er zwängte sich durch die enge Luke und ließ sich aus gut vier Klaftern Höhe in das verbrannte Heu fallen, das immer noch glimmte. Ein stechender Schmerz durchfuhr sein linkes Bein. Ungeachtet seines verstauchten Knöchels, humpelte er auf den Ritter zu. Der hatte das Tor von innen mit Brettern und Kisten versperrt und saß erschöpft mit dem Rücken dagegen. Sein Gesicht und der ganze Oberkörper waren blutverschmiert: „Baldur! Ich bin es, Fin!" sagte er und wagte sich zu dem, vor Schmerzen stöhnenden Hünen, der jetzt versuchte seine Augen zu öffnen. Fin meinte, den Hauch eines Lächelns erkannt zu haben. „Ist …" versuchte er zu antworten, „ist Gernot hier?" „Ja! Ich will nur das Tor öffnen, damit man dir helfen kann!" sprach der Jüngling und als er sich zu ihm bückte, flüsterte Baldur: „Sag dem Schmiedesohn, das es mir Leid tut, wegen dem Biden. Er ist mir im Gemetzel zerbrochen. Ein Hinterhalt! Der fremden Ritter von gestern. . . . " „Nicht reden! Wir wissen Bescheid!" Fin machte sich daran, den Hünen von dem Tor zur Seite zu ziehen und hob eine Kiste nach der anderen weg. Als er keine Kraft mehr hatte, forderte er die Ritter durch das geschlossene Tor auf, noch einmal dagegen anzurennen.

Mit einer wuchtigen Staubwolke fiel ihm die Bretterwand entgegen und Baldur bäumte sich noch einmal auf, als er

Gernot sah: „Der Biden ist hin…" sagte er leise, dann fiel sein Kopf kraftlos zur Seite. Er war ohnmächtig geworden, aber er lebte. Fin hob seine rechte Hand hoch: „Seht ihr! Ich hatte Recht! Es war nicht sein Arm!"

Der Hüne musste von vier kräftigen Burschen auf einen Wagen gehoben werden, auf dem kein verbranntes Stroh mehr lag. Zwei Pferde zogen das ungewöhnliche Gefährt, begleitet von den Rittern langsam wieder der Feste zu. Fin stellte sein Pferd zur Verfügung und gesellte sich zu dem Hauptmann, der gerade wieder das Bewusstsein erlangte. „Wie bist du denen denn entkommen?" wollte er neugierig wissen und rieb seinen geschwollenen Knöchel. Baldur öffnete mühsam die Augen und ein Lächeln huschte über sein Gesicht. „Zufall . . . " stöhnte er: „Purer Zufall. Einer, dieser Verräter hatte wohl Gefallen an meinem, . . . also an Gernots Biden gefunden und rannte mir nach, als ich verletzt . . . in die Scheune taumelte." Seine Augen blinzelten und man spürte, dass ihn die Erklärung viel Kraft kostete. Trotzdem rüttelte Fin den Hünen und forderte ihn auf, weiter zu sprechen, denn er sollte nicht einschlafen, bis ihn der Medicus aus der Feste in Augenschein genommen hatte. Ein tiefer Atemzug und er fuhr fort: „Als er triumphierend vor mir stand, forderte er mich auf, den Zweihänder fallen zu lassen. Ich tat so, als wäre jegliche Kraft aus mir gewichen und ließ, wie von ihm erhofft, die Klinge fallen." Er nickte dabei stolz, weil sein Plan aufgegangen war: „Gleichzeitig löste ich den Katzbalger von meinem Rücken und drehte mich mit letzter Kraft zu ihm herum. Er betrachtete die lange Blankwaffe und hob sie voller Stolz hoch. Das war meine letzte Chance. Ich durchtrenne mit einem einzigen Hieb des scharfen Kurzschwertes sein Handgelenk und wieder fiel der Biden auf den Steinboden.

Diesmal jedoch so verkannet und unglücklich, dass die Klinge sofort zersprang. Erst jetzt sah ich, dass seine abgetrennte Faust noch immer das Griffstück umklammerte. Es floss, wider Erwarten überhaupt kein Blut! Er schaute mich entwaffnet nur verdutzt und sprachlos an. Dann erst taumelte er zurück, gegen die Wand und rutschte bewusstlos daran herunter. Das Lärmen müssen wohl die anderen gehört haben, denn mit Wucht wurde das Tor geöffnet. In dem Augenblick verließ mich tatsächlich meine Kraft und im Fallen sah ich, wie sie den Verletzten auf den Hof zogen. Als ich wieder zu mir kam, schob ich das Griffstück mit der abgetrennten Hand vor das Tor. Mit letzter Kraft stapelte ich Bretter, Kisten und sonstige Dinge von innen davor, denn ich rechnete fest damit, dass sie wiederkommen würden. Ich muss wohl eingeschlafen sein, denn plötzlich sah ich dich oben an der Luke . . . den Rest kennst du ja!"

Die heimtückische Gruppe, deren Plan teilweise misslungen war, galoppierte, als wäre Satanus persönlich hinter ihnen her. Der Verstümmelte wimmerte und phantasierte, schrie und weinte. Das stachelte die gräflichen Ritter noch mehr an, so schnell wie möglich zurück nach Burg Gneisenstein zu gelangen. Mittlerweile war der erste Schock verflogen und der Armstumpf fing doch an, viel roten Lebenssaft zu verlieren. Man war gezwungen anzuhalten und mit dem Ledergürtel seinen Unterarm abzubinden, wie sie es vom Bader des Öfteren nach einem Buhurt an Verletzten und Verstümmelten gesehen hatten. Mühsam mussten sie den Einarmigen im Sattel halten. Endlich erreichten sie die Burg und riefen schon von weitem, dass man den Bader zum Tor schicken sollte.
Während sich ein paar Weiber und Knappen um den Verletzten kümmerten, gingen die Männer zum Palas, um dem alten Grafen von den letzten Ereignissen zu berichten, die sich auf dem Einsiedlerhof abgespielt hatten.

„Baldur ist tödlich verletzt, Herr! Von ihm geht keine Gefahr mehr aus und da es keine Zeugen gibt, so wird sein Tod den marodierenden Banden zugeschrieben werden, die seit geraumer Zeit plündernd und brandschatzend durchs Land ziehen! Deshalb haben auch wir den Einsiedlerhof angezündet. Keine Spur führt zu dieser Feste!"

„Euer Wort in mein Ohr! Dieser Hüne ist unverwüstlich, glaubt mir. Er hat viele Leben, hoffentlich stimmt es wirklich, dass ihr ihm endlich den tödlichen Streich erteilt habt! Ich vertraue eurer Aussage, hier. . . " Er gab jedem ein Goldstück, stutzte dann aber und sah die Ritter nachdenklich der Reihe nach an: „Wo ist Guntram?" „Verletzt, Herr! Er hat sich zwei Dukaten verdient, denn er war es, der seine rechte Hand opferte, um den Hünen zu fällen! Er ist beim Bader!" Der Landgraf gab dem Ritter die Goldstücke und legte seinen Zeigefinger vor die Lippen. „Geht zu ihm! Wenn er genesen ist, so will ich ihn hier sehen. Ihr habt meine Feste seit Tagen nicht mehr verlassen! Soll da einmal einer etwas anderes behaupten!"

Die Männer verbeugten sich und gingen stolz aus dem Saal. Dieses Scharmützel hatte sich gelohnt, denn ein Dukat war der Lohn eines ganzen Jahres.

Der Bader musste unterdessen mit allen Mitteln verhindern, dass sich der offene Knochen der abgetrennten Hand nicht entzündete. Kurzerhand wurde der Stumpf der abgeschlagenen Hand in siedendes Öl getaucht, damit sich die offene Stelle verkrusten konnte und ihm der Arm nicht abfaulte. Damit er dabei nicht alle Burgbewohner durch tierisches Schreien seiner Schmerzen erschreckte, wurde sein Patient mit einem stumpfen Knüppel vom kundigen Heiler ins Traumland geschickt, bevor er die Prozedur an ihm vollbrachte. Die Zeit verrann und Fieberkrämpfe plagten den Verletzten so stark, dass man mehrere Nächte lang das Schlimmste befürchten musste.

Immer wieder wurden die eiternden Verbände gewechselt und erst, als die Kräuterfrau aus dem benachbarten Ort ihren Stand in der Feste aufbaute und von der Verletzung hörte, versorgte sie ihn gegen gute Bezahlung des Landgrafen.

Sie säuberte den Stumpf, der die Farbe von verfaultem Fleisch hatte und auch ebenso roch. Danach rieb sie den verstümmelten Arm mit Salben ein, verabreichte ihm eine Tinktur des Schlafmohns, damit ihm endlich die Schmerzen genommen wurden und er in einen tiefen Dauerschlaf fiel. Das Einreiben der Salbe wiederholte sie mehrmals an dem leblosen Mann, bis sich endlich nach mehreren Tagen eine Wirkung zeigte.

Er wachte aus seinem Dämmerschlaf auf, verlangte nach Speisen und genoss einen kräftigenden Sud, den verlangten Rebensaft verweigerte ihm die Kräuterfrau.

Dann endlich verbesserte sich sein Zustand zusehends.

Vier Wochen lag er nun schon in einem Nebenraum der Kemenate und wurde von den Weibern gefüttert und gepflegt, bis seine Schmerzen einigermaßen erträglich geworden waren.

Damit man ihm sein Gebrechen nicht sofort ansehen konnte, wurde ihm ein eiserner Handschuh zum Reiten und eine lederne Hand für den täglichen Gebrauch angefertigt. Damit verschleierte man, dass sich darunter kein lebender Knochen mehr befand. Diese Hilfsmittel wurden mit Bändern an seinem Unterarm befestigt und man konnte tatsächlich beim flüchtigen Hinsehen keinen Unterschied mehr feststellen.

An seiner Linken trug er einen ähnlichen Handschuh, den er an der Tafel auszog und unter seine künstliche Hand schob. Zwei Monde dauerte es, bis er einigermaßen geschickt mit der verbliebenen Hand das Messer und den Löffel führen konnte. „Die Gicht, ein altes Leiden!" versuchte er die Untätigkeit seiner fehlenden Hand zu erklären und man schien ihm das auch tatsächlich abzunehmen.

In der Feste des Gero

„Das Tor auf! Schnell!" Ein einzelner Reiter kam im strammen Galopp auf sie zu und hielt sich schwankend auf seinem Gaul fest. Der Turniersattel mit dem erhöhten Holzaufsatz verhinderte, dass er trotz seiner Beinverletzung von dem dahinfliegenden Vierbeiner fallen konnte. Die Zügel waren ihm schon lange aus den Händen geglitten, als er versucht hatte, den abgeschossenen Bolzen aus dem Oberschenkel zu ziehen. Mit der Linken hielt er sich verkrampft in der zotteligen Mähne des Kaltblüters fest. Die Zugbrücke war noch nicht ganz heruntergelassen, als das Pferd auch schon zum Sprung ansetzte und über die schrägen Holzbohlen donnernd auf den linken, geöffneten Flügel des Tores zuhielt.

Das eisenbeschlagene Eichentor schloss sich wieder und die Ketten der Zugbrücke spannten sich, um die schützende Wand hochzuziehen. Der Gaul machte noch ein paar Runden im gepflasterten Hof, bevor er von zwei Knappen am losen Zügel eingefangen werden konnte. Zitternd und dampfend tänzelte das Tier, während weitere, herbeigeeilte Männer den Reiter vorsichtig aus dem Sattel hoben: „Der Medicus! Hierher!"

Mit vereinten Kräften wurde der Verletzte ins Haus gebracht. Der Heilkundige räumte einen Tisch frei und ließ ihn dort auf die gesunde Seite niederlegen. Der Bolzen war so tief in das Fleisch eingedrungen, dass nur noch Schaft mit den Federn sichtbar war. Sein Kopf wurde vorsichtig auf zusammengelegte Tücher gebettet, als er auch schon seine Augen schloss. Die starken Schmerzen nahmen ihm das Bewusstsein. Mit einem starken Lederriemen wurde ihm nun zuerst das Bein oberhalb der Verwundung abgebunden. Schon hielt der Medicus entschlossen eine Zange in beiden Händen und nutzte die Ohnmacht, um mit einem Ruck den hölzernen Bolzen wieder zurück aus dem Oberschenkel zu ziehen. Der herbeigeeilte

Bader war ihm dabei behilflich und stemmte sich mit dem Knie auf das verletzte Bein, das sich nur kurz hob und dann wieder zurück auf die Tischplatte fiel. Als die breite Eisenspitze dabei ein zweites Mal, nun in umgekehrter Richtung, wieder durch den Wundkanal gerissen wurde, ergoss sich sofort ein Blutschwall auf den Boden. Der helfende Bader war darauf vorbereitet und presste ein zusammengelegtes Flachstuch auf die offene, klaffende Wunde. „Das Elixier und der Alaunstein, schnell!" Die Beiden arbeiteten Hand in Hand, denn es war nicht das erste Mal, dass sie die Blessuren eines Ritters behandelten. Es galt zu verhindern, dass Schmutz in die Wunde drang und so Wundbrand oder eine Entzündung folgen würde. Sie hatten das schon allzu oft erleben müssen. Mühevoll war so mancher Recke zusammengeflickt worden, der danach trotz allem doch noch in seiner Bettstall elendiglich verfaulte.

Die Knappen hatten derweil das erschöpfte Tier abgesattelt und waren soeben dabei, es mit frischem Stroh trocken zu reiben. Geduldig stand das Tier in einer Box, den Kopf tief in dem, mit Hafer und Möhren gefüllten Holzkasten gesenkt.

Baldur bekam im Palas die Unruhe im Hof mit und erfuhr von seinen Pagen von dem Zwischenfall. Sofort eilte er in den Stall: „Wo ist er?" Die Knappen drehten sich zu ihm um, schrubbten aber weiter unbeirrt das braune Fell des Tieres, das immer noch dampfte. „Beim Medicus, Herr Hauptmann! Der Bader hilft ihm, denn er hat viel vom roten Lebenssaft verloren, seht!"

Er hob die Satteldecke, auf der man kaum noch das Wappen des Grafen erkennen konnte. Baldurs Blick fiel dabei auf das hintere Brett des Sattels, in dem ein zweiter Bolzen steckte.

Er hatte genug gesehen, nickte den Knappen zu und eilte zum Haus des Medicus. Er wollte unbedingt in Erfahrung bringen, warum sich der Ritter seines Vaters unter Lebensgefahr zu ihnen flüchten wollte.

Als Baldur endlich vor dem Verletzten stand, hatte der Bader schon damit begonnen, mit der Ahle und Tiersehnen die klaffende Fleischwunde zu nähen. Mit Zeigefinger und Daumen der Linken quetschte er die entsprechenden Stellen abwechselnd zusammen, stieß mit der Lochnadel durch den linken und rechten Rand der gereinigten Wunde, zog dann die Haut darüber fest zusammen und verknotete die Enden.

So wurde Stück für Stück der entstandene Riss wieder verschlossen. „Wird er durchkommen?" fragte der Hauptmann den Bader, doch der fühlte sich nicht angesprochen und versorgte den leblosen Mann weiter. Von der anderen Seite des Tisches kam der Medicus auf ihn zu: „Baldur, du kennst mich doch! Schau deinen Bauch an! Der ist doch auch wieder gut verheilt, oder nicht?" Unwillkürlich strich sich der Hüne über die vernarbte Stelle seines Körpers. „War er bei Sinnen oder hat er vorher noch etwas sagen können?" Der Medicus nickte. „Zwischendurch ist er immer mal wieder zu sich gekommen, ich fasse das mal alles zusammen. Also, mit Verwüstungen des Landes hat der Graf gedroht und das er . . . entschuldige, aber das waren seine Worte! Nun, der Sohn sollte nur noch verbranntes Land ohne Menschen vorfinden! Keinen, seiner Untertanen wollte er mehr schonen und ein Massaker veranstalten. Er soll zum See hin schon seine lüsternen Horden ausgesandt haben, um zu vergewaltigen, zu morden und zu plündern! Er gab ihnen jegliche Freiheit. Was das bedeutet, brauche ich dir nicht zu erzählen, denn die meisten von ihnen sind Barbaren und der Kunst des Federkiels nicht mächtig!" „Hör auf! Genug davon!" Er beugte sich zu dem Verletzten: „Ich kenne ihn! Das ist Isegrim, eine ehrliche Haut. Brachiale Gewalt war ihm schon früher zuwider, ich glaube seinen Worten! Wir müssen die umliegenden Leibeigenen holen und hier im Gemäuer beschützen!" Er drehte sich um: „Ich rede mit Gero und erklär ihm meinen Plan!"

Schnell nahm er die Steinstufen zum Palas und rannte in den Rittersaal. Am verglasten Fenster stand der junge Graf und erwartete ihn. Baldur erklärte seinen Plan und wartete geduldig auf die Anweisungen des Burgherrn.

„Nimm zehn Ritter und ein paar Knechte für die Fuhrwerke. Such keinen offenen Disput mit diesen Raufbolden und reite in entgegengesetzte Richtung! Sammle die Leute und wenn möglich auch ihr Vieh ein und bring sie hierher. Ich werde alles vorbereiten lassen. Wie kann er es wagen, die unschuldigen Seelen in den Zwist hineinzuziehen! Er ist dem Wahnsinn verfallen und ich dulde nicht, dass er so mit seinem Volk umgeht! Es sind bestimmt noch kräftige Männer dabei, die uns in der Feste dienlich sein können."

Baldur stellte schnell seinen Trupp zusammen, denn es galt nun, dem Landgrafen zuvor zu kommen, damit er nicht den ganzen Landstrich in seiner Wut zu Ödland machen konnte. Eilig hatten sich Gernot und Tilmann bewaffnet, ihre Pferde gesattelt und mischten sie sich unter die bereitstehenden Ritter. Das Tor wurde geöffnet und die Zugbrücke herunter gelassen, dann zogen sie mit dem Treck aus der Feste in südliche Richtung, einem kleinen Lindwurm gleich.

Bevor die Holzbohlen der Brücke wieder hochgezogen vor dem Tor standen, näherten sich die Beiden im freien Feld dem Anführer der Gruppe und trabten Seite an Seite neben ihn, bis er endlich bemerkte, wer da neben ihm ritt. Mit leichtem Vorwurf fragten sie ihn: „So ist das also, du wolltest ganz alleine los? Wir sind doch Partner, die das Abenteuer suchen, schon vergessen?" Verblüfft schaute Baldur seine Freunde an, denn er hatte sie eben noch in der Burg vermutete.

Bevor er jedoch darauf antworten konnte, gaben die ihren Pferden die Sporen und galoppierten lachend an die Spitze der Reiterschar.

Als Baldur den länglichen, strohbedeckten Schuppen betrat, kam ihm ein abgestandener Geruch entgegen, ein Gemisch von Dung, Urin und verbranntem Torf. Ein kleiner Junge, nur mit einem kurzen Kittel bekleidet hockte verstohlen in einer Ecke des dunklen Raumes und verrichtete dort ungeniert seine Notdurft. Ein Weib mit wirren, strähnigen Haaren kniete neben der mittigen Feuerstelle und blies in die Glut unter dem zerbeulten Blechkürbel, der an einer Kette hing. Sie drehte sich flüchtig um und schaute ihn an: „Ist die Bede fällig oder was führt Euch zu mir?" Das rußgeschwärzte Gesicht der Frau, die nicht älter als achtzehn Monde schien, war ansehnlicher, als es zuerst den Anschein gehabt hatte. „Ist dein Mann nicht da?" Sie kümmerte sich wieder um das Essen, eine durchsichtige, wässrige Brühe, in der einige Gräser und Blätter schwammen. „Mann? Was für ein Mann? Ich bin alleine! Den Balg da und das andere im Verschlag nicht mitgerechnet. Was fragt Ihr?" Gerade war der Kleine war mit seinem Geschäft fertig und ohne sich noch weiter um seine Hinterlassenschaft zu kümmern oder sich abzuwischen, stand er auf und rannte nach draußen. Der abgestandene Dunst wurde dadurch natürlich nicht besser. „Ich will mich ja nicht einmischen, aber hätte er seine Fracht nicht draußen, neben dem Mirgel abladen können?" Jetzt stand das Weib beleidigt auf: „Was schert es Euch? Er soll sich in der Kälte nicht das Zipperlein holen!" Unverständlich schüttelte der Hüne den Kopf und versuchte es ein weiteres Mal: „Aber jetzt holt er sich nichts, mit dem nass verschmiertem Arsch, ohne Beinlinge?" Die Dirn ging darauf nicht ein: „Was wollt Ihr wirklich? Mich belehren, wie ich die ungeliebte Brut noch weitere Monde, wenn nicht sogar Winter durchfüttern muss?" Sie stemmte dabei ihre Hände abgewinkelt in die Hüften. „Ihr Männer habt es gut! Vergnügt euch und überlasst mir dann die Kreaturen, die mich immer daran erinnern, wie wehrlos wir Weiber doch sind! Ich wäre besser bei ihrer Geburt verreckt, dann wäre ich beim Schöpfer und müsste hier nicht noch Eure Belehrungen ertragen. Es wird besser sein, wenn Ihr Euch weitermacht. Versprecht Euch kein Pläsier!" Mit einer schnellen Handbewegung hatte sie eine verrostete Klinge in der Hand. „Schleicht Euch, bevor mein Vater Euch in Stücke reißt!" Der Hüne blieb ruhig stehen. „Dein Vater ist schon sehr lange beim Schöpfer! Also lügt nicht so dumm, denn was soll sonst das alte Doppelgrab hinter der Wies?" Dann kam er zu seinem Anliegen. „Pack deine Dinge zusammen, nimm die Kinder und steig draußen auf den Leiterwagen! Es wird ein fürchterliches Scharmützel geben, denn der Sohn des Grafen hat seinem Vater, dem elenden Wüterich Falko von Gneisenstein widersprochen und ihm den Fehdehandschuh hingeworfen. Der Landgraf tobt jetzt und will die Ländereien verwüsten, um kein Erbe für ihn zu hinterlassen."

Jetzt strahlte ihn das junge Weib zum ersten Mal offen an, ließ ihr Messer sinken und verkündete stolz: „Endlich hat der Herrgott mein Flehen erhört! Das Leiden hat ein Ende und ich sehe meine Eltern wieder! Werden sie den Hof abfackeln? Ich werde den Feuertod sterben, wie die Hexen auf dem Richtplatz! Hoffentlich geht es schneller, denn ich will keine Hel-qualen leiden, wie diese schreienden Kreaturen."

Sie lief an ihm vorbei in den angrenzenden Stall: „Wenn ich mein letztes Schwein ausweide und mit dem Fett die Balken tränke, so wird die Flammenglut schnell alles verzehren!"

Baldur antwortete nicht und ging zum Feuer. Er trat die Glut aus, packte das Weib an den Haaren und zog sie zu dem Bretterverschlag. „Nimm dein Kind und setz dich endlich auf die Karre! Mein Auftrag ist, die Leibeigenen zur Burg zu schaffen. Wie, das hat mir Gero nicht gesagt!" Widerwillig gehorchte die Dirn und beugte sich zu einem leblosen Bündel. „Kann ich es hierlassen?" Der Hüne war entsetzt und wollte widersprechen, als ein fleckiges Laken vom Kopf des Kindes herunterfiel. Erschrocken wich er zurück, denn etliche Fliegen schwirrten nun herum und das schwarze Gesicht des kleinen Wurms erinnerte ihn an gefallene Soldaten, die viele Sommer im Freien gelegen hatten. Er traute sich nicht, das verweste Bündel anzufassen. „Es ist schon lange beim Schöpfer, bring es hinter den Stall. Die Dirn küsste die Tücher, ging zur Windluke und legte das tote Baby in den Hinterhof. Als Baldur mit dem Fuß die Brettertür zum Hof auftrat, wurden sie schon erwartet. Draußen standen zwei Leiterkarren, zwei abgemagerte Kühe und drei Schweine waren hinten angebunden. Auf den Karren saßen, standen und hockten mehrere Weiber, Kinder und Alte. Fünf Ritter, die wartend auf ihren Gäulen saßen, gaben das Kommando zur Weiterfahrt, als Baldur mit dem Weib zum Wagen kam. Vorher hatte die junge Dirn so grob und abfällig über ihren Sohn gelästert, jetzt suchten ihre Augen verzweifelt nach dem kleinen Balg, der schon auf eine Karre geflüchtet war. Der Hauptmann hob das erbeutete Weib wie eine Hühnerfeder hoch und schaute in ihr verschmutztes Gesicht: „Weib, wie ruft man dich?" „Gesine…" antwortete die Dirn, die jetzt unbeholfen und schüchtern wirkte. Er setzte sie auf den langsam anfahrenden Wagen und übergab sie damit dem ärmlichen Pöbel, um alle sicher hinter die Mauern der Feste des Grafensohns zu bringen. „Halt!" rief Baldur. „Holt ihr Schwein aus dem Schuppen und begrabt das Bündel unter der Windluke!" Dann schwang er sich auf seinen Schimmel und gab ihm die Sporen. Das junge Weib schaute ihm hinterher, aber das bekam Baldur nicht mehr mit. Er bekam auch nicht mit, dass man den kleinen Balg der Dirn vom Wagen schmiss, weil er versuchte, zu stehlen. Beim Sturz brach er sich das Genick und geriet unter die Räder. Während zwei Reiter die Sau aus dem Stall holten, begruben zwei andere den toten Balg neben dem verwesten Baby. Das Weib wollte vom Wagen und musste gehalten werden, da sie tobend aufschrie.

Kapitel 2   Secreto (ein dunkles Geheimnis)

Es war ein wildes Durcheinander in der Feste, als endlich alle Leibeigenen innerhalb der Mauern in Sicherheit waren.

Die Tore wurden geschlossen und ein Knappe führte Baldurs Schimmel in die Stallungen. Dann schritt der Hauptmann durch den Hof zum Palas, um seine Meldung zu machen. Fünfzig Männer waren zusammengekommen, die noch recht tüchtig aussahen und bei der anstehenden Verteidigung wertvolle Dienste leisten würden. Die Mannsbilder wurden von seinen Rittern begutachtet und eingeteilt. Alle Weiber und Bälger, sowie die Alten und Schwächlichen warteten in den Stallungen und wurden dort mit dem Notdürftigsten versorgt. Baldur hatte seinen Knappen angewiesen, sich um das junge Weib, das man Gesine rief, zu kümmern. Vor allen Dingen müsste man sie im Waschhaus ordentlich mit der Wurzelbürste bearbeiten, bevor sie die Blattern oder noch arger Gebrechen unter die Leute bringen konnte.

Ausgerechnet an diesem Tag hielt man einen Markt im völlig überfüllten Hof ab. Das junge Weib ging neugierig zwischen den Ständen, als eine alte Kräuterhexe ihre Stimme vernahm. Die hob den Kopf horchend, um zu erkennen, wo die junge Dirn stand. Die Augen der Hexe waren von einem vernarbten Schleier überzogen und mit einem Tuch bedeckt. Wieder hob sie den Kopf und zeigte mit dem Gehstock in ihre Richtung. „Bist du die Brut vom Köhler, die man Gesine ruft?" Unbeholfen, mit der freien Hand vor sich ins Leere tastend, blieb sie stehen. Die junge Dirn drehte sich zu ihr um: „Du kennst mich?" Ein Lächeln huschte über das, mit Furchen durchzogene Gesicht der Frau, die man nur die Hexe nannte und die alle sechs Monde übers Land zog, um ihre Elixiere feilzubieten. Gesine sah sie zum ersten Mal.

„Und ob, mein Kind! Und ob! Ich weiß über dein Schicksal und deine Vergangenheit mehr, als es dir deine Mutter je gewagt hätte, zu erzählen!" Mit einem wirren Wortgemurmel wollte sie wieder zu ihrem Verkaufsstand verschwinden, doch Gesine war schneller und packte sie bei der Schulter: „Alte! Was weißt du über mich? Spuck es aus!" Als sich die Hexe umdrehte, schien sie verwandelt, ihre Gesichtshaut war straffer und die gekrümmte Haltung von vornhin wie weggeblasen.

„Kehrst wohl ungewollt zurück, wie?" Die Dirn war irritiert. „Ich verstehe nicht!" „Kannst du auch nicht, dumme Göre!" Sie beugte sich ein wenig vor und flüsterte: „Ein Geheimnis! Secreto, Secreto!" Mit einer harten Bewegung, die man ihr nicht zugetraut hatte, befreite sie sich von Gesines Griff. Sie legte ihren Zeigefinger auf die Lippen und wiederholte eindringlich die gleichen Worte noch einmal: „Secreto!" Dann schlürfte sie weiter, den Stock vor sich hin und her bewegend, um nicht vor ein Hindernis zu stoßen. Gesine beschloss, diesem „Secreto" auf den Grund zu gehen. Ihre Eltern, wie auch ihre Bälger waren tot, der Lehn – Hof nicht mehr ihr Zuhause und sie hatte auch niemanden mehr, mit dem sie hätte reden können, oder dem sie sich anvertrauen konnte!

Unschlüssig stand sie vor den Stallungen, als der Knappe des Hauptmanns kam und sie ins Waschhaus begleitete. Dort wartete ein fülliges Weib, das ihr gebot, sich mit Salbeiblättern die Zähne abzureiben, sich zu entkleiden und gründlich abzuschrubben. Nach einer Weile stand sie nun da, nass, unbekleidet, aber einigermaßen gesäubert. Alma sah die junge Dirn, notdürftig mit einem Linnen bedeckte, in der Ecke stehen. „Was ist mit dir? Sind deine Kleider verschwunden?" Gesine schüttelte den Kopf: „Verbrannt! Ich hab nichts anzuziehen." Alma stutzte: „Verbrannt? Waren die nicht mehr zu gebrauchen?" Jetzt mischte sich ein korpulentes Weib ein, dass dabei war, Tücher in eine Sud zu tauchen: „Verlaust war das Weib! Wir haben sie mit Laugen und Tinkturen behandeln müssen! Versteht sich, dass ihre Lumpen, die sie am Leib trug, entsorgt werden mussten!" Gesine lehnte sich dagegen auf: „Und musstet ihr mir den Kopf scheren, wie einem Schaf? Es ist kalt und ich werde hier den Kältetod sterben!"

Alma nahm sie in den Arm: „Komm mit! Meine Freundin wird dir ein paar Beinlinge oder einen Rock abgeben können, denn sie besitzt etliche Gewänder! Sie ist eine Gauklerin! Und eine Lederkappe für dein Haupt wird sich auch finden!"

Nach einer Stunde kannte sich Gesine nicht mehr wieder! Sie stand vor einem polierten Eisenblech, das Gernot in der Schmiede gemacht und in der Kemenate aufgestellt hatte. Immer wieder drehte sie sich und betrachtete wie ein kleines Mädchen ihren wallenden Rock, der ihr bis zu den Füßen reichte. Plötzlich überkam die junge Dirn ein Wehleiden! Aus dem Nichts schlug sie beide Hände vors Gesicht und warf sich, ungeachtet ihrer neuen Gewandung, auf den Holzboden. Walpurga war entsetzt und dachte schon, dass der Diabolo von ihr Besitz ergriffen hätte und wollte ihr helfen, doch just in diesem Augenblick betrat der Hauptmann die Frauengemächer. Er war einer der wenigen Männer, die sich hier aufhalten durften, denn er besuchte seine Freunde, mit denen er hergekommen war. „Alma, man sagte mir…" er schaute auf den Boden, wo Gesine immer noch schluchzend saß und ihre Tränen an der Schürze trocknete. „Eine Neue? Ich hab sie hier noch nie gesehen!"

Die Weinende hob empört den Kopf, ihre Augen waren verquollen und schluchzend widersprach sie ihm heftig: „Noch nie gesehen, wie? Mit Gewalt habt Ihr mich vom Hof gezerrt. Wegen Euch ist mein Sohn vom Wagen gestürzt!" Baldur stand mit offenem Mund da, während ihm die Dirn Vorhaltungen machte. Da mischte sich Walpurga ein: „Du bist nicht dankbar dafür, dass er dir dein Leben gerettet hat? Das mit deinem Balg war ein Unfall, wieso wollte der sich auch an fremden Sachen vergreifen? Und nun zu dir! Was willst du da draußen? Der Hof gehört dem Landgrafen, du bist ohne Eltern . . . sag uns, was erwartest du von Ritter Baldur? Soll er dich zurückbringen, damit du den Feuertod erleidest? Dazu bist du zu jung! Wir werden dir einen Burschen suchen, mit dem du viele kleine. . " Baldur herrschte sie an: „Schweig! Das Weib hat genug gelitten! Es bedarf keines Burschen für sie und Schutz hat sie auch, denn. . " er redete und redete und alle sahen sich erstaunt an, denn so kannten sie den hünenhaften Recken nicht, der offenbar um die Gunst der Dirn buhlte, wie es bei Hofe ein Minnesänger zu tun pflegte. Alma gab ihrer Freundin einen Wink und beide verließen leise den Raum, während Baldur dem jungen Weib dabei half, aufzustehen. Sie warf sich ihm an den Hals und schaute ihn an: „So hat sich noch nie ein Mann um mich gesorgt! Noch nicht einmal mein Vater, er nannte mich immer Abschaum und elende Brut."

Als sie so engumschlungen dastanden, hätte man meinen können, ein Vater würde sein Kind liebkosen, denn er überragte die Dirn um zwei Kopflängen. „Ich muss die Kräuterhexe noch einmal sehen. Hilfst du mir? Sie hat Seltsames gesagt, über mich und mein Schicksal. Sie kennt meine Vergangenheit und behauptet, dass selbst meine eigene Mutter mir das . . . wie war das Wort, das sie nannte?" Sie kniff die Augen zusammen und steckte einen Finger in den Mund. Die Überlegung schien Früchte zu tragen, denn nun fiel ihr das fremde Wort wieder ein: „Ich habs! Securo, nein Secreto . . ja, das wars Secreto!" Baldur schaute sie besorgt an: „Ein Geheimnis?" „Ja, wirklich! Davon sprach sie. Es gäbe ein Geheimnis, dass sie mir aber nicht zu sagen wagte. Pst, machte sie und legte den Finger auf ihre Lippen. Dann suchte sich den Weg zurück zu ihrem Stand. Sie ist blind, müsst Ihr wissen!" Baldur war entschlossen, der jungen Dirn zu helfen. „Sag du zu mir! Komm, ich werde dich begleiten! Wir werden dieses Secreto lüften, ich kenne einige Möglichkeiten, sie zum Plaudern bewegen!"

Er nahm ihre Hand und zog sie mit nach draußen. Sie suchten zwischen den Ständen nach der Kräuterfrau, als ein Händler auf sie zukam: „Kann ich Euch helfen?" Baldur nickte und fragte, ob er die Hexe kannte. „Die Alte aus Kastilien? Die ist weg! Viel zu früh, wenn Ihr mich fragt, denn sie hätte noch so manch Elixier verkaufen können!" „Seit wann ist sie fort?" „Ich schätze, kurz bevor die helle Scheibe ihren höchsten Stand erreichte, weit wird sie noch nicht gekommen sein. Bis zum Wäldchen, vielleicht. Wenn Ihr ein schnelles Pferd habt, so werdet Ihr die Hexe dort finden!" Baldur ließ Gesine im Hof stehen. „Geh zurück zu Alma und Walpurga. Warte in der Kemenate, ich werde sie suchen und zurückbringen! Wache, öffnet das Tor!" Dann lief zum Stall, verließ nach kurzer Zeit die Feste und hielt im scharfen Galopp auf das kleine Wäldchen zu, während sich knarrend die Torflügel schlossen. Es war später Abend, der Mond hatte den Platz der wärmenden Sonne eingenommen und die Wachen zögerten lange, als sie den Reiter sahen, der wohl um Einlass bat. Aber sie hatten den ausdrücklichen Befehl, zu dieser Zeit niemanden mehr in die Feste zu lassen. Das Tor zu öffnen und die Zugbrücke herunter zu lassen, käme bei diesen räuberischen Zeiten einer Einladung zum Brandschatzen gleich. Sie konnten in dem Dämmerlicht zunächst ihren Hauptmann nicht erkennen, da sein Rufen vom Wind verzerrt auf den Zinnen nicht ankam. Erst als er eine Fackel entzündete und vor sich auf den Boden legte, beide Arme hob und für alle weit sichtbar sein Wappenschild beleuchtete, kam reges Leben hinter die Mauern. Sie hatten ihn zu dieser Stunde nicht zurück erwartet. Gesine saß am Brunnen im Innenhof, eine gewachste Decke schützte sie vor allzu großer Kälte. Sie war mit dem Rücken an die Bruchsteinwand gelehnt, eingeschlafen.

Sie erwartete den Ritter sehnsüchtig zurück, um ihn mit Fragen zu überschütten. Jetzt wurde sie von lauten Rufen und dem Herablassen der Zugbrücke aufgeweckt. Sie erhob sich und rieb ihre verschlafenen Augen, als Baldur mit einer Fackel in der Hand in den Hof trabte. Er stieg vom Pferd, warf sein brennendes Licht in einen bereitstehenden Wasserkübel und augenblicklich verdunkelte sich der Innenhof wieder.

Da sah er Gesine, die auf ihn zukam und fragend ansah: „Und? Hast du sie gefunden?" Sie sah ihn an, während der Knappe kam und die Zügel des Pferdes nahm. „Sprich doch endlich!" Der Ritter kam wortlos auf sie zu und drückte sie fest. Dann endlich flüsterte er: „Du solltest in der Kemenate warten," er atmete tief durch und hob sie, leicht wie eine Feder hoch und trug sie in seine Kammer. Dabei murmelte er: „Armes Weib!" Oben öffnete er die Tür und brachte sie im dunklen Raum zur Bettstall. Sofort bemerkte er ihre Verkrampfung, den plötzlich aufkeimenden Widerstand der Dirn und musste unwillkürlich lächeln: „Vor mir bist du sicher! Ich werde dich beschützen und dir kein weiteres Leid zufügen. Die Hexe ist tot! Man hat den Wagen geplündert und ihr den Bauch aufgeschlitzt! Ich kam zu spät und sah nur noch, wie drei Reiter auf ihre Gäule sprangen und davonritten, aber…" Die eingelegte Pause währte nicht lange, denn die Dirn war von Neugier gepackt: „Aber? Weiter, da war doch noch was! So rede schon!" Man sah ihm an, dass ihm die Antwort nicht leicht fiel: „Sie sagte es mir, denn sie dachte, ich sei der Pfaff!" „Und warum willst du es mir nicht sagen?" schmollte Gesine, während sie aufstand und unruhig zur Windluke ging. Baldur musste ihr Recht geben: „Stimmt! Da war noch etwas! Aber es ist zu heikel und deshalb werde ich dich beschützen…mit meinem Leben! Wenn die Zeit reif ist, so wirst du erfahren, was sie mir anvertraute. Du hast das Nachtlager mit dem Landgrafen teilen müssen! Stimmt das?" Entsetzt schaute ihn Gesine an. Ihre Augen zogen sich zu schmalen Schlitzen zusammen: „Verdrängt hab ich die Nacht! Woher wisst Ihr es? Ach so, ja! Das ist das Secreto! Ihr habt es von der Hexe! Woher wusste sie davon?" Baldur nahm sie wieder in die Arme: „Du zitterst ja! Wir sagen du zueinander! Schon vergessen?" Jetzt bekam sie einen Weinkrampf und schlug mit ihren Fäusten gegen seine Brust. Unter Tränen gestand sie ihm: „Niemals wollte ich darüber reden und jetzt kocht das alles wieder hoch! Siehst du, auch ich hab meine Geheimnisse! Wärst du doch nicht hinter ihr her geritten!"

Baldur ging nicht darauf ein: „Beruhige dich! Das ist nur ein Teil des Secreto! Den Rest werde ich dir später einmal sagen, jetzt leg dich auf die Bettstall! Ich werde auf der Liege ruhen!"

„Dafür eilst du hinter ihr her? Ich warte hier in Dunkelheit auf deine Rückkehr, um zu erfahren, was es mit dem Gerede über mich auf sich hat und nun machst du dasselbe wie sie? Secreto! Ich kann das Wort nicht mehr hören! Du kannst in der Bettstall ruhen, ich werde woanders schlafen!"

Sie drehte sich um, wütend, hilflos und alleine. Was war daran falsch, dieses, ihr zustehende Geheimnis endlich zu erfahren? „Es ist zu deinem eignen Schutz, vertrau mir doch . . ."

Noch ein letztes Mal drehte sie sich zu ihm um und legte provozierend den Zeigefinger auf ihren Mund. „Schweig ruhig! Das ist für mich der Beweis, dass du nicht ehrlich zu mir bist!"

In ihr war eine Leere entstanden. Sie schaute ihn frech und machtlos zugleich an. Genau dieser Blick machte ihn unendlich traurig. Er musste über seinen Schatten springen, um die Dirn nicht noch mehr zu verwirren, denn er liebte sie doch so sehr. Er atmete schwer, als er die Entscheidung traf: „Ich will es dir sagen! Jetzt! Komm zurück! Aber bedenke, die arme Alte wurde für dieses Wissen vom Grafen eingesperrt, gefoltert und mit einem glühenden Eisen geblendet! Verständlicherweise hatte sie aus Angst geschwiegen, um dich zu schützen!"

Eine glückliche Begegnung

Ein Troubadour stand vor den Mauern der Feste und bat um Einlass. Baldur persönlich nahm sich seiner an und stieg auf die Zinnen. Er rief dem jungen Mann, der die bunten Beinlinge eines Harlekins trug laut zu: „Zieh weiter, Spielmann! Hier gibt es nichts zu feiern, wir sind in einem kriegerischen Zwist!" „Herr Ritter! Das ist der Grund, der mich zu Euch führt, denn ich habe frische Kunde von Burg Gneisenstein, wo man mich heute aus den schützenden Gemäuern ins freie Land verwies." „Was solltest du zu berichten haben, was ich noch nicht weiß? Auch ich habe kundige Späher, die mich und den Burgherrn auf dem Laufenden halten!" Der Spielmann nahm seine Laier vom Rücken, schnürte ein Bündel ab und setzte sich ins Gras. „Es ermüdet mich, hier so herumzuschreien. Und es scheint tatsächlich sinnlos, denn Ihr wisset wohl, dass der Graf einen direkten Angriff auf diese, seine Motte plant! Nun gut, so ziehe ich weiter, denn Ihr kennt ja den genauen Zeitpunkt, an dem der Graf von Gneisenstein losziehen und Euch hier vernichten will!" Er erhob sich wieder, nahm seine Sachen und tat, als wollte er sich in die Wälder schlagen, wohl wissend, dass es doch große Neuigkeiten waren, die er zu verkünden hätte. Noch einmal blinzelte er zurück und schien mit seiner Vermutung Recht zu behalten, denn Baldur war von den Zinnen herunter geeilt und wartete im Vorhof darauf, dass die Tore geöffnet und die Zugbrücke herunter gelassen wurden. „Was ist? Spielmann, brauchst du eine Einladung? Du wolltest doch zu uns, um dein Wissen dem Sohn des Landgrafen zu verkünden!" Mit zufriedener Mine schnürte er seine Sachen und schritt durch das geöffnete Eichentor, das sich sofort wieder hinter ihm schloss. Die Ketten der Brücke spannten sich und der Zugang zur Feste war bald darauf wieder gesichert.

Er hatte wahrlich viel zu berichten und kannte sogar Zeitpunkt und Taktik des rasenden Grafen. Misstrauisch beäugten sich die Ritter, denn es könnte auch eine Falle sein. Wieso war ein fremder Spielmann in die Geheimnisse eines Edlen eingeweiht, wo er doch einen Überraschungsangriff plante? Das war, so schilderte ihnen der freundliche Barde, die unvorsichtige Art der Edlen, die sich nicht vorstellen konnten, dass ein guter Musikus der Unterhaltung auch folgen konnte, ohne das ihn eine falsche Melodei hätte dabei verraten. Seine Lieder würde er auch ohne weiteres im Schlaf darbieten können.

„Er hat den Seinen im Hof gezeigt, wie diese neuartigen Bombarden bedient wurden. Ein ganzer Trupp aus dem Reich der Franken brachte allein an einem Tag fünf dieser schweren, zweirädrigen Feuerrohre, die mit einer glimmenden Lunte am hinteren Ende durch ein Loch gezündet werden. Das Rohr ist so dick wie drei übereinandergelegte Fäuste! Bei jedem Abschuss, der ein Donnern und Pfeifen erzeugt, müssen dicke Taue, die an eingeschlagenen Pfählen das Ungetüm sichern, dieses tanzende Eisenmonster im Zaum halten." Die Ritter waren sprachlos, denn sie konnten sich darunter überhaupt nichts vorstellen, aber Baldur nickte verdrossen und antwortete: „Er hat Recht! Diese neuen Geschütze sind daran schuld, dass unsere Ritterschaft mit der althergebrachten Kampfweise nicht mehr gebraucht wird. Lanze, Schwert, Streitaxt und Schild, wie auch das Kettenhemd oder der Plattenharnisch sind schon machtlos gegenüber den Arkebusen, das sind tragbare Feuerrohre und können von einem Einzelnen eingesetzt werden. Sie erhöhen die Reichweite der Armbrust um Vielfaches. Bist du solcher Waffen ansichtig geworden?" Der Spielmann bejahte. „Ich bin der Lettern nicht kundig, aber malen kann ich!" Man reichte ihm ein Pergament und den Federkiel, den er geschickt in das Töpfchen mit der dunklen Flüssigkeit tauchte und ein Feuerrohr malte. „Hier ist ein Loch.

Wenn das Rohr mit Pulver und umwickelter Kugel gestopft war, so musste man diesen Bügel, der die glimmende Lunte hielt, auf das Loch drücken. Das Pulver zündet, explodiert im Lauf und die Kugel jagt ins Ziel. Man muss größte Vorsicht walten lassen! Obwohl der Lauf in die Gabel eines Stockes ruht, um die Richtung halten zu können, hat es manchem Schützen arg die Schulter geprellt. Der Rückstoß ist enorm und das Rohr spuckte einen Feuerstrahl von 4 bis 5 Fuß!"

„Und nun hat er auch noch diese großen Feuerrohre, die man Bombarden nennt." Er beugte sich vor: „Entsetzlich! Mit denen kann man eine Bresche in jede Mauer schlagen, oder sie sogar ganz in Trümmer legen!" Der Spielmann lächelte und wiegte skeptisch seinen Kopf: „Na ja, könnte! Wenn sie denn auch die Zeit und die Übung haben, um richtig zielen zu können. Bei den Probeschüssen, die ihm die Franken gezeigt und vorgeführt hatten, ging jeder der fünf Abschüsse fehl! Sie wollten am Waldrand eine aufgestellte, riesige Strohpuppe treffen und haben davor und dahinter die Wiese und die Bäume verwüstet, aber das Stroh blieb unversehrt. Die Schützen hatten danach schwarz verfärbte Gesichter und Arme vom Ruß der Flammen. Sie sahen dabei eher ängstlich als glücklich aus. Es schien niemandem geheuer, diese Monster abfeuern zu müssen!"

„Und damit will er seine eigene Feste angreifen und die dicken Mauern mit seinen neuen Bombarden in Trümmer legen? Eine Frage hab ich noch: Müssen diese schweren Rohre nicht mit Pferdekraft hierher gezogen und aufgebaut werden, damit sie ihre fürchterliche Feuerkraft entfalten können?"

„Genau! Du sagst es. Das ist ein riesiges Problem für sie, da es Tage braucht, um sie hierher zu schaffen, haben wir jetzt noch die Möglichkeit, sie gewaltig daran zu hindern!"

Die Feste, die sein Sohn Gero besetzt hielt, war bei Weitem nicht so gut befestigt, wie die väterliche Burg Gneisenstein. Manche sahen in dem Jagdschloss eher eine ausgebaute Motte. Diese, ursprünglich ersten Vorläufer einer befestigten Burg waren zunächst nur mit Holzpfählen eingezäunte Siedlungen, die innerhalb des hohen Zaunes einige, strohgedeckte Hütten hatten. Natürlich waren in den letzten Jahren die Holzpfähle gegen dicke Bruchsteinmauern, und die einfachen, schnell entzündbaren Hütten gegen feste Steinhäuser ersetzt worden. Gero, der als Kind oft hier gespielt hatte, wusste von dem klaffenden Riss am Ost Turm. Diese Bresche war in einer Gewitternacht durch Blitzeinschlag entstanden und nie richtig repariert worden. Die gesamte Feste war von einem schmalen Mäander, gut zehn Schritte breit, an drei Stellen umspült.

An der ungeschützten Seite war der Mauerriss, hier lag zwischen den großen Felsbrocken, Geröll, Steinen und umgestürzten Baumstämmen, auch Unrat und die Mirgel der gesamten Anlage. Diese Jauchegrube war unüberwindlich und stank so entsetzlich, dass man über jeden frischen Wind froh war, der die Gerüche fortwehte.

Gero zeigte den Freunden die Bresche in der rückwärtigen Mauer, die wohl schon etliche Winter so zerfallen daliegen musste, denn die Steine waren von dichtem Moos und Gräsern stark überwuchert und verbargen so den Durchlass.

Gernot hatte lange Eisennägel geschmiedet, um die Zündlöcher damit zu verschließen. Ein Zweipfünder, der kleine Hammer des Schmiedes, würde gute Dienste tun und die Bombarden der Angreifer vernageln. Des Nachts, wenn sie unbewacht waren, mussten sie schnell handeln und die Nägel in den Zündkanal treiben. Die zweite Möglichkeit, den gewaltigen Rohren ihre Feuerkraft zu nehmen, war eine Idee des Gauklers Tilmann: „Sie werden mit Pulverasche gestopft und mit Lumpen und einer Steinkugel als Geschoss verschlossen, richtig soweit?"

Sie schauten ihn an: „Weiter, Til! Mach es nicht so spannend!"
Der Gaukler lächelte und schaute Gernot, den Schmied an:
„Deine brennende Asche darf nicht feucht werden, stimmt`s?"
Jetzt hellten sich die Gesichter auf: „Du meinst, bevor sie
gestopft werden, sollte Wasser im Rohr sein?" „Richtig! Je
mehr, umso besser. Selbst wenn sie schon geladen sind, wird
die Feuchtigkeit in dem schräg stehenden Rohr bis zur tiefsten
Stelle laufen und die Pulverasche unbrauchbar machen!" Da
meldete sich Fin: „Es wäre auch möglich, die gefüllten Rohr
mit Steinchen und Sand zu füllen, denn wenn dann das
Geschoß durch die Feuerkraft den Lauf verlassen soll, so wird
es im Rohr verkeilen und das Geschütz auseinander reißen!"
Die Augenpaare von zehn Rittern drehten sich zum Jüngsten,
der sich geäußert hatte. „Na, sag mal! Woher nimmst du diese
Weisheit?" Fin setzte sich: „Die Schwestern versteckten im
Kloster einmal einen dunkelhäutigen Mann. Sein Kopf war mit
weißen Tüchern umwickelt und der besaß einen Feuerstock.
Ich habe den zwar niemals brennen gesehen, aber der Araber
war peinlich darauf bedacht, dass der Lauf immer sauber war.
Ich hab ihn gefragt, warum das so wichtig wäre und er hat nur
gelacht und gesagt: „Wenn Dreck darin ist, so wird mir der
Prügel beim Zünden um die Ohren fliegen! So habe ich mir
also gedacht, wenn das im Kleinen so sein sollte, so wird eine
Bombardiere…" Baldur unterbrach den Redefluss: „Bombarde,
Fin! Bombarde!" „Ist auch egal, wie das Ding heißt, jedenfalls
wird es dann unbrauchbar werden! So fertig, das ist meine
Idee!"
„Alle Gedanken sind gut, aber es klappt nur, wenn die eisernen
Ungetüme nicht bewacht werden!"
„Auch daran hab ich schon gedacht!" Fin stand auf: „Was ist
mit den Immen? Ist uns der Honig wichtiger, als unser Leben?"
„Fin! Was willst du?" Jetzt war er wieder in seinem Element:
„Wir haben doch die kleine Trebuchet. Wenn wir statt der

Steine Bienenkörbe auf die Angreifer schleudern, werden die zerspringen und der Schwarm wird auf die Männer losgehen! Dann haben wir genügend Zeit, um entweder Wasser in die Rohre zu schütten oder Sand und Steine. Die fein gewebten Stoffe von Walpurga werden unsere Gesichter schützen, sie sind durchsichtig, werden aber nicht von den wütenden Immen durchdrungen. Wir werden bei unsrem Tun von ihnen nicht gestört werden, trotz alledem muss es sehr schnell geschehen!" Die besprochenen Vorbereitungen wurden noch in der gleichen Nacht getroffen. Im Dunst des frühen Morgens standen schon dreißig Männer, Weiber und Heranwachsende auf der anderen Seite des Mäanders. Baldur hatte mehrere Seile gespannt und mit Stöcken am Boden befestigt. „Von hier an, mindestens einen Klaffer tief..." Er machte große Schritte und schlug einen weiteren Stock in die Erde: „...bis hier! Den Dreck müsst ihr auf den Wagen bringen, denn niemand soll merken, dass hier Fallen sind! Ihr da hinten, schneidet dünne Äste, damit wir die Gräben bedecken. Es wird ein feuriger Empfang werden!"

Die Morgennebel hatten sich verzogen und das Land lag ruhig und verlassen da. Die Zugbrücke war wieder hochgezogen und die Vorbereitungen abgeschlossen. Nun warteten die Insassen darauf, dass der Landgraf mit seinen Männern zum Angriff über die Hügel kam . . . aber nichts geschah! Der Abend kam und mit ihm eine stockfinstere Dunkelheit, denn eine dichte Wolkendecke verhinderte, dass der Mond ein wenig Helligkeit brachte. Die Wachen waren verstärkt worden und die aufgestellten Fackeln, die sie am Tage weit vor den Mauern aufgestellt hatten, waren schon lange erloschen. Nur ein paar Funken wehten noch über das Land, als einer der Wachen den Schrei einer Eule nachmachte: Das verabredete Zeichen!

Gero stand in vollem Rüstzeug im Hof und besprach sich mit seinen Männern: „Er wird doch nicht so töricht sein und in völliger Dunkelheit einen Angriff wagen!" Der Spielmann, der die letzten Wochen in der Burg verweilt hatte und den Grafen aus nächster Nähe am besten kannte, meldete sich zu Wort: „Euer Vater ist nicht mehr derselbe! Glaubt mir, ich habe schon viel gesehen und bin in vielen Ländern herumgereist. Dabei habe ich lange Zeit auch einen Bader begleitet und seine Heilkünste bewundert, ihm teilweise sogar geholfen. Das Hirn des Grafen ist vom Wahnsinn zerfressen. Er leidet an der Raserei und sieht in jedermann einen tödlichen Feind. Nur weil ihm ein Ritter in seiner Feste freundlich zugelächelt hatte, wurde er von ihm auf der Stelle hinterrücks erschlagen."

Sie liefen zu der seitlichen Steintreppe und waren bald auf der Burgmauer bei den Wachsoldaten. „Seht ihr schon was? Wer gab das Zeichen?" flüsterte Baldur, aber der Ritter hob nur seine Schulter und zeigte auf einen Soldaten, der angestrengt in die Dunkelheit starrte. „Da! Hauptmann, neben dem kleinen Strauch am Waldrand." Sie hatten ihre Fackeln gelöscht, nur hinter ihnen im Hof flackerten noch die Feuerkörbe. Baldur lehnte sich über die Brüstung, sah aber keine Menschenseele. „Ich sehe nichts! Wie viele sind es?" Der Mann murmelte leise, er schien zu zählen. „Zwei Dutzend, vielleicht noch mehr! Sie verbergen sich zwischen den Bäumen. Eben hab ich zwei Bombarden gesehen, als die Pferde ausgespannt wurden, glänzten ihre Rohre im Mondlicht. So werden sie keinen Angriff starten, denn auf die Entfernung sind sie zu ungenau." Baldur nickte: „Schlaft mir nicht ein! Ich werde die Männer wecken und wenn wir die ganze Nacht vergebens warten müssen!" Er stieg von der Mauer und betrat die Schlafräume neben den Stallungen. Tilmann und Gernot, in eiserne Bleche gewandet, standen zwischen den Rittern, die alle ebenso gerüstet waren. „Auf, jetzt gilt es! Wo ist Fin?"

„Er ist bei den Weibern in der Kemenate. Walpurga und Gesine wollten unbedingt auch geweckt werden. Übrigens, stimmt mit Gesine etwas nicht?" Baldur schaute Gernot an: „Wie meinst du das?" „Nun, hast du es denn nicht auch gemerkt? Seit zwei Tagen ist sie total verändert, fast schon verbittert. Immer wieder hat sie etwas vor sich hingemurmelt und dann mit dem Kopf geschüttelt, als könnte sie irgendetwas nicht verstehen. Und gestern hab ich genau zugehört: Secreto . . . , hat sie ganz deutlich gesagt, mein Secreto! Und was soll das eigentlich, dass sie mit niemandem mehr sprechen will, sich zurückzieht und selbst ihre Freundinnen, Alma und Walpurga ignoriert?" Baldur kannte den Grund, antwortete aber nicht darauf, sondern versprach, mit ihr darüber zu reden, denn vorrangig war nun der bevorstehende Angriff des Landgrafen.

„Ist alles vorbereitet?" Genau zu diesem Zeitpunkt kam auch Fin zu ihnen und wurde sogleich angesprochen: „Ja, die Steinkugeln liegen bereit!" „Hast du an die Körbe der Immen gedacht?" „Baldur, es ist alles fertig! Die Trebuchet steht gespannt hinter den Mauern im Hof und muss nur noch geladen werden. Gestern wurde sie mit mehreren Schleuderwürfen auf drei unterschiedliche Entfernungen getestet. Wir haben an dem Spannbogen die Einstellungen angebracht. Das Wurfmaterial liegt unter der Zeltplane und die Körbe der Immen haben wir mit Lappen verstopft, damit die Insekten erst frei fliegen können, sobald sie am Ziel zerbersten. Kübel, gefüllt mit Sand und Steinen zum Verfüllen der Rohre warten auf ihren Einsatz, genau wie die Männer, die alles am hinteren Durchbruch der Mauer aufgestellt haben." Baldur ging den gesamten Plan noch einmal durch. Wohlwissend, dass nicht alles so genau ablaufen würde, wie gedacht. Trotzdem sollte ein jeder genau seine Aufgaben kennen und versuchen, sie so gut wie irgend möglich zu lösen. Jetzt war auch Gero bei ihnen, gewappnet zum entscheidenden Kampf, denn er wusste wohl, dass diese

Abkehr von seinem Vater, dem Landgraf auch ihm niemals verziehen werden konnte. Sie standen im Hof, berieten sich mit den Rittern und wartete auf das Zeichen der Wachsoldaten.

Das Weibervolk war zum eignen Schutz in der Kemenate. Es sollte sich aber im Verlaufe des nächsten Tages zeigen, dass sich lange nicht alle Dirnen daran halten würden. Da kamen aus den hinteren Stallungen die leibeignen Buren, bewaffnet mit Dreschflegeln, Sicheln, Langmessern und Holzknüppeln. „Sagt uns, was wir für Euch tun können, denn Euch verdanken wir unser Leben!" Gero war gerührt, denn so viel Anteilnahme war er nicht gewohnt, zumal auch viele Weiber unter ihnen waren. „Tilmann, der Gaukler wird euch führen. Er kennt den Plan meiner Verteidigung." Gernot und Fin gesellten sich zu ihnen. Man konnte sie kaum wiedererkennen, denn beide trugen schwarze Beinlinge, Lederschuhe, dunkle Blusen und Wams. Zusätzlich hatten sie ihre Gesichter mit der Asche des Schmiedefeuers eingerieben. Nur ihre Augäpfel blitzten dann und wann auf, wenn der Schein einer Fackel auf sie fiel.

Baldur flüsterte ihnen etwas zu, bevor sie zu den anderen Soldaten an der hinteren Mauer entschwanden. Fin verzichtete nicht auf seinen Katzbalger, Gernot trug einen Dolch und jeder den Hammer, um die Zündlöcher der Bombarden mit Nägeln zu verschließen. In späteren Zeiten würde man von vernagelt sprechen und den wahren Ursprung nicht mehr wissen.

Die Nacht verrann, ohne dass ein Angriff gestartet wurde. Fin drängte sich misstrauisch mehrere Male durch den Mauerriss und beleuchtete mit der Fackel angestrengt die hintere Kloake und den schmalen Weg, aber es schien, als könnte von dieser Seite kein Angriff erfolgen. Die meisten Ritter ruhten, während zwei Wache hielten, aber es tat sich nichts! Der Dunst des Morgentaus hatte sich noch nicht verzogen, als sie durch einen lauten Knall geweckt wurden. Es unbekanntes Pfeifen folgte, bevor nach einem dumpfen Schlag wieder diese trügerische

Stille eintrat. Hektisch rannte Gernot zur vorderen Seite, wo die Ritter dabei waren, das Netz der Trebuchet mit Steinen zu beladen. Es ging alles sehr leise zu. „War das ein Geschoß der Bombarde?" wollte er von einem Soldaten wissen aber der winkte nur abfällig mit der Hand. „Viel zu kurz gehalten, sie sind noch zu weit entfernt. Sie spannen gerade wieder ihre Gäule an und werden versuchen, die schweren Geschütze näher an die Mauern zu ziehen!"

Gernot schaute skeptisch: „Aber dann halten sie doch auf die Gräben zu!" „Genau! Diese Tölpel haben das Terrain die ganze Nacht über nicht ein einziges Mal betreten. Sie werden von den Fallgruben überrascht werden! Geh auf deinen Platz! Wenn wir die Körbe der Immen auf sie geschleudert haben, werde ich eine Fackel schwenken, dann ist euer Einsatz!"

Gernot nickte und lief zurück, die Soldaten im Vorhof immer im Blick. Er teilte den anderen die Neuigkeit mit und alle machten sich bereit für den nächtlichen Gegenangriff.

Als Gernot und Fin mit den Männern durch die schmale, versteckte Bresche in der hinteren Mauer geschlüpft waren, hielten sie sich im Gänsemarsch hintereinander, wie mehrfach auch des Nachts geübt, an Gernot, der sich an der Mauer entlang tastete. Die Fackeln hatten sie in den Graben geworfen, nun war der schmale Weg nur noch vom schwachen Schein der Sterne ein wenig zu sehen. Endlich kamen sie seitlich neben dem Burggraben an, versammelten sich und warteten, denn auf dem freien Feld hörten sie das verzweifelte Stimmengewirr der Angreifer. Zwei, der riesigen Feuerrohre lagen schräg in einer Fallgrube. Aus dieser Lage war es unmöglich, die Bombarde sinnvoll einzusetzen und die Geschosse abzufeuern.

Da hörten sie einen dumpfen Schlag und dann das surrende Geräusch der ausgelösten Trebuchet. Vielfache Angstschreie drangen zu ihnen herüber.

Die geschleuderten Steine trafen Menschen und Tiere, Lehmklumpen spritzen auf und schon wieder donnerte der Zugbalken gegen die Haltevorrichtung und warf diesmal die Körbe der eingeschlossenen Immen unter die Angreifer. Die Insekten, durch die Wucht des Aufpralls zum Angriff bereit, suchten sich ihre Opfer unter den Soldaten. Wild um sich schlagend war es das Zeichen für die Männer im Graben. Sie schlichen sich seitlich an den schützenden Sträuchern heran und mischten sich unter die Ritter. Schon erreichte Fin die unversehrte, gut zum Schuss eingerichtete Bombarde. Er fingerte geschickt einen Nagel aus dem Beutel an seiner Seite, suchte nach dem Spundloch, setzte die Spitze an und schlug mit dem Hammer den Eisendorn fest in die kleine Öffnung.

Die begleitenden Männer warfen die, mit Pulver gefüllten Tonkrüge unter die Soldaten, nachdem die Lunten an den Flaschen entzündet waren. Feuerbälle zuckten auf und Panik brach unter den Rittern des Grafen aus. Schreiend rannten sie sich gegenseitig um, einige sprangen in den kalten Mäander und ertranken . . . Gero hatte gesiegt! Als der Graf vom Hügel aus sah, dass seine Männer aufgerieben, die Bombarden untauglich gemacht und sein Sohn den Sieg davontrug, gab er seinem Pferd die Sporen und galoppierte zurück zur Feste Gneisenstein. Gesine war schon früh zur Burg geeilt, denn sie ahnte, dass sich der Edeling davonschleichen würde, sobald sein Stern zu sinken begann. Als sie nach Stunden endlich in der nahenden Staubwolke den Landgrafen erkannte, schlich sie zum Tor und verbarg sich hinter dicken Balken. Der Landgraf trabte dicht an ihr vorbei, sie konnte sogar sein Gesicht erkennen und sofort überkam sie wieder die ekelhafte Erinnerung an jene schicksalhafte Nacht. Bevor sich die Tore schlossen, schlüpfte sie hindurch, den gezückten Dolch in der Linken, den Katzbalger in ihrer Schlaghand.

Der Wachsoldat wich zurück, als er sie sah und wollte Alarm

geben. Gesine blieb keine Zeit, sie steckte das Kurzschwert in die Scheide und sprang hinter ihn. Mit einer Hand hielt sie seinen Mund zu, die scharfe Klinge legte sie an seinen Hals. „Versuch es erst gar nicht!" Erschrocken riss er die Augen weit auf, doch als er erkannte, dass sich ein junges Weib erdreistete, ihn bändigen zu wollen, bäumte er sich entrüstet auf, wollte sich losreißen aber Gesine war darauf vorbereitet. Ein scharfer Schnitt und er sackte wie eine leere Hülle in sich zusammen. Niemals hätte er der Dirn zugetraut, dass sie tatsächlich die Klinge durch seinen Hals ziehen würde.

Gesine ließ ihn röchelnd zu Boden gleiten und schloss das Tor, um keinen Verdacht zu erregen. Mit flatterndem Umhang war der Landgraf indes zum Palas gelaufen, während sein Gaul schwitzend und zitternd im Hof stand. Sie griff den Knauf ihres Schwertes, lief hinter ihm die Treppe hinauf und dann stand sie in dem langen Flur. Die Absätze seiner Stiefel hallten noch nach, als er sich vor seinem Gemach noch einmal umschaute. Da sah er die Gestalt im langen Umhang. Die Kapuze tief im Gesicht, stand sie mit gezückten Waffen am Absatz der Treppe. „Heb dich hinweg du Winzling!" rief er ihr zu, denn er dachte, dass sie ein Junker sei. Langsam kam er zurück: „Wird `s bald? Willst du auf das Rad gespannt werden?" Gesine ignorierte seine Worte und blieb immer noch abwartend und ruhig stehen. Baldur hatte sie mit dem Katzbalger vertraut gemacht und ihr grenzenloser Hass tat das übrige. Jetzt würde sich zeigen, ob sie in der Lage war, auch kräftig zuzuschlagen. Sie musste ihre Wut kontrollieren, denn am liebsten wäre sie mit der Klinge voran auf ihn zugestürmt. „Wer bist du? Was willst du hier?" Sie schob die Kapuze auf den Rücken, das lange Haar fiel über ihre Schultern. Seit langen Wochen kamen wieder Worte über ihre Lippen: „Ihr erkennt mich nicht? Vor Jahren ward Ihr ganz wild darauf, mich in Euer Gemach zu zerren. Jetzt will ich Genugtuung für die Schmach, das versteht Ihr doch?"

„Ein enttäuschtes Weib, ich glaub es nicht! Es ist mein Recht, die Heiratswilligen zu besteigen. Auch du bist mein Eigentum! Leibeigen! Jus primae noctis! Das ist die Sprache der Bibel! Das Wort Gottes, im Latinum, aber da du ja weder schreiben noch lesen kannst, wirst du das auch nicht kennen! Das sei dir also verziehen!" Mit einer schnellen Bewegung, die sie nicht erwartete, drehte er sich herum, sprang auf sie zu und hatte ihr den Katzbalger entwendet. Das Kurzschwert fiel klirrend auf den Steinboden. „Nur dieser Angriff mit einer scharfen Klinge, den wirst du büßen, das kann und will ich dir nicht verzeihen!" Er packte mit der Faust in ihr dichtes Haar, trat die Tür auf und warf sie auf die Holzbohlen, die als Tisch mittig im Raum standen. Bäuchlings drückte er ihr Gesicht nieder, während er an seinen Beinlingen herum fingerte. Gesine bekam ihre Linke kurz frei, griff den Dolch und riss sich mit letzter Kraft los. Gleichzeitig stieß sie ihm die Klinge seitlich so tief in den Hals, das der Dolch steckenblieb. Er lockerte sofort seinen Griff und taumelte zurück. „Das hatten wir schon einmal!" rief sie wütend und ergänzte: „Abschaum! Ihr werdet nicht ins Himmelreich kommen, denn Ihr habt Euer eigen Fleisch und Blut geschwängert! Mutter musste Euch erdulden und gebar mich. Damit nicht genug, habt Ihr auch mich in Eure Bettstall befohlen. Der Bastard, der daraus entstand, war nicht lebensfähig. Ich hätte es auch nicht übers Herz gebracht, ihm später zu sagen, wer sein Erzeuger war!" Der Graf taumelte gegen die hintere Wand, rutschte daran herunter und versuchte krampfhaft, den pulsierenden, roten Lebenssaft zurückzuhalten. Es gelang ihm nicht. Seine Arme erschlafften, fielen zur Seite und sein Wams färbte sich schwarz. Seine Augen starrten sie so an, als könnte er das nicht verstehen. Angeekelt, aber zufrieden ging sie noch einmal zu ihm zurück, stütze sich mit einem Bein an seinem Körper ab und riss die Klinge wieder an sich. Durch den erneuten Schnitt spritze der Lebenssaft pulsierend heraus.

Sie raffte sich zusammen, ging auf den Flur und hob ihren Katzbalger wieder auf. Sein schweres Atmen hörte abrupt auf, er hätte länger leiden sollen! Das dachte sie, als eine feste Hand nach ihrer Schulter griff. Baldur stand vor ihr und hielt sie: „Bist du des Wahnsinns? Wenn er dich findet, so bist du des Todes!" Gesine lächelte: „Oder er! Dieses Schwein wollte mich erneut besteigen! Das muss er dem Schöpfer erklären. Er soll es im Jenseits bereuen!" Sie zeigte auf die geöffnete Tür, rutschte erschöpft an der Wand herunter und setzte sich auf den kalten Steinboden, während Baldur in den Raum stürzte. Nach einer kurzen Zeit kam er mit hängenden Armen zurück: „Weib! Was hast du getan!" Sie hob ihre Schultern und entgegnete mit fester Stimme: „Ich habe getan, was zu tun war! Wie oft habe ich in meinen Träumen immer wieder diese zwei Nächte durchlebt, sein Lachen ertragen, seinen widerlichen Atem in meinem Nacken gespürt!" Sie wischte sich mit dem Ärmel durchs Gesicht: „Es tat ihm noch nicht einmal leid! Er hat es nicht anders verdient." „Wir müssen fort von hier! Es gibt noch Menschen, die in ihm einen Gönner sahen! Sie werden sich auf dich stürzten, sollten sie erfahren, was du getan hast. Den Landesvater gemeuchelt!" Da kam ein dunkler Schatten über den Gang. Baldur erkannte den alten Waffenmeister, der ihn zum Ritter gemacht hatte. „Baldur von Hagen, seid Ihr der Schwertleite würdig, so müsst Ihr die Tat anzeigen! Das Weib ist zu richten, das Rad wird sie erdulden, den . . . . . "
„Schweigt still! Ihr ahnt nicht, wieso sie es tat! In Euren kühnsten Träumen könntet Ihr Euch nicht die Schmach erdenken, die das Weib auf sich nahm! **Er** hätte auf das Rad gehört, nicht die junge Dirn, die ich zum Weib nehmen werde!" Er beruhigte den Alten und vertraute ihm an, was er von Gesine und der alten Hexe in Erfahrung brachte und verwies mit Recht auf das erbärmliche Vergehen des Grafen, der sich eines großen Frevels schuldig gemacht hatte.

„Wenn Ihr wollt, dass er ein christlich Grab bekommt, so schweigt, sonst werd ich dem Pfaff von seinem unredlichen Tun berichten! Übrigens, " er nahm sich viel Zeit, schlug seinen Umhang zurück und drohte dem alten, gebrechlichen Mann unverhohlen mit seinem Schwert: „Ward Ihr nicht in der Lage, Euren Herrn vor all seiner begangenen Torheit zu bewahren? Wie ist er mit mir und meinen Rittern umgegangen, als er die Kraft der Bombarden erkannte? Mittellos hat er uns vor die Mauern geschickt, ist so etwas eines Grafen würdig? Den angezettelten Disput mit seinem eigenen Fleisch und Blut haben fast alle verbliebenen Recken in den Tod gestürzt. Er wäre gerichtet worden, denkt daran! Und sollte diesem Weib noch einmal ein Unrecht widerfahren, so wird mein Schwert die wahre Antwort zeigen! Geht und öffnet die Tore für die Sieger der Fehde. Gero wird Einzug halten und mit den verbliebenen Männern sprechen!" Er nahm Gesine an der Hand und führte sie ungehindert aus der Burg.

„Ihr wollt, . . . du willst mich zum Weib nehmen? Hab ich richtig gehört? Wann hast du das beschlossen? Man fragt seine Braut vorher, ob sie willens ist!" Baldur sprang in den Sattel seines Pferdes und zog sie hoch, damit sie hinter ihm sitzen konnte. Dann stellte er sich dieser Anforderung: „So frag ich dich, willst du?" Das war knapp und hoffentlich ehrlich gemeint. Gesine war von diesen Eindrücken völlig überfordert und antwortete wohl nicht schnell genug, denn Baldur verstand das als ein eindeutiges ja! „Na also, halt dich an mir fest, wir reiten unseren Männern entgegen, denn Gero wird diese Neuigkeit von mir erfahren! Du schweigst still!" Er gab dem Gaul die Sporen. Gesine konnte gerade noch ihre Arme um seinen Körper legen und sich an seinem Wams festkrallen, sonst wäre sie hinterrücks heruntergefallen.

Gero ließ es sich nicht nehmen, seinen vollen Triumph über den hinterlistigen, getöteten Vater in dessen Feste zu genießen. Wie er zu Tode kam, blieb das Geheimnis von Baldur und Gesine. Selbst Guntram, der Waffenmeister getraute sich nun nicht mehr, das Wort dagegen zu erheben. So saßen sie nun versammelt im Rittersaal der Burg Gneisenstein. Hier wollte er den Männern seine Sicht der Dinge erklären, und dass sein Vater viel Unrecht über die Leibeigenen und seine Ritter gebracht hatte, mussten sie doch am eigenen Leib erfahren haben. Er war jedoch großmütig bereit, diejenigen, die ihm jetzt ihre unverbrüchliche Treue schwören würden, weiter in seinen Diensten hier am Hof zu halten und zu beschäftigen. Einige verließen daraufhin den Saal und wurden von Geros Rittern in den Hof begleitet und dort ohne Pferde und Waffen der Feste verwiesen. Die anderen standen auf, zogen ihre Schwerter vom Leder und legten sie vor sich auf die Tafel.

Sie hoben ihre rechte Schwurhand und beteuerten, dass sie ab nun nur noch dem Sohn Treue und Gehorsam schulden wollten. Baldur schaute in den Kreis der Männer, die sich soeben wieder an der Tafel niedergelassen hatten und entdeckte dort den Peiniger, der ihn vor ein paar Monden in den Hinterhalt gelockte und sein Leben nehmen wollte. Dieser Ritter schien sich seiner Sache völlig sicher zu sein. Dessen Rechte lag, wie konnte es anders sein, vom ledernen Stulpenhandschuh bedeckt, sittsam neben dem leeren Holzteller. Der Hauptmann ging nach dieser offiziellen Zeremonie auf ihn zu und bot ihm einen Becher des vergorenen Saftes an: „Trinkt mit mir einen Schluck, edler Recke! Ihr habt es Euch wahrhaftig verdient!" Der angesprochene Ritter zuckte zusammen, denn er erkannte Baldur sofort wieder. Er senkte den Blick und versuchte, den Trunk mit der Linken umständlich an sich zu nehmen.

Ohne ein Wort mit ihm zu wechseln, rammte Baldur den Dolch in die leblose Hand auf dem Tisch. „Oh, verzeiht, edler Herr!

Ich vergaß, dass die ehemals dort platzierte Pranke ungefragt mein Biden griff und schon von mir abgetrennt wurde!"

Dann packte er den Verräter, ungeachtet der anderen Ritter, die mit nervöser Hand zum Schwert greifen wollten, denn sie verstanden nicht, was da vor sich ging. Baldur löste den Dolch vom Tisch und zog den verräterischen Mann hoch, sodass er zum Stehen kam. Dann schaute er sich die aufgespießten Lederfetzen an und streifte sie von der Klinge. Sein Blick wurde eiskalt, als er dem Mann den Stahl bis zum Schaft in den Unterleib stieß. „Der Einsiedler braucht dringend unsere Hilfe, war das die Meldung, die du unserer Wache mitgeteilt hast?" Das Nicken des Sterbenden war kaum wahrzunehmen. Nur Baldur schien es mitbekommen zu haben. Er zog den Dolch, noch im Körper des Verräters steckend, mit beiden Händen an und schlitzte dem Kerl die Bauchdecke schräg zum Herzen auf. Im Fallen versuchte der Sterbende instinktiv, die Gedärme zusammenzuhalten, was ihm jedoch nicht mehr gelang.

Mit aller Wucht donnerte er auf die Bodenbretter, denn seine Arme konnten ihn nicht mehr vor dem Aufprall schützen.

Baldur wischte seine Klinge am rückwärtigen Stoff des Toten ab und steckte sie zurück in die Lederscheide.

„Keine Unruhe, ihr Recken! Er schwor soeben einen Meineid, denn seine Treue war nicht echt! Gibt es noch weitere Zweifler unter euch, so ist jetzt der richtige Zeitpunkt, die Feste noch lebend verlassen zu können!" Dann wandte er sich an die Knappen, die an der Seite der Tafel standen. „Entfernt den Kadaver und bringt ihn zur Mirgel bei den Stallungen. Er hat kein Grab verdient! Ruft die Mägde, damit sie mit Sand und Wasser die Reste seiner Gedärme beseitigen!"

Dann schaute er zum Kopfende: „Gero, du kannst fortfahren und entschuldige bitte die kleine Unterbrechung. Ohne seine Anwesenheit fühle ich mich etwas freier und sicherer!"

Die Vergangenheit meldet sich…

„Baldur, du bist mein Freund und stehst mir treu zur Seite. Deshalb will ich auch offen mit dir reden!" Gero holte tief Luft und der Hauptmann spürte, dass den Grafen etwas bedrückte. „Raus damit, Gero! Wir haben doch schon manchen Disput beglichen! So schlimm kann es wirklich nicht sein!"

„Schlimmer! Es geht um deine Freunde! Mein Herold reitet in regelmäßigen Abständen alle Ländereien ab, benachbarte Fürsten, Herzöge und Grafen. Gestern kam er mit Dokumenten zurück, die deine Begleitung betreffen. Gernot der Schmied, Alma, seine Schwester, sowie Ansgar, Tilmann der Gaukler und dessen Schwester Walpurga. Sie allesamt werden gesucht! Die Gauklerbrut wegen Landfriedensbruch, Beutelschlitzen, Diebstahl und, . ." Baldur spürte die ablehnende Haltung und den Unmut des Grafen: „Und was?" Er war erbost über die Scheinheiligkeit, mit der ihm der Edeling etwas Ungutes mitteilen wollte und so war es auch.

„Die Brut des Dorpschmiedes wegen eines Mordkomplotts!"

„Das glaubst du? Ansgar ist schon lange gemeuchelt und wird dennoch gesucht? Was für ein Hohn! Die Gruppe hat mir geholfen, als mich dein Vater für friedlos erklärte und ich alleine war. Das gleiche Unrecht, das sich der Adel mit Hilfe des Klerus herausnimmt, dieses verfluchte Recht der ersten Nacht, jus primae noctis, sollte auch der Schmiedetochter widerfahren und nun versucht…".

„Baldur, zügle dich! Hast du wertvolles Blut in deinen Adern? Du kannst glücklich sein, dass du in den Stand der Ritterschaft aufgestiegen bist, aber das gibt dir noch lange nicht das Recht, über den Adel zu richten und seine Gesetze anzuzweifeln!"

„Da sind wir nun angekommen, Gero! Du sitzt fest im Sattel, hast die Ländereien deines Vaters mit unserer Hilfe inne und nun sind wir überflüssig geworden und müssen uns wieder ruhig und gehorsam verhalten? Willst du das? Ich werde Gesine ehelichen! Zwingst du auch sie dann in deine Bettstall? Weil es euer Gesetz ist?"

„Baldur, du kennst mich doch! Ich würde so etwas niemals…"

„Versprich nichts, was du nicht halten kannst! Und was war mit der leibeignen Irmtrud? Sie kam völlig aufgelöst vor ein paar Wochen aus dem Palas! Sag jetzt nicht, dass es dir Leid tut! Hätte ich nie mit der Kräuterhexe gesprochen, so wüsste ich auch nicht, dass Gesine das Produkt einer solchen Nacht ist!"

Gero schaute ihn ungläubig an: „Da staunst du, was? Ja, stell dir vor, es soll Weiber geben, die adelige Andenken von euch erhalten, wenn sie gegen ihren Willen in die Bettstall gezwungen werden, das kann dir doch nicht neu sein . . oder ist es etwa gewollt? Schafft sich der Adel dadurch treue Gefolgsleute, indem er sie sich selber züchtet?"

„Baldur, glaub mir, ich versichere dir . . "

„Mach`s kurz, Graf Gero von Gneisenstein! Was willst du?"

„Es ist besser für uns alle, wenn die Gesuchten ausgeliefert werden! Es sind Leibeigene, verstehst du das denn nicht?"

„Dann musst du auch mich und deine Halbschwester Gesine ausliefern, denn unsere Freundschaft ist hundertfach stärker als euer selbstgemachtes Gesetz und die haltlosen Behauptungen!"

Er ließ den verdutzten Grafen stehen, drehte sich um und verließ wütend den Palas. Er war enttäuscht und hatte diese Forderung vom jungen Graf nach alledem nicht erwartet.

Als er seinen Freunden die Ungeheuerlichkeit mitgeteilte, waren alle der gleichen Meinung. Sie wollten die Feste so verlassen, wie sie hierhergekommen waren. Zwei Winter war es her, als Gero ihre Hilfe brauchte, weil ihm der Streit zu seinem Vater über den Kopf gewachsen war. Jetzt wollte er sich plötzlich als Adeliger nicht mehr daran erinnern? „Er ist und bleibt ein Gneisensteiner! Genau wie sein Vater, diese Gier und Machtbesessenheit . . . Blut ist eben doch dicker als Wasser."

Da trat Gesine in den Raum, sie hatte die letzten Worte wohl gut vernommen, denn sie schaute lächelnd die Freunde ihres Mannes streng an: „Gneisensteiner? So so! Ich habe auch das Blut dieses Tyrannen in mir und fühle mich zu euch gehörig! Es ist nicht die väterliche Verwandtschaft, die ihn so entscheiden lässt! Es ist das Gefühl von Überlegenheit, von Macht und Gier, dass den Herrschern das Hirn auffrisst!"

Sie bereiteten sich auf die Reise in unsicheres Gebiet vor. Gernot belud seinen Kastenwagen mit einer komplett ausgerüsteten Schmiede, Blankwaffen und Verpflegung, der Leiterwagen wurde nun von vier stattlichen Kaltblütern gezogen. Eine gewachste Plane wurde darüber gespannt und die Freunde waren zur Abreise bereit. „Wird er die Söldner auf uns hetzen, wenn wir sein Hoheitsgebiet verlassen haben?" Til stellte diese berechtigte Frage, denn keiner konnte den Grafen einschätzen. Eine Antwort erübrigte sich, denn er erschien zum Abschied auf dem Söller seines Palas: „Ihr werdet immer meine Freunde bleiben, versprochen! Aber ihr müsst verstehen, dass ich mich nicht über das Recht erheben darf! Stellt euch und lasset die Obrigkeit richten. Ich werde für euch aussagen, aber Gesetz ist Gesetz!" Baldur wagte einen Widerspruch: „Das waren auch die Worte deines Vaters, Recht sprechen und Gesetz einhalten! Was hat er damit erreicht? Kehr um und erinnere dich daran, dass du einmal Hilfe benötigt hast und nun bete, dass dir deine Untertanen allzeit treu ergeben bleiben!"
Er wandte sich um, denn er war nicht gleicher Meinung und wollte auch nicht diese brisante Unterhaltung im Hof, vor allen Burgbewohnern führen.
„Ich werde sagen, dass du schon vor langer Zeit meine Feste verlassen hattest, mehr kann ich für euch nicht mehr tun!"
Gero versorgte sie mit neuen Pferden, ihren beiden Wagen und Proviant, trotzdem kam das einer Auslieferung gleich, denn

wer wusste in diesen Zeiten schon, welche Nachricht wohin gegangen und welcher Kurier die Antwort gebracht hatte? Sie waren wieder auf sich alleine gestellt, vielleicht jetzt noch ausgestoßener, als jemals zuvor.

Til wollte etwas sagen, jedoch hielt ihm Alma den Mund zu. Sie kannte seine Antwort, die er dann auch tatsächlich noch herausschrie, als sie oben auf dem Hügel angekommen waren: „Diese Adelsschweine stecken doch wahrlich alle unter einer Decke! Wo wäre denn nur dieser Emporkömmling, wenn wir nicht mit unseren Ideen und den ausgeführten Taten den Sieg über seinen verhassten Vater zuerst vorbereitet, und schließlich auch noch ermöglicht hätten!" Seine Worte verhallten, denn sie waren außer Rufweite. Nur Baldur und sein Weib ritten am Ende des Trosses. Sie vernahmen die Kommandos und Rufe der Wachen auf den Zinnen. Zu seinen Freunden, die weit vor ihm ritten rief er: „Genug der Aufregung, schweigt nun! Allesamt!" Nur Gesine, sein Weib wollte so einfach nicht beigeben. Sie ritt ein Stück zurück, denn sie zitterte vor Wut und Aufregung am ganzen Körper. Schließlich straffte sie ihren Körper und richtete sich in ihren Steigbügeln auf, sodass sie fast stand. Sie konnte dazu nicht schweigen und widersetzte sich den Worten ihres schützenden Begleiters. So, aus dem Stegreif erklärte sie stolz und unverhohlen: „Und so ein Unehrlicher, einer, wie der soll mein leiblicher Bruder sein? Kein Dank, keine dauerhafte Bleibe?" Sie drehte sich zu Baldur um: „Wie hast du das nur all die Winter ausgehalten, als du noch in den Diensten seines Vaters standst? Und dann noch zusammen bei diesem Monster, der sich rühmt, dein Freund zu sein? Ich sage dazu nur, pah!" Gesine spukte auf den Boden und gab ihrem Gaul die Sporen, um den Kastenwagen wieder einzuholen. Baldur trabte langsam hinterher. Er wusste im Augenblick wirklich nicht, wie es weitergehen sollte.

Vorläufiges, glückliches Ende

Drei Tagesreisen von der Feste entfernt, fanden sie in einem Gutshof eine vorläufige Bleibe. Dafür bot der Hüne den Bewohnern seinen Schutz an. An einem Nachmittag kam ein Reiter in den Hof und sprach das junge Weib an: „Seid Ihr Gesine, die Tochter des Landgrafen?" Baldur hatte den Reiter gehört und schaltete sich sofort schützend ein: „Halt! Weib, sag nichts! Wer will das wissen?" Er stellte sich in den Weg und hielt den schnaubenden Gaul am Zaumzeug fest. Das schweißnasse Tier ließ anscheinend alles mit sich machen, hielt den Kopf gesenkt und atmete schwer. Der Mann musste einen scharfen Ritt hinter sich gebracht haben. Er rutschte aus dem Sattel und zog eine Pergamentrolle aus seinem Wams: „Hier!" Da Gesine keine Anstalten machte, sie anzunehmen, hielt er sie dem hünenhaften Baldur hin. Da er schriftkundig war, überflog er die Tintenstriche. Dann ließ er das Schriftstück sinken und gab es mit einem Kopfnicken seinem Weib. Als auch sie die Zeilen gelesen hatte, kam sofort wieder das alte Misstrauen in ihr hoch: „Und wenn das wieder eine Falle ist?" flüsterte sie. „Er wollte uns doch ausliefern, weißt du noch?" Der Kurier schien große Lauscher zu haben, denn er schüttelte den Kopf: „Nein, Herrin! Ich kenn den Inhalt zwar nicht, aber bei uns im Land grassiert eine unbekannte Seuche. Sie hat in den vergangenen Monden etliche dahingerafft. Euer Bruder hütet seit langem seine Bettstall und wird, außer von den kundigen Mönchen auch von einem arabischen Heiler betreut, der diese Krankheit aus dem Morgenland kennt." Unwillkürlich trat Gesine einen Schritt zurück und fasste das Pergament nun nur mit Daumen und Zeigefinger an einer Ecke an. „Verbreitet sie sich wie die Pestilenz? Wie konntet Ihr reisen, wenn dadurch das Unheil durch Euch überall verbreitet wird?" Erschöpft setzte sich der Kurier auf den Brunnenrand. „Es sind ja bei weitem nicht alle erkrankt und der Araber hat mir versichert, dass keine Gefahr von ihm ausgeht, so man nicht von ihm angehustet oder angespuckt wird." „Und wer sagt mir, dass Ihr nicht auch dies Malade in Euch habt?" „Der arabische Mesue sagt das! Wer sich die Pein geholt, wird binnen drei Tagen nicht mehr fähig sein, ein Ross zu besteigen . . . aber genug der Erklärungen! Kümmert euch um den Vierbeiner. Wird er nicht trocken gerieben und bekommt Futter und Wasser, so wird er darben. Holt euch Rat vom Medicus oder Bader, aber gebt mir einen Platz zum Ruhen, denn ich bin drei Nächte durchgeritten, um Euch dies Pergament zu bringen." Gesine ging zur Küche und kam mit Brot und vergorenem Käse, sowie einem Krug Bier zurück. „Stärkt Euch und dann geht zu den Stallungen. Mit einer Leiter könnt Ihr auf die Tenne und dort ausschlafen! Ich werde mich mit meinem Mann beraten und Euch eine entsprechende Depesche aufsetzen!" „Herrin, er hat mir aufgetragen, Euch zurück zu begleiten! Er will wohl seinen Seelenfrieden finden und Euch mit dem rechtmäßig zustehenden Erbe beglücken. . " Die Dirn wurde skeptisch, ob der Dinge, die da plötzlich aus ihm herausflossen: Er kannte also doch den Inhalt des Schreibens! Um den Kurier vorerst in Sicherheit zu wiegen, nickte sie und ging dann zu Baldur: „Ich trau ihm nicht! Warum soll ich das sichere Gut verlassen? Das ist eine Falle, ich rieche das!" Ihr Mann nickte: „Es kommt mir auch sehr seltsam vor und passt nicht dazu, wie uns Gero loswerden wollte!" Er nahm seinen Dolch und ging zurück in den Hof. Gesine wurde unruhig und folgte ihm: „Tue nichts Unbedachtes!" Sie legte die flache Hand auf ihren Leib: „Denk an dein Kind!" Baldur schüttelte den Kopf, dann erst realisierte er, was Gesine ihm da offenbart hatte: „Was sagt du? Du wirst Mutter?" Sie lächelte etwas gequält: „Ich wollte, es wäre ein anderer Zeitpunkt und glücklichere Umstände, um dir das zu sagen!" Er ließ den Dolch sinken und kam zu ihr zurück:

„Wenn man Vater wird, so ist das eine Freude! Zumindest für mich!" Erst als er das sagte, merkte er, wie verletzend diese Worte gegenüber Gesine hätten sein müssen, doch sie war einfach nur glücklich, einen liebevollen Mann an ihrer Seite zu wissen und deshalb verstand sie die Worte so, wie er sie gemeinte. „Jetzt muss ich ihn erst recht aufsuchen und auf seinen Wahrheitsgehalt testen! Ich weiß, wie man etwas aus einem herauskitzelt!" Gesine sah ihn an: „Wird nach deiner Befragung noch Leben in ihm sein?" Er hob gleichgültig die Schultern: „Das liegt an ihm, nicht an mir!"

Kurze Zeit später stand der Hauptmann vor den Stallungen, zog den Dolch mit der Linken, schulterte sein Schwert und drückte sich durch sich Halbdunkel. Im hinteren Teil standen zwei Knappen, die das Pferd des Kuriers versorgten. Sie erkannten den Ritter sofort und schauten ihn verwundert an. Baldur deutete auf den Dachboden und hob fragend die Schulter. Die Antwort kam prompt und schnell: „Er ist fort! Mit zwei unserer besten Rappen. Er sagte, die hättet Ihr ihm für die Nachricht versprochen, die er Euch gab!" Der andere Jüngling nickte bekräftigend: „Stimmt! Genauso hat er das gesagt und dann ist er ja auch schon vor Stunden zurückgeritten!"

Baldur war entsetzt. So würde er nicht in Erfahrung bringen, ob die Nachricht wahr oder gelogen war. Sollte das tatsächlich eine Falle sein? Warum? Er hatte vor, mit dem adeligen Pack, das den Schmied tötete und mit dem alles anfing, jetzt endgültig abzurechnen, um die Stadt und die umliegenden Dörper von den wiederkehrenden Tyranneien zu befreien . . . Konnte das nicht der Grund dafür sein, dass jetzt Gero von Gneisenstein sich in diese Angelegenheit einmischte? Es war nicht seine Fehde und er würde immer zu ihm stehen, das waren doch seine Worte. Sollte auch das gelogen sein?

„Ich werde zur Feste Gneisenstein reiten, so wie der Kurier die Nachricht von Gero überbrachte, werde ich erst dann

Gewissheit haben, wenn ich die gleichen Worte aus dem Mund des Grafen vernehme!" Baldur war entschlossen, zu handeln! Sie bedankten sich für die Gastfreundschaft des Gutsherrn und machten sich am Morgen auf, um zur Feste Gneisenstein zu reisen. Den Kastenwagen hatte Gernot umgebaut und bequem eingerichtet, damit Gesine, Alma und Walpurga die anstehende Reise gut überstehen konnten. Til, Gernot und Baldur ritten an der Spitze, Fin und vier vertraute Ritter, die zu ihnen gestoßen waren, bildeten die Nachhut.

Als sie auf einem Umweg an der kleinen Feste des Gero vorbeikamen, stockte ihnen der Atem. Alle Gebäude waren verfallen, Dächer und Mauern eingestürzt, das Tor aus den Angeln gerissen und die Zugbrücke lag zerbrochen halb im Mäander. Ein schlechtes Omen?

Es war gut, dass Baldur diese längere Strecke gewählt hatte, denn diese mutwillige Zerstörung bestätigte seine Vorahnung. „Tilmann, du bist Gaukler und Possenreißer! Eile mit deiner Schwester voraus und zeig ihnen auf der Burg, was du gelernt hast! Fin wird euch begleiten und sofort zurückkommen, wenn ihr etwas erfahren habt." Das Findel, zum Mann gereift, war stolz, endlich einen Auftrag zu bekommen, der für alle von großer Wichtigkeit war. Tilmann bepackte ein Maultier mit einigen Kisten und dann ritten die drei der Feste entgegen, die Zügel des kleinen Lasttieres waren an seinem Sattel befestigt. Die Freunde schienen bedrückt, als die Burg nach einem Tagesritt in Sichtweite kam. Wider Erwarten wurde ihnen überhaupt keine besondere Beachtung geschenkt, denn es war Markttag und die Tore standen weit offen. Sie betraten den Innenhof und konnten sich hier frei bewegen. Während sich Fin in den Stallungen um die Tiere kümmerte, schlenderte Til mit seiner Schwester zwischen den Ständen, ihre Ohren waren bereit, jede noch so kleine Neuigkeit aufzuschnappen.

In der verfallenen Ruine.

„Jetzt sind sie schon zwei Tage in der Burg und von Fin ist noch immer keine Nachricht gekommen. Wie lange willst du noch warten, Baldur? Wenn sie ins offene Messer gelaufen sind, werde ich mir größte Vorwürfe machen!" „Ich auch, Gernot! Glaub mir, ich auch! Wir warten noch einen Tag, dann werde ich mir Gewissheit verschaffen!" Gesine schaute ihn an und er ergänzte sofort deutlich: „Ich alleine!"
Am späten Nachmittag kam Fin über den Hügel zu ihnen herunter. Er war noch weit entfernt, als ihm Gernot schon entgegenrief: „Wieso kommst du zu Fuß? Da können wir ja ewig warten!" Jetzt lief Fin und war bald an dem Mäander, sprang auf die schräge Zugbrücke und stellte sich gerade hin: „Welch ein Empfang! Danke, ich bin auch froh, euch zu sehen!" „Nicht so empfindlich, Kleiner! Erzähl, wie ist die Lage?" Sie nannten ihn den Kleinen, da er der Jüngste war. Fin ging zu Alma, die ihm ein Stück Brot und einen gefüllten Krug reichte. Als er einen Happen abgebissen und genüsslich einen ordentlichen Schluck genommen hatte, wischte er sich mit dem Ärmel den Mund ab: „Es gibt innerhalb der Feste keine Spur von Gero! Das Tor ist offen, die ganze Zeit hielten sie im Hof Markt ab und es scheint, als gebe es keinen, der ein Machtwort sprechen würde. Der Pöbel randaliert und sauft herum, sie schlafen in den Stallungen, im Palas und der Kemenate, so als wäre es das Natürlichste der Welt! Und die verbliebenen Ritter machen bei diesem Gewusel mit. Til und Walpurga werden gefeiert, man scheint die Kurzweyl, die sie in die Burg gebracht haben, sehr zu genießen, aber . . . " Er hob den Zeigefinger und nickte mit dem Kopf: „Ich habe ein nettes Gespräch mit einem versoffenen Alten in der Schenke gehabt." Er drehte sich zu Gernot um: „Der Graf deiner Heimat, der deine Schwester schänden wollte, nennt er sich Widukind?

126

Graf von Hohenheim, richtig? Er hat sich mit Gero verbündet. Sie wollen deiner habhaft werden und bei diesem Streich Gesine meucheln, denn Landgraf Gero fürchtet, dass Baldur mit ihrer Hilfe das Erbe von Gneisenstein anfechten, oder übernehmen will. Es stimmt, was Gesine vermutete! Es ist eine hinterlistige Falle, denn man erwartet uns auf der alten Römerstraße. Sie können nicht wissen, dass Baldur mit uns den Umweg nahm und schon hier in der Burgruine ist!" „Normalerweise hätte ich tatsächlich diesen Wegs genommen!" meinet Baldur, „welches Glück, dass uns die Eingebung hold war und wir den anderen Weg eingeschlagen hatten. Die beiden Grafen haben sich also verbündet und wollten mit ihren Rittern über uns herfallen! Es sind derer zu viele, als dass ein offenes Gemetzel lohnend erscheint! Wir müssen eine List anwenden. Man müsste…" ein Lächeln umschmeichelte sein Gesicht und er wandte sich an Fin: „Gneisenstein hat offene Tore? Und die verbliebenen Ritter? Sind sie uns hold?" „Ja, doch! Sie weigerten sich, bei diesem Überfall gegen dich dabei zu sein! Gero scheint wild entschlossen, mit dem Hohenheimer ein für alle Male dir, Baldur gegenüber ein Zeichen zu setzen. In der Spelunke der Burg hatte der geschwätzige Alte so etwas wie Neid des Grafen gegenüber dir erwähnt. Die erfolgreiche Verteidigung der Feste gegen seinen Vater haben seine Ritter nicht ihm, sondern dir zugeschrieben. Deshalb sind etliche von ihnen in der Feste geblieben. Er hat Angst vor dem Verlust seiner Anerkennung, denn seine Ritter mögen dich. Es war für Gero schwer, Männer zu bewegen, sich gegen dich zu stellen. Es sind dir mehrere Ritter immer noch dir zugetan!" Baldur war in Gedanken und heckte einen verwegenen Plan aus: „Aufbruch!" befahl er und ergänzte: „Wir bemächtigen uns seiner Feste Gneisenstein! Dort kenne ich jedes Gebäude, jeden Balken. Gero wird sein blaues Wunder erleben, so er kommt! Ich werde seine Ritter auf mich einschwören!"

An der alten Römerstraße

„Wie lange sollen wir hier unter freiem Himmel denn noch ausharren? Sind deine Späher überhaupt vertrauenswürdig?" Widukind verlor langsam die Geduld und wollte zurück in seine Heimatfeste. „Es ist noch ein langer Weg für mich zurück und ich kann meine Burg nicht so ungeschützt alleine lassen. Meine Söhne sind ungemach, ob der nicht eintreffenden Weiber, denn ich versprach ihnen die Schmiedetochter und die Schwester des Gauklers. Was soll mit dieser Dirn, die man Gesine ruft, eigentlich geschehen? Sie ist eine Leibeigene und du hast sie Baldur ehelichen lassen, ohne sie in deiner Bettstall zu prüfen, ob sie sich als Weib eignet?" Gero wurde wütend: „Schweig, Widukind! Ich rief dich zu Hilfe, das ist richtig, aber nur, um zu verhindern, dass sich dieses Weib meine Ländereien aneignet!" Der Graf und seine Söhne sahen sich erstaunt an, bevor sie in schallendes Gelächter ausbrachen. „Haben wir das richtig verstanden oder bist du einfach nur von Sinnen? Wie soll eine Leibeigene sich adelige Güter verschaffen? Hat dir die Sonne das Hirn verbrannt?" Gero hatte sich versprochen. Sollte er seinem adligen Vetter von der unehelichen Brut seines Vaters berichten, die als seine Halbschwester bei den Rittern seiner Feste bekannt war? Er entschloss sich dazu, sein Vorhaben zu beenden und am nächsten Tag zurück zu seiner Burg zu ziehen. Es schien ein verrückter Gedanke gewesen zu sein und er bereute die Idee, die ihn dazu veranlasste.

„Also keine Gefangen, keine Beute für meine Ritter? Wir sollen alles abbrechen?" Gero nickte und Widukind stellte sofort seine Bedingungen: „Fünfzig Silberlinge als Entgelt für mich und meine Männer! Dann ziehen wir morgen früh von dannen." Gero verstand und ging zum Zelt. „Hauptmann, die Truhe!" Der erste Ritter Eisenhard, der die Stelle des Baldur widerwillig angenommen hatte, reichte ihm die schwere Kiste.

Auch er war immer noch dem Ritter Baldur in Treue verbunden und würde sich im Ernstfall gegen Gero, seinen Herrn aussprechen. Das durfte der Graf jedoch nicht erfahren, denn mit ihm waren etliche der Ritter der gleichen Meinung, denn Hauptmann Baldur hatte sie immer gut behandelt und war nie so hart und bestimmend aufgetreten, wie das jetzt immer der Landgraf zu tun pflegte. Seit der Abreise der helfenden Freunde hatte sich viel auf Gneisenstein verändert, und das nicht zu Gunsten des Grafen, der jetzt die Kiste an sich nahm, die Eisenhard wie seinen Augapfel beschützte.

Gero kramte einen gezackten Eisenstift hervor, den er an einem Lederband um den Hals trug und öffnete damit den Deckel. „Zähl dreißig Silberlinge ab, leg sie in ein Ledersäckchen und bring es mir dann nach draußen! Morgen ziehen wir wieder zurück nach Gneisenstein!"

Der erste Ritter schüttete die Münzen im Zelt auf den Tisch und sortierte sie. Dann zählte er die genannte Summe ab und steckte die Münzen in ein Ledersäckchen. Danach schüttete er die restlichen Gulden, Dukaten, Groschen und Kreutzer zurück in die Kiste und warf den Deckel wieder zu. Das Schloss schnappte ein und war verschlossen. Er legte die eiserne Geldschatulle wieder zurück in die große Truhe und ging mit dem abgezählten Münzbeutel zu seinem Herrn.

„Das Geld, mein Herr!" Er senkte den Kopf und reichte dem Grafen den Lederbeutel mit den Silberlingen. Gero warf ihn Widukind zu, der den Beutel geschickt in der Luft auffing.

„Bevor du aufbraust, sage ich dir, dass dreißig Silberlinge genug sind! Denk daran, dass wir dir schon oft zu Hilfe gekommen sind, ohne ein einziges Mal dafür entlohnt worden zu sein! Manus manum lavat!" Widukind lächelte. Er schien damit zufrieden zu sein. Nun musste nun nur noch seinen Söhnen erklären, dass sie sich noch ein wenig gedulden müssten, bevor sie der beiden Weiber habhaft werden könnten.

Als Gero enttäuscht mit seinem Tross am Mittag des nächsten Tages endlich aus der Ferne seiner Burg Gneisenstein ansichtig wurde, traute er seinen Augen nicht. Wieso waren die Tore geschlossen und die Zugbrücke hochgezogen, wo doch ein wöchentliches Marktspektakulum im Hofe abgehalten wurde? Da ertönte schallend das Horn! Seine Feste hatte ihn gesehen und öffnete die Tore, sowie die Zugbrücke. „Na also, ich hätte das auch nicht anders erwartet!"

Baldur hatte zwei Tage Zeit gehabt, seine Vorbereitungen zu treffen. Gesine wurde als rechtmäßige Schwester des Grafen anerkannt und die Ritter der Burg schwörten ihr den Treue-Eid. Wie sollte Gero dagegen ankommen? Schon beim Einzug der Männer wurde sie überschwänglich begrüßt und man huldigte ihr, als wäre sie schon immer der rechtmäßige Burgvogt gewesen. Gero war entsetzt! Er fühlte sich verraten. Wie sollte er dem verbündeten Widukind je wieder entgegen treten? Sein Plan war gescheitert. Wie könnte er dennoch verhindern, dass dieses dahergelaufene Weib ihr rechtmäßiges Erbe geltend macht. Als einzigen Ausweg sah er den Grafen Widukind von Hohenheim und seine Söhne. Mit ein paar Silberlingen würde er diesmal seinen Verwandten nicht noch einmal unterstützen. Dennoch musste er den Versuch wagen und Gesine in Sicherheit wiegen, um heimlich einen Hilferuf an Widukind zu schicken. Wer genoss noch sein Vertrauen? Argwöhnisch sann er darüber nach, wie er die brisante Nachricht aus der Feste schleusen könnte . . . Da fielen ihm die Tauben ein, die ihm schon manchen Dienst geleistet hatten. Er schrieb sein Bittgesuch, wickelte es in die kleine Blechhülse, die dazu am Fuß der Taube verknotet wurde. Dann eilte er zum Falkner, der das gesamte Federvieh der Feste versorgte. „Hole er mir einen gefiederten Boten des Grafen Widukind!" Der Falkner war schnell zurück und Gero ließ es sich nicht nehmen, die Taube persönlich aus seiner Windluke auf die Flugreise zu schicken.

Gernot und Fin hatten beschlossen, mit Alma, Walpurga und Til direkt am angrenzenden Zimmer neben Baldur und seinem Weib im Steinhaus neben den Stallungen zu nächtigen.

Sie waren wachgeworden, als sie die ungewohnt schnellen Schritte hörten. „Ich muss den Hauptmann sprechen, jetzt!" „Wer seid Ihr und was wollt in dieser späten Stunde von ihm?" „Ich bin der Falkner dieser Feste und hab ein dringlich Wort für den ersten Ritter. Ich bin sein wahrer Freund, glaubt mir doch!" Zur Bestätigung griff er an die Umhängetasche an seiner Seite und hob sie ungeöffnet hoch: „Hier drin! Wär es nicht von so großer Wichtigkeit, ich hätt euch den Schlaf gelassen!"

Bevor Gernot darauf antworten konnte, stand Baldur mit einer Laterne im Türrahmen und drängte ihn ein wenig zur Seite: „Falkner Wittich, bist du`s?" Der Schmied schaute beiden an: „Ihr kennt euch wirklich?" Baldur ging auf den nächtlichen Boten zu und legte den Arm auf seine Schulter: „Sag an, was ist so dringlich, dass es keinen Aufschub duldet?"

Die Männer gingen zurück in die Stube, wo auch schon die neugierigen Weiber, durch die nächtliche Störung aufgewacht, am Tisch saßen. Sie hatten sich in dicke Tücher gewickelt und warteten verschlafen darauf, dass der bärtige Mann, der ein ledernes Wams und gleichfarbige, beige Beinkleider trug, eine Erklärung für diesen nächtlichen Besuch abgeben würde. Als alle erwartungsvoll und dicht aneinander gedrängt an der kleinen Tafel saßen, öffnete der Falkner vorsichtig seine Tasche. Drei Öllampen standen angezündet auf dem Tisch und im flackernden Lichtschein holte der Mann eine lebende Taube heraus, deren Flügel er geschickt zusammenhielt, als sie befreit wurde. „Graf Gero bat mich vor zwei Stunden, eine Taube des befreundeten, edlen Widukind zu ihm zu bringen. Ich dachte mir schon, dass er eine üble Sache vorhatte und gab ihm Else!" Er küsste den Kopf des kleinen Federviehs, das mit einem Gurren darauf antwortete.

„Else ist meine beste Taube und findet schnell zurück zu mir. Gero nimmt jedoch an, dass sie zur Burg der Hohenheimer fliegt um…" er nestelte an den Krallen des Vogels, befreite ihn von der Blechhülse und gab sie Baldur. Dann vollendete er den angefangenen Satz: „…um diese Nachricht zu überbringen!" Der Ritter öffnete den kleinen Zylinder, rollte den Streifen Pergament heraus, ging etwas näher zur Öllampe und überflog die Schrift. Seine Stirn verdunkelte sich zusehends und er kniff die Augen zusammen. „Dieser hinterlistige Lump!" flüsterte er und ließ seine Hand sinken, die Nachricht flatterte dabei auf den Boden. „Ist es sehr schlimm?" der Falkner legte seine Hand auf die Schulter des hünenhaften Ritters, der ob dieser unerwarteten Nachricht in sich zusammen gesunken war.

Baldur nickte fast unmerklich und schloss die Augen. Dann stützte er seinen Kopf in die Hände und verharrte eine Weile. So grübelte er immer und heckte etwas aus, das wusste Gesine, die das winzige Pergament aufhob und nun auch las.

„Er bittet die Hohenheimer um Hilfe? Die sind doch gerade erst unverrichteter Dinge wieder zurückgeritten!" Der Falkner bejahte: „und sind dafür wahrlich gräflich belohnt worden! Gero war aufgewühlt und wütend, als ich mit dieser Taube zu ihm zurückkam. Von Undank und Bestrafung seiner Vasallen hat er gemurmelt und davon, dass er sich von dem Pöbel und dem undankbaren Pack endlich ganz befreien müsste!"

„Was meinte er damit?" wollte Gernot wissen, bekam darauf aber keine Antwort.

„Wir werden Probleme bekommen, wenn wir uns gegen Gero stellen und ihn entmachten. Der Klerus wird sich der Sache annehmen, denn die Gneisensteiner waren schon immer sehr großzügig den Pfaffen gegenüber, die ihnen im Gegenzug dafür jeglichen Beistand gewähren und ihnen eine unglaubliche Freiheit gewähren, die sie schamlos und für ihre eigenen Zwecke ausnutzen. Dagegen werden wir nie ankommen!"

„Zumal das Volk von ihnen beim Kirchgang auf Linie gebracht wird! Im Sinne der Herrschenden, versteht sich!" ergänzte Til, der sich bis zuletzt zurückgehalten hatte. „Müssen wir noch diese Nacht tätig werden?" „Nein, geht!"

Baldur richtete sich auf: „Ich werde bis morgen früh eine Lösung haben. Geht jetzt in eure Bettstall! Wittich, was ist mit dir? Willst du hier nächtigen?" Der Angesprochene stand auf: „Wir sehen uns Morgen, Gero kann seine Antwort frühestens übermorgen zurückerwarten, denn er rechnet ja immer noch damit, dass meine Else auf dem Flug nach Hohenheim ist!"

Er tippte mit dem Zeigefinger an seine Stirn, zog die Kappe tief ins Gesicht und verließ die Freunde, die sich ruhig wieder in ihre Quartiere zurückzogen. Walpurga schmiegte sich an den Schmied, während sie zusammen wieder in ihre Kammer gingen: „Ich habe schlimme Befürchtungen, denn Gero wird die Sache nicht auf sich beruhen lassen! Wir haben in dem Falkner zwar einen Verbündeten mehr, aber wir müssen auch die anderen Ritter davon überzeugen, den weiteren Weg mit uns gemeinsam zu gehen!" Gernot hatte sich schon unter die Felldecke geflüchtet: „Ein hartes Stück Arbeit, denn wir müssen sehr vorsichtig und geschickt vorgehen, damit unser Burgherr davon nichts erfährt! Und wer weiß schon wirklich, wer es ernst meint und wer seine Hand aufhält und sich mit neuen Erkenntnissen bei ihm bereichern will?" Jetzt kroch auch die Gauklerin unter die Decke und schmiegte sich eng an ihn: „Ich vertraue darauf, dass Baldur den richtigen Weg wählen wird und uns Morgen eine Lösung vorschlägt!" Gernot reckte sich zu dem kleinen Tischchen und blies die Öllampe aus. Nur ein paar Sterne versuchten, ihre schwachen Lichtstreifen durch die Fugen der Bretter, die vor dem Windluken hingen, in die Stube zu werfen. „Schlaf gut, mein Schatz und grüble nicht, es wird geschehen, wie es das Schicksal für uns bereitet!" Es wurde trotzdem eine unruhige Nacht! Nicht nur für die Beiden!

Baldur konnte dank seines Wissens dem Grafensohn zuvor kommen und ihn am nächsten Morgen öffentlich bloßstellen. „Wartest du auf die Hohenheimer?" fragte er ungeniert den Edlen, als der wieder einmal auf den Zinnen Ausschau hielt. Gero drehte sich zu ihm um und schaute ihn aus gefährlich schmalen Augen zornig an. Woher sollte Baldur das wissen? Die Erklärung dafür folgte sofort, denn der erste Ritter hatte nichts mehr zu verlieren. Wie einst unter dem alten Graf, befehligte er die Ritter der Feste wieder und konnte diesmal auf die absolute Treue der Männer vertrauen.

„Mein Falke hat mir eine Taube gebracht, die er vor ein paar Tagen geschlagen hatte. Ich konnte ihr Leben nicht mehr retten, jedoch wunderte ich mich sehr darüber, dass es wohl dein gefiederter Kurier war, der eine Depesche zu deinen Freunden nach Hohenheim bringen sollte, war es nicht so?"

Er zauberte aus seiner Tasche die leere Blechhülse hervor und schaue den Adeligen erwartungsvoll an. Gero bemerkte, dass sich die Wachen zusammenstellten und dem Gespräch aufmerksam folgten. „Habt ihr nichts zu tun?" herrschte er die Soldaten an, aber sie blieben einfach stehen. Baldur nutzte die Gelegenheit, dem Burgherrn zu zeigen, dass endgültig sein Stern gesunken war. „Hört und schaut, Männer! Das ist unser Graf! Er will versuchen, mein Weib Gesine und mich aus dieser Feste, vielleicht sogar aus dem irdischen Leben zu vertreiben! Heute sind wir es, morgen seid auch ihr an der Reihe, denn er hat dasselbe Blut, das auch sein Vater, dieser Tyrann dazu nutzte, seine Wut gegen uns aufzubringen. Gesine ist seine Halbschwester und würde diese Feste zum Wohl aller dazu nutzen und nicht mit sinnlosen Scharmützeln eure Gesundheit aufs Spiel setzen! Hört ihm aufmerksam zu, was er zu seiner hinterlistigen Tat zu sagen hat." Gero war nicht dumm. Er spürte die augenblickliche Zwietracht, die Baldur unter den Männern erfolgreich gesät hatte. Er senkte den Kopf.

Graf Gero von Gneisenstein kapitulierte. Er war das Opfer der eigenen Sucht geworden, von Machtbestreben und Habgier blind, forderte er sein Glück immer wieder leichtfertig heraus und ist dann letztendlich genauso geworden, wie sein Vater.

Er gab vermeintlich auf und versprach den Männern, sich zum Wohl aller reumütig zu ändern.

Sie glaubten den Lügen ihres Burgherrn ein weiteres Mal, nur Baldur dachte nicht im Traum daran, dass sich der Heißsporn so grundlegend und schnell geändert hatte. Gero biss auf die Zähne und rang sich aus zwei triftigen Gründen eine Verbeugung ab: erstens wollte er sich dieser ausweglosen Situation entziehen und zweitens brauchte er Zeit! Zeit, um sich an seinen Untertanen zu rächen! In solchen Zeiten, in denen man dem Pöbel nicht mehr trauen konnte, wollte er nicht tatenlos zusehen, wie sein gesamtes Erbe zerfiel . . . schon gar nicht an diese dahergelaufene, räudige Leibeigene, die sich als Opfer darzustellen pflegte. War es wirklich so, dass sie die Frucht des Grafen ausgetragen hatte? Was bildete sich dieses Weibsbild ein? Sollte sie doch froh sein, dass sich ein Adeliger dazu herabließ, sie in seine Bettstall zu nehmen . . .

Während die Männer auf der Brüstung zur Seite traten, senkte Gero sein Haupt und schritt an ihnen vorbei zum Palas.

Sein Blick verdunkelte sich und in ihm war nur noch ein Gedanken: Rache! Rache für diese Schmach, die ihm soeben widerfahren war! Er hätte die Hexe damals verbrennen lassen sollen, dann wäre dieses Secreto niemals bekannt geworden.

Während die Männer auf den ersten Ritter zukamen und ihm die Hand auf seine Schulter legten, um ihm Anerkennung zu zollen, blieb Baldur ernst. Er wusste, dass diese Schlacht noch lange nicht geschlagen war. Er hatte sich offen mit dem Adel angelegt. . ein absolutes Sakrileg! Es könnte sein Todesurteil gewesen sein! Schnell eilte er zu seinem Weib und den Freunden, denn ab nun mussten sie sehr wachsam sein!

Erst am Mittag des nächsten Tages bemerkten sie, dass Gero die Feste mit fünf Mannen verlassen hatte. Seine Begleiter waren die letzten Getreuen, denen er sich noch sicher war.

Kurzerhand wurde Gesine den Burgbewohnern als Burgvogt für den Übergang, für die Zeit der Abwesenheit des Grafen vom Balkon der Kemenate vorgestellt. Die einfachen Leute, wie auch die verbliebenen Ritter bejubelten ihre neue Herrin. Gesine versuchte klarzustellen, dass sie nur gemeinsam mit ihrem Bruder der Feste vorstehen würde, aber die Jubelrufe und Freudenschreie überdeckten ihr Anliegen.

Baldur schaute in den Himmel . . . . dunkle Wolken zogen auf und Gernot, der neben ihm stand, ahnte dasselbe, was auch die Freunde betraf. „Hoffentlich geht das gut!" murmelte er, klopfte dem Hünen auf die Schulter und stieg danach herunter in den Hof. Sie brauchten nicht mehr zu versuchen, den Reitern nachzusetzen. Es war zu spät und das Schicksal sollte seinen Lauf nehmen, denn natürlich waren sie sich darüber im Klaren, dass der adelige Jüngling diese Demütigung nicht lange auf sich sitzen lassen würde. Er war unterwegs zu seinen Vasallen, die auf der Feste Hohenheim Zuflucht gefunden hatten.

Sein Packpferd trug an beiden Seiten eisenbeschlagene Truhen, festgezurrt und gefüllt mit Silberlingen und Golddukaten.

Dieser Sold würde ihm ein ganzes Heer von willigen Rittern bescheren, die seine Feste zurückholen und das untreue Pack seiner gerechten Strafe zuführen würde.

Er wurde freudig von Graf Widukind empfangen.

Gero spielte auf Zeit! Die großzügige, weitere Spende an den Klerus und den adeligen Nachbarn würde ihnen zu neuem Glanz verhelfen und so müsste man diesen Aufstand gegen ihn als Unbill dem gesamten Adel gegenüber bewerten!

Gero rieb sich die Hände! Es war eine Frage der Zeit, wie lange Baldur mit dieser dahergelaufenen Dirn und seinen Freunden noch unter den Lebenden weilen würde . . . .

Unfrieden und Lügen

Gesine war den Edlingen endgültig zu unbequem geworden, zudem stellte sie viele zweifelnde Fragen. Man war in diesen Kreisen der Kirche hold und die hatte für solche Querulanten immer mehrere entsprechend wirksame Mittel parat. So war es nur konsequent, dass man etliche Mannsbilder fand, die sie der Ketzerei, aufrührerischem Gerede, anmaßende Überheblichkeit einer Leibeigenen und dann zuletzt der Hexerei beschuldigte. Wie sonst hätte man erklären können, dass der kühne, stolze Ritter, Baldur von Hagen, immer noch auf sie hörte, sie beschützte und ihr so tapfer beistand? Es gab wenige Stimmen, die von wahrer Minne sprachen, doch die waren schnell auf Rad gespannt, oder sonst wie zum Schweigen gebracht worden. Die Freunde waren entsetzt, als sie das ungleiche Minnepaar mit einem großen Aufgebot von Söldnern abholten. Sie wurde ohne erste Anhörung in den Hexenturm geworfen, Baldur im Kerker weggesperrt. Ihr Schicksal schien vorbestimmt, denn es gab für Gesine jetzt nur noch zwei Möglichkeiten, ihre Unschuld zu beweisen und ihre Seele wieder reinzuwaschen: Entweder sie unterwarf sich dem Gottesurteil und ließ sich gefesselt in den Mäander werfen, oder ihre Seele würde durch den Feuertod am Scheiterhaufen von allen Sünden befreit und gereinigt. Natürlich bedeuteten beide Möglichkeiten den, vom Adel gewollten, sicheren Tod für die junge Maid, die zudem die Leibesfrucht des ersten Ritters unter ihrem Herzen trug. Ein Weib, das guter Hoffnung war, durfte zwar nicht geopfert werden, doch auch hierfür hatte der Pfaff eine brillante Lösung: „Es ist die Frucht des Diabolo! Er hat ihr beigewohnt! Ihre Seel muss erlöst werden!" So predigte er jeden Tag von der Kanzel, bis selbst der letzte Bewohner der Feste und den umliegenden Dörpern einsah, dass der Klerus damit Recht haben musste! Die Saat war aufgegangen und Gesine dem Tod geweiht!

Trübsal blasen und tatenlos zu resignieren war auch in dieser schier unausweichlichen Lage nicht die Sache der Gaukler! Während der hünenhafte Baldur, selbst für die Dauer des Prozesses in Ketten gelegt, im Kerker dahinarbeite, waren sich Tilmann, seine Schwester Walpurga, Fin und Gernot einig, dass etwas geschehen musste. Sie hatten sich zusammengesetzt und eine List ersonnen, die der Obrigkeit einen Schock versetzen und das Paar aus der misslichen Lage befreien sollte. „Wozu haben wir die flammenden Pulver? Wir werden denen mit unseren Mitteln einheizen! Sie glauben an Satanus, den Herrscher der Hel? Dann sollen sie seiner ansichtig werden, bevor man Gesine der quälenden Tortur unterzieht!"

Sie suchten in der Stadt den Alchemisten auf, der schon den Schmied mit dem zündenden Feuerpulver beliefert hatte. Da man auch ihn als Gehilfen des Diabolo ansah und ein Kopfgeld auf ihn ausgesetzt war, gestaltete sich die Suche nach ihm sehr schwierig, denn seine Freunde wussten ihn gut zu schützen und versteckten ihn im alten Gewölben einer Burgruine.

Erst als sich Gernot als Sohn des Stadtschmiedes offenbarte, war er bereit, ihnen zu helfen und mischte für die Freunde neuartige, noch brisantere Pulver, die nach Schwefel stinkend gar manch seltsames Farbenspiel entfachten. Gaukler lebten davon, dem Publikum eine Magie vorzuspielen, eine Illusion, die vom Unverstand und der Unkenntnis der niederen Bevölkerung profitierte. Was wussten die Bürger denn schon von lähmenden Giften, vom Verschwinden auf offener Bühne, von Rauchschwaden und (harmlosen) Explosionen, wenn man ihnen vorher genügend Angst eingeflößte?

Mit verstellter Stimme konnte man mit einem Schalltrichter in ein leeres Fass hinter der Bühne sprechen und vorne den erstaunten Menschen erklären, dass der Satanus persönlich mit ihnen reden würde . . . die Unwissenden schrien entsetzt auf und verließen panikartig das inszenierte Spektakulum.

Das hatten sie bisher mehrfach in ein paar Dörpern mit großem Erfolg veranstaltet und einige, zusätzliche Taler damit gemacht, den Anwesenden ein wertloses Kraut zu verkaufen, dass sie gegen die bösen Mächte schützen würde. Jetzt war der richtige Zeitpunkt gekommen, diese Art der Veranstaltung in der Nähe des Zeughauses abzuhalten. Sie mussten ihren Plan genau überdenken, denn es war ihre einzige Chance, dabei Gesine aus dem Hexenturm und im Kerkergewölbe des Zeughauses, auch Baldur zu befreien. Wenn alles so klappen würde, wie sie es erdacht hatten, so würden sie in die nordischen Länder reisen. Keine zehn Pferde könnten dann die sieben Freunde noch in diesem intrigenhaften Land halten. Gesine und Baldur hatten mit ihren Leben schon seit Tagen abgeschlossen. Sie konnten nicht wissen, dass am frühen Morgen zwei Dirnen an die Tür des wachhabenden Soldaten des Zeughauses klopften.

Als endlich ein dickbäuchiger Landsknecht umständlich das Schloss öffnete und er die hübschen Weiber sah, zog er sein Wams zurecht, griff an den Knauf seines Katzbalgers und rief über die Schulter zurück in die Stube: „Hier draußen sind Weibsbilder, die für Kurzweyl sorgen wollen!" Die Antwort von seinem Vorgesetzten kam sehr schnell und direkt: „So sie ansehnlich sind und uns keine üblen Krankheiten bescheren, so bring sie herein! Mehr als zwei Groschen werden sie aber nicht von mir erhalten. Ich muss sie erst begutachten!"

Der Plan ging auf, denn Alma wusste, dass die drei Männer, die zur Bewachung des Turms und des Kerkers dem Brandwein und den Weibern sehr zugetan waren, deshalb rollte Walpurga ein kleines Holzfass in die Stube und erklärte dabei: „Eine Stärkung für die edlen Männer, die unsere Stadt sicherer machen!" Alma musste sich überwinden, als sie den penetranten Gestank wahrnahm, der ihr jetzt entgegenschlug, ein Gemisch aus Schweiß, Urin und abgestandenem Fisch.

Die Männer stürzten sich wie wild auf das Fass und hoben es

auf den Tisch. Schnell holten sie Zinnbecher aus dem Regal und öffneten geschickt das Spundloch. Die hellbraune, scharfe Flüssigkeit lief in die Becher, die ein Mann gefüllt abstellte und sofort den nächsten darunter hielt. Erst jetzt schauten sich die Soldaten die Weiber genauer an, nickten anerkennend und betatschten ihre Körper. Angeekelt schloss Alma die Augen und musste die groben Hände ertragen, denn noch war es nicht soweit, dass sie ihr wahres Vorhaben umsetzen konnten. Sie zogen abwechselnd die Weiber auf ihren Schoß, lachten und alberten untereinander herum und prahlten damit, wie sie es denn am besten mit ihnen treiben würden.

Während die Männer sich laut zuprosteten und ihre Becher leerten, schütteten die Dirnen in kurzen Bewegungen ihren Inhalt hinter sich, sie mussten bei klarem Verstand bleiben.

Es schien ihnen eine Ewigkeit zu dauern, bis die Geister des Fasses in die Hirne der Männer gedrungen waren. Endlich wurden ihre Bewegungen langsamer, ihr Gang zum Fass lahmer und nun stolperten sie auch schon, mit verwirrtem Lallen durch die Stube: „Wer, hick . . . . . wer macht heute die Knoll . . hick . den Kontrollgang?" Der Dickbäuchige musste mehrfach ansetzen, um einen einigermaßen verständlichen Satz herauszubringen. Jetzt war der Zeitpunkt für den nächsten Akt. Alma nahm ohne weitere Beachtung der Männer das Schlüsselbund vom Haken und ging damit zur Eingangstür.

Die Soldaten lagen sich grölend und völlig betrunken in den Armen, gossen sich jedoch trotzdem immer wieder die bräunliche Flüssigkeit in und neben ihre Humpen. Benommen und berauscht vom Geist des Brandweines, bekamen sie nicht mehr mit, wie die bewaffneten Freunde, die draußen gewartet hatten, zu ihnen in die Stube schlichen.

Til kannte sich in dem Gemäuer bestens aus, da er vor langer Zeit selbst einmal für zwei Tage hier eingesperrt war.

Die Zelle des Baldur war schnell gefunden. Gernot hatte das

entsprechende Werkzeug dabei und befreite den Hünen von seinen Eisenfesseln. Während die Weiber und Fin ihm auf den unebenen Steinstufen halfen, irgendwie in die Wachstube zu kommen, verstreute Til noch eilig einen Beutel Schwefel in den leeren Kerker. Dann eilten sie zum Hexenturm. Dazu mussten sie gute fünfzig Schritte über den dunklen Hof laufen, der nur an den Gebäudeecken mit Feuerkörben notdürftig beleuchtet war. Alles blieb ruhig, denn die anderen Soldaten schienen tief und fest zu schlafen und auf die diensthabenden Landsknechte zu vertrauen. Fin schlich als erster in die Stube, fesselte und knebelte die total wehrlosen Männer, bevor dann auch Baldur, gestützt von den beiden Weibern zu ihnen kam. Mit nassen Tüchern, auf einem Sessel sitzend, wurde der befreite Ritter langsam wieder ins Leben zurückgeholt. Man hatte ihn geschlagen und böse misshandelt, das konnte man an den blutverkrusteten Verletzungen sehen.

Unterdessen fand Gernot den rechten Schlüssel, der zum eisenbeschlagenen Tor des Turmes gehörte und schon waren die beiden in dem dunklen Eingang verschwunden. Von spärlich flackernden Fackeln wurde die Wendeltreppe schwach beleuchtet. Sie führte seitlich an der Außenmauer nach oben. Gernot hatte schon den ersten Schritt in diese Richtung getan, als ihm kopfschüttelnd sein Begleiter die Hand auf die Schulter legte und einen Schlüssel hochhob. „Das Verlies ist unten!" flüsterte er und ging um die runde Bruchsteinwand zurück in die andere Richtung. „Hier! Komm her!" sagte er halblaut zu dem Schmied, der auf leisen Sohlen folgte. Wieder standen sie vor einer weiteren Tür, die in Augenhöhe ein vergittertes Rechteck hatte. Dahinter war es stockdunkel. Sie hielten inne und horchten in die Finsternis. Während Til jeden Schlüssel versuchte und schon fast resignierte, hörten sie ein leises Wimmern und Stöhnen. Es kam aus dem verschlossenen Raum. „Pst! Gesine, bist du das?" Abrupt war es wieder völlig still, bis Til endlich erleichtert aufatmete, denn er hatte das vertraute Geräusch des Eisenstiftes vernommen, der die Riegel des Schlosses freigab, brachte neue Hoffnung.

Die Tür schwang auf und Gernot tat einen Schritt . . . ins Leere. Instinktiv packte Til seinen Freund an der Hüfte und zog ihn zurück. Dann lief er um die Mauer herum, nahm eine Fackel aus der Halterung und kam wieder zu der geöffneten Tür.

Mit ausgestreckter Hand leuchtete er in die Dunkelheit, nach links und rechts, nach oben und . . . . jetzt erschrak er und ließ fast die Fackel fallen, denn sie schauten in einen düsteren Schacht, dessen Boden man nicht erkennen konnte und aus dem ein fürchterlicher Gestank nach oben drang.

„Und was jetzt?" fragte Gernot, der sich ärgerte, kein Hanfseil eingesteckt zu haben. Er zog seine Bluse aus und zerriss sie in viele, lange Streifen, die er zusammenknotete. Zum Schluss befestigte er die Fackel daran und ließ die Lichtquelle langsam in die Dunkelheit herab. Schemenhaft zeichnete sich eine helle Gestalt auf dem Boden ab, die ängstlich kauernd nach oben schaute. Je tiefer das Licht kam, umso mehr konnten die Freunde ausmachen. Sie erkannten in der verdreckten Gestalt aber kein menschliches Wesen mehr, es war nur ein Bündel Elend, mit geschorenem Haar und wirrem Blick.

Als die Fackel unten angekommen war, schätzte Til die Höhe zur Tür etwa mannshoch. „Gesine, bist du das? Wir sind`s! Til und Gernot. So sag doch was!" Ruckartig blickte das Wesen hoch. Verlorene Hoffnung keimte auf und die Lebensgeister brachten sie dazu, endlich zu antworten. „Bitte geht, sonst sind wir alle verloren! Ich kann nicht aufstehen, denn man hat mich an die Mauer gekettet!" Til schaute Gernot an: „Du hast das Werkzeug, spring zu ihr! Wenn sie von den Fesseln gelöst ist, bring sie nach vorne. Mit erhobenen Händen werde ich, auf dem Boden liegend, zuerst sie und danach dich hochziehen. Vertrau mir! Ich habe mit Walpurga schon oft ganz andere

Kunststücke vollbracht." Der Schmied tastete nach seiner Zange und den Eisenstangen, die er zum Lösen der Fesseln brauchte und sprang in den Kerker. Als er festen Boden unter seinen Füssen spürte und auf Gesine zugehen wollte, rutschte er aus. Das Stroh auf dem Lehmboden war von dunkelbrauner Farbe und nun rutschte er auch noch auf den Exkrementen aus. Er musste sich beeilen und konnte auf sein Gewand keine Rücksicht nehmen. Die Kette war knapp eine Elle lang und führte durch einen Eisenring, der tief in der Bruchsteinwand verankert war. Beide Enden hatten dicke Armreifen, die ihre Hände auf dem Rücken hielt. Es war unmöglich, die fest sitzenden Eisenschellen an den Handgelenken aufzubiegen. So stemmte er mit seiner Eisenstange den Ring aus der Wand, was einige Zeit in Anspruch nahm, aber bald von Erfolg gekrönt war. Mit großer Mühe und der Hilfe des Schmiedes, konnte Gesine ihre gefesselten Arme unter ihrem Gesäß endlich wieder nach vorne bringen. Gernot half ihr hoch, doch sie konnte nicht mehr alleine stehen. Gestützt vom Schmied, der seinem Freund Til die Kette nach oben angab, hatte der Gaukler bald die Handgelenke der geschundenen Dirn fest gefasst und zog sie, leicht wie eine Feder zu sich in den Gang. Als auch Gernot wieder oben angekommen war, hob er die Dirn wie ein kleines hilfloses Kind auf seine Arme und legte die Kette in ihren Schoß. Jetzt streute Til wieder den Inhalt des nächsten Beutel in das Angstloch, bevor sie den gemeinsamen Rückweg antraten. Til vergaß dabei sogar noch nicht einmal, alle Türen wieder fest zu verschließen. Zurück in der Stube war keine Zeit für Erklärungen. Tilmann löste die Fesseln und Knebel der total hilflosen Wachsoldaten wieder, hing das Schlüsselbund an den Haken und verteilte den dritten Beutel Schwefel zwischen den bewusstlosen Männern.

Sie verließen ungesehen das Zeughaus, legten das befreite Pärchen auf den wartenden Leiterwagen, bedeckten sie mit

Tüchern und führten das Gespann ruhig wieder aus der Stadt. Dabei machte sich bezahlt, dass sie die Hufe der Pferde, wie auch die Räder mit dicken Lumpen umwickelt hatten.

„Sie müssen sich von ihren zugefügten Leiden erholen!" Gernot sorgte sich, denn er merkte, dass keine Hoffnung mehr in ihnen steckte. Dem Klerus, den Popen und Mönchen vertrauten sie nicht mehr und vor dem Adel mussten die beiden versteckt werden. Also setzten sie den Plan des Gauklers um, die Verletzten einem, ihm bekannten Heiler anzuvertrauen, der mit den Kreuzrittern aus dem Heiligen Land gekommen war.

Er lebte außerhalb eines kleinen Dorpes und wurde von den Niederen der Gesellschaft geachtet und beschützt, da er keinen Unterschied im Standesdünkel machte. Er behandelte die Armen, genauso wie er ehemals die Reichen gepflegt hatte.

Er benutzte für seine Künste keine üblichen Mittel, wie man es bis dato gewohnt war: Hundekot, Schafsgalle, Ochsenblut und vielerlei ekelerregende Substanzen . . . das war nicht seine Art. Ein herkömmlicher Bader kannte es nicht anders und ordnete übereifrig immer wieder einen Aderlass an, ließ mittels Klistier literweise Säuren und abgestandene Sudaufgüsse in die Öffnungen der Kranken fließen, obwohl sie dadurch noch mehr geschunden wurden, als durch ihre eigentlichen Leiden.

Als man Til vor etlichen Wintern aus dem Kerker entlassen hatte, war er mehr tot als lebendig. Sein Rücken war nur noch eine blutverkrustete Masse, seine Rippen gebrochen und Arme wie Beine zerschlagen. Es war seine Rettung, dass ihn damals ausgerechnet ein sehr gescheiter Medicus, ein arabischer Mesue im seitlich der Gasse liegenden Graben gefunden hatte. Es dauerte vier Winter, bis er soweit war, dass er wieder gehen, essen und sich auf die Suche nach seiner Schwester machen konnte, die mit Ansgar weitergezogen war.

Es war also nicht das erste Mal, dass Tilmann den gelehrigen Heiler aufsuchte. „Ich grüße dich, Tabib Achmed! Kennst du mich noch?" Der dunkelhäutige Mann lächelte: „Til Sadik, wie oft musste ich erzählen, wie ich damals das Bündel Fleisch aus der Gosse zu mir genommen hatte, um zu versuchen, aus ihm wieder eine Menschenseele zu formen!" Er kam auf ihn zu und umarmte ihn. Dann hob er unaufgefordert dessen Bluse hoch und betrachtete fachgerecht seinen Rücken. „Gut verheilt, meinst du nicht? Und wie ist das mit dem Atmen? Viele Rippen waren dir zerschlagen, du hast mühsam versucht, noch Luft in deine Lungen zu bekommen! Ach, welche Freude, zu sehen, dass es dir wieder gut geht! Aber ich nehme an, du bist nicht zu mir gekommen, um deine Narben zu zeigen. Was kann ich für dich und deine Freunde tun?" Er stand mit Til auf der Treppe seines Steinhauses und schaute auf den Leiterwagen, auf dem der Schmied und die beiden Weiber standen. „Es ist schwierig und ich sage es dir vorher. Man sucht nach ihnen und sie scheuen keine Grobheit, sich ihrer wieder zu bemächtigen!" Sie stiegen zum Wagen herunter und Gernot schlug die Tücher beiseite, um dem Medicus die beiden Verletzten zu zeigen. Sie erwarteten, dass er sich entsetzt zeigen würde, aber der Araber nickte nur und wies die Begleiter an, sie auf Laken vorsichtig ins Haus zu bringen. Gesine war ein Leichtgewicht und wurde von Gernot auf den Armen hochgetragen, sie hatte dabei die Eisenkette noch an den Handgelenken.

Danach eilte er zurück zum Wagen, denn sie mussten mit aller Kraft den Hünen an den vier Ecken des Lakens mühsam die Treppe herauf wuchten und in die Stube schaffen.

Gesine lag in einem frisch bezogenen Bettkasten. Ihre Fesseln und die befreite Kette lagen auf dem Boden. Gernot, der sich an den Eisenringen vergeblich abgemüht hatte, kratzte sich am Kinn. „Seid Ihr auch ein Magier?" Der Heiler verbeugte sich und zeigte auf die schweren Ringe, die dampfend dalagen. „Säure, mein Sohn. Ein paar Tropfen auf die richtige Stelle und schon wird das Eisen zerfressen, es war einfach! Nun zu ihm!"

145

Jetzt war der Hüne an der Reihe. Der Mesue dreht sich herum und öffnete dessen Bluse, die nur noch in Fetzen an ihm hing. Er betrachtete den Ritter und tastete vorsichtig mit seinen Fingern jede einzelne Rippe ab. Anerkennend nickte er.

„Bei Allah, ein kräftiger, muskulöser Bursche! Er wird es überleben!" mit einer Kopfbewegung zur Bettstall, ergänzte er: „Sie sowieso! Sie scheint ziemlich zäh zu sein, aber ihre Seele ist angegriffen und außerdem trägt sie wohl eine Leibesfrucht in sich. Ich will alle drei Seelen retten, aber das braucht seine Zeit, viel Zeit! Ich schätze, es werden etliche Monde ihre Bahn ziehen, bevor dieser Recke sich wieder an Kampfhandlungen beteiligen kann!" Er schaute sie nacheinander erwartungsvoll an: „Kann mir einer von euch dabei helfen, sie zu pflegen?" Sie hatten vorher darüber gesprochen und dabei abgeklärt, dass beide Weiber zur Hilfe hier, im Hause des Medicus verweilen würden. Also antwortete Tilmann sofort: „Tabib Achmed, mein Eheweib, Zaouja Alma und Walpurga, meine Oucht, werden dir zur Hand gehen, solange du ihrer Hilfe bedarfst!"

Die Männer verabschiedeten sich und stiegen auf den Wagen, denn die drei Freunde Fin, Til und Gernot mussten zur Feste zurück. Sie hatten noch viel vorzubereiten und zu erledigen. „Habt ihr an den Schwefel gedacht?" wollte Fin von ihnen wissen und lächelnd antwortete ihm Tilmann: „Ich habe in beiden Kammern genug von dem stinkenden Pulver verteilt! Nun werden wir ihnen den zweiten Akt vorspielen und die Taten dem Diabolus zusprechen. Wir werden beim Pöbel den ersten Keim dazu setzten, denn der Aberglaube ist so groß, dass sie uns alles glauben, so es als Spektakulum verpackt ist!" Damit klopfte er auf die dicken Satteltaschen, in denen die Utensilien dafür lagen und nur allzu sehr darauf warteten, zu der Veranstaltung herausgelassen zu werden.

Wachablösung im Zeughaus

Im östlichen Teil der eingefriedeten Stadt lag ein großer, freier Platz. Dort stand in unmittelbarer Nähe zur Stadtmauer ein dreigeschossiges Steinhaus, mit Gerichtssälen, den Wachstuben der Spießbürger, dem Waffenarsenal, und den Kerkergewölben im untersten Teil des Kellers. Ein Atrium umgab den hinteren Hof, an dessen Ecke der Hexenturm seine gesamte Umgebung überragte. Das gesamte Areal war nur als Zeughaus bekannt. Der Mond, am stockdunklen Himmel nur als schmale Sichel erkennbar, hob sich ein wenig von den vielen, funkelnden Punkten ab, die bei Tage nicht zu sehen waren.
Die Feuerkörbe an den Häusern waren schon lange erloschen, die daneben stehenden Tonkrüge, in denen sich die nächtlichen Stadtbewohner erleichtert hatten, vom Färber geleert und abtransportiert, um mit der ammoniakhaltigen Brühe und den Blüten des „Färberwaids" ihre Linnen Tücher in dem Sud einzuweichen und so in ein bis zwei Tagen blau zu machen. Ruhe war eingekehrt. Streunende Katzen verteidigten fauchend ihre nächtliche Beute. Ein paar Häuser weiter kläffte ein aufgeschreckter Hund, der sich aber bald wieder beruhigte und nur noch ein paar Mal leise winselte, bevor auch er schwieg. Der unheimliche Ruf eines Kauzes hauchte durch die düsteren Gassen. Man sagte, dass dieser Nachtvogel nur zu hören sei, wenn eine Seele ins Jenseits entschwand. Vielleicht traute sich deshalb jetzt keiner mehr, durch die Gassen zu gehen. Die gespenstische Stille wurde nur von einem leichten Wind unterbrochen, dem ein lang anhaltender Nieselregen folgte. Ein Rinnsal nahm von den verschmutzten Pflastersteinen Fäkalien, Unrat und jeglichen Dreck mit sich fort und spülte die dunkle Brühe in den kleinen Bach, der an der Stadtmauer entlang floss, bis er durch ein Gitter im Stadtgraben endete, um dort noch ein paar Kreise zu ziehen.

Nach zwei Stunden legte sich der Regen und wich einem frischen Dunst, der sich mit dem morgendlichen Nebel vermischte und durch die Fugen des Stadttores zum nahen Mäander zog. Da ertönten schleppende Schritte. Kichernd torkelten ein paar Trunkenbolde über die nassen Pflaster, rutschten aus und erhoben sich wieder. Man hatte sie endlich aus der Schankstube werfen können, da der Regen vorbei war. Langsam verzog sich der feuchte Nebel und für die restlichen Morgenstunden kehrte wieder eine trügerische Stille ein. Dann, im schwachen Zwielicht der aufgehenden Sonne, meldeten sich zaghaft die ersten Vögel, die den kommenden Tag mit ihrem Gezwitscher begrüßten.

Der Küster läutete die fünfte Stunde, als zwei Spießbürger missmutig auf das Zeughaus zuhielten. Sie mussten ihrer Bürgerpflicht folgend, die Wache antreten. Sie stiegen, wie jeden Morgen die breite Steintreppe hinauf und wunderten sich, dass die, mit dicken Eisennägeln verstärkte Eingangstür fest verschlossen war. Das hatte es bisher noch nie gegeben! Unentschlossen schauten sie sich an: „Martins Sohn, es hat doch eben die fünfte Stund geschlagen, oder irre ich mich?"

Bevor der Angesprochene antworten konnte, hörten sie ein Geräusch und drehten sich um. Die nächsten zwei bewaffneten Bürger waren gerade verschlafen hier eingetroffen. „Was ist?" fragte einer von ihnen: „Warum wartete ihr hier draußen in der Kälte? Ich will in die warme Stube, friert ihr nicht?"

„Haha! Toller Witz! Sehen wir so aus, als würden wir albern? Wenn ich gewusst hätte, dass die sich einschließen und uns nicht reinlassen wollen, bei meiner Seel, ich würd mich noch immer am fetten Arsch der Hübschlerin wärmen!" Während man ihm anerkennend Zuspruch zollte, stellte sich einer auf den schmalen Sims der Hauswand und schlug wuchtig mit dem Knauf seines Katzbalgers gegen das rot-weiße Holzbrett, das vor der unteren Windluke angebracht war.

Dabei rief er, ungeachtet der frühen Stunde und der nahen Zunfthäuser: „Macht schon auf! Die Ablösung ist da! Oder wollt ihr ein paar Glockenschläge länger Dienst tun?" Er sprang zurück auf die Pflastersteine und die Männer warteten gespannt darauf, dass sich endlich einer an der Eingangstür blicken lassen würde, aber nichts geschah. Nach einer weiteren Stunde saßen sie immer noch zusammengekauert und in ihre Umhänge gehüllt, auf der breiten Treppe. Endlich kam der Hauptmann die Gasse hoch. Keiner hatte sich getraut, wieder nach Hause zu gehen, denn die Bewachung der Gefangenen war für die Spießbürger eine städtische Bürgerpflicht. Dafür durften sie innerhalb der Stadtmauer die Steinhäuser nutzen, mussten sie aber auch mit ihren Spießen und dem Katzbalger gegen jeden Angreifer verteidigen und wie im Augenblick, auch Gefangene bewachen. Als der Vorgesetzte ihrer ansichtig wurde, stockte ihm der Atem. Er blieb stehen, stemmte seine Hände in die Hüften und betrachtete das Häufchen Elend, dass vorm Eingang hockte. „Warum seid ihr nicht in der Stube, hä?" Ihre verfrorenen Knochen schmerzten, als sie aufstanden und sich in einer Reihe vor der Treppe aufstellten. „Die Tür ist verschlossen, Hauptmann!" Der dickbäuchige Alte schüttelte ungläubig den Kopf, stampfte wütend die Stufen hoch und drückte die Klinke herunter. Sie gab zum großen Erstaunen der Wartenden nach und machte den Weg in den Flur frei. Abfällige Worte murmelnd ging er voran, gefolgt von den frierenden Männern, die sich sofort um den noch glimmenden, offenen Kamin scharrten. Von den trunkenen Soldaten der Nachtwache gab es keine Spuren mehr. Sie schienen einen günstigen Augenblick abgepasst zu haben, bevor sie an den schlafenden Männern auf der Treppe vorbei geschlichen waren. Sie hätten sich dem Hauptmann gegenüber erklären müssen. Den Einlass der fremden Weiber und das nächtliche Saufgelage durfte natürlich keiner erfahren.

Der Hauptmann schenkte dem kein besonderes Interesse mehr. Er nahm wie gewohnt, das Schlüsselbund vom Haken und warf es einem Spießbürger in den Rücken: „Du da!" sagte er dabei: „Schau nach dem Gefangenen, die Jungfer im Turm braucht keine Aufwartung mehr, denn sie kommt am Mittag auf den Scheiterhaufen!" Er wartete, bis der Soldat die Stube verließ, nahm einen leeren Humpen aus dem Regal und setzte sich an die grob behauene Tischplatte.

„Was stinkt hier so? Es riecht seltsam!" Die anderen standen dicht gedrängt vor dem Feuer, wo die letzten Holzscheite in der Glut zerfielen. Keiner wagte etwas zu sagen, denn auch sie hatten den beißenden Geruch wahrgenommen, der ihnen unheimlich vorkam. „Holt mir die Männer der Nachtwache hierher! Ich werde sie befragen, wieso sie euch nicht in die Stube ließen! Es müsste noch eine Flasche des Rebensaftes da sein. Du da, schwarzes Beinkleid, hol sie! Und du, bringe er mir die Soldaten der Nacht!" Er konnte nicht alle Spießbürger kennen, deshalb betitelte er sie so.

Nach gut einer weiteren Stunde hatte der Hauptmann alle Männer befragt. Sie hatten sich natürlich abgesprochen und nur das gesagt, was erlaubt war, denn es war strengstens verboten, sich in der Wachstube mit Weibern zu vergnügen. „Geht jetzt aber wartet demnächst, bis die Ablösung da ist! Fort mit euch!" Sie waren gerade gegangen, da stürzte der Soldat in den Raum, der nach Baldur hatte sehen sollen. Er bekreuzigte sich und fiel auf die Knie. Der Hauptmann war soeben im Begriff, seinen Humpen zu füllen und schüttete erschrocken daneben. Wütend stellte er die Flasche ab und schrie den Knieenden an: „Nichtsnutz! Was erschrickst du mich denn so?" Ängstlich schaute er auf, kreidebleich war sein Antlitz, als er stotternd herausbrachte: „Er ist weg . . . !" Die Männer drehten sich um: „Wer ist weg?" Jetzt zitterte der Mann nur noch und bekam einen Weinkrampf. Aus ihm war nichts mehr heraus zu holen.

Der füllige Vorgesetzte erhob sich, packte grob zwei Soldaten an den Schultern und schob sie vor sich her aus der Stube. Dann erst drehte er sich noch einmal um: „Der Schlüssel zu der Zelle, her damit!" Zögerlich kam von dem Verängstigten die Antwort: „Der Schlüssel steckt…" Jetzt verfärbte sich das aufgedunsene Gesicht des Wachhabenden urplötzlich in ein dunkles Rot. Ein Schwall niederster Flüche prasselte auf den Ärmsten nieder, denn ihn traf doch wohl für die Vorkommnisse die wenigste Schuld. Aber so wird es ewig bleiben! Die wahren Schuldigen sind im Hintergrund, während die schwächlichen, unschuldigen Gesellen die volle Härte der Obrigkeit spüren. Die anderen Männer griffen nach ihren Spießen und eilten hinter dem wütenden Dicken her, um sich auch von dieser Ungeheuerlichkeit zu überzeugen. Während sie zum Kerker herabstiegen, ging der Hauptmann in seinem versoffenen Hirn noch einmal alles durch:

Die morgendliche Ablösung hatte vor dem Zeughaus gewartet. Alle Männer der Nachtwache waren befragt und dabei wurden keine Unregelmäßigkeiten bemerkt, ja sie hatten sogar noch am frühen Morgen nach den Gefangenen gesehen!

(Behaupteten sie jedenfalls!)

Wie und wann sollte da etwas fortgekommen sein? Und dann ausgerechnet auch noch die beiden Gefangenen, auf die der Landgraf so großen Wert legte . . .

Als er so über die Konsequenzen dieser Nacht nachdachte, sollte sich das Verschwinden bestätigen . . . er musste würgen. Schon spürte er eine kalte Faust, die sich um seinen Hals legte und ihm den Odem nahm. Kalter Schweiß perlte aus seiner Stirn, denn für die entstandene Misere würde er verantwortlich gemacht! Er alleine . . . .

Achmed, der Heiler

Til lebte lange Zeit bei dem arabischen Mesue, der ihn damals fand und außer dem feuerspeienden Pulver, das er später auch in den Kisten des Schmiedes wiedersah, bestaunte er noch weitere, seltsame Errungenschaften des Orients. Achmed brachte ihm auch bei, mit unterschiedlichen Zusätzen bunte Flammen und eben solchen Rauch herzustellen. Er vermochte jetzt, mit allerlei Pülverchen kleinere und oder gewaltige Explosionen auszulösen. Zusätzlich würde ihm der Schwefel ein wichtiger Helfer sein, um mit diesem Gestank das Verschwinden der Gefangenen dem Satanus unter zu schieben. All diese Dinge vereinten die Freunde jetzt zu einem Spektakulum, das die Bürger der Stadt noch nie zuvor erleben durften. Fin war auf die Idee gekommen, bei einem Plattner eine alte Rüstung auszuborgen und sie von innen mit Schwefel und Zündpulver zu befüllen. Als sie in der Schmiede des Plattners waren und ihre Wünsche äußerten, sah Gernot in einer Ecke mehrere Schilde, teils mit, teils ohne Bemalungen. Er schaute sich die schützenden Bleche genauer an und fand auf einem einen wütend schnaubenden Stierkopf.
Er hob dieses Schild und fragte den Eisenkrümmer: „Welcher Adelige schmückt sich mit dem Wappen?" Lächelnd erwiderte der Schmied: „Ein Gebilde der Phantasie! Ein begabter, aber total versoffener Trunkenbold hat es bemalt, das Wappen gibt es nicht!" Gernot kam zu den anderen und besprach sich kurz mit ihnen, denn er hatte den ursprünglichen Plan mit der Rüstung sofort verworfen, als er das Bild gesehen hatte. Die anderen nickten und Gernot machte einen Preis aus. Nachdem sie die Schmiede verlassen hatten, konnte sich Tilmann eines Lachens nicht verkneifen. Er warf das bemalte Blech auf den Wagen, und stieg zu den Freunden auf die Bank, nahm die Zügel und lenkte die Karre aus der Stadt.

„Was amüsiert dich?" wollte Fin wissen und Til antwortete: „Walpurga und ich hatten schon einmal einen solchen Gedanken, aber wir fanden damals keinen Meister, der mit dem Pinsel ein so vortrefflich Antlitz des Satanus hätte malen können!" Fin drehte sich, hob das Blech hoch und betrachtete es ausgiebig, dann warf er es zurück auf die Ladefläche und wiederholte die letzten Worte des Gauklers: „Satanus, pah! Das ist ein Stierkopf!" „Jetzt nicht mehr! Du wirst sehen, ich mache daraus den Hel-Meister! Das wird ein Spaß!" Fin schüttelte den Kopf, denn er konnte nicht verstehen, was Til vorhatte.

Während das Fuhrwerk über den steinigen Pfad dahin rumpelte, schwelgte Til in seiner Phantasie: „Magie!" sagte er: „Wir müssen die Leut in eine düstere Stimmung bringen, für das Unheimliche zugänglich machen! Meine Kunststücke sind nichts anderes, als Glaube an das, was ich darstellen möchte, nicht an das was sie wirklich sehen!" Jetzt warteten die Freunde auf die weiteren Erklärungen des gewitzten Gauklers. „Stellt euch vor, wehende Tücher, dunkle Schatten und im Hintergrund verdeckt, den Kopf des, ich nenne ihn Satanus! Einer von uns wird mit dem Schallrohr in den Blecheimer rufen, laut stöhnen, oder sonst was machen, während bunte Rauchwolken durch die Zuschauer wehen, von Schwefelgerüchen zersetzt . . ." Fin, der bis jetzt aufmerksam zugehörte, erinnerte sich an seine Kindheit, die er im Kloster verbracht hatte: „Und wenn der Meister der Hel in persona erscheint und uns den Garaus macht? Wenn er sich gedemütigt fühlt und deinem Spuk ein Ende setzt? Ich hab gesehen und miterlebt, wie man einer Novizin die Teufelsbrut austrieb, es war furchtbar und grässlich anzuschauen. Sie starrte nach der Tortur mit wirrem Blick und in ihr war nur noch den Geist eines Kleinkindes! Das war alles, was Satanus ihr noch gelassen hatte . . . "

Til straffte die Zügel: „Brr!" Das Pferd blieb sofort stehen.

Fast schon mitleidig, legte er seinen Arm auf die Schulter des Jüngsten: „Es gibt keinen Teufel, Diabolo, Satanus oder wie immer der Klerus ihn auch nennen mag, sie wollen uns dumm halten, für ihre Zwecke missbrauchen! Versteh doch! Warum lesen sie uns immer das Wort Christi in einer Sprache vor, die Gottes Sohn nie gesprochen hatte? Warum sagt uns kein Pfaff, was genau im heiligen Buch steht? Sie belügen uns! Es wird der Tag kommen, dann stehen die Leibeigenen auf und sind dieser Tyrannei überdrüssig! So lange wir alles glauben müssen, was man uns erzählt, solange werden wir auch dumm bleiben! Warum dürfen nur Auserwählte, Mönche und Adelige das Niedergeschriebene lesen? Ich glaube nur das, was ich sehe und erklären kann! Du wirst erleben, dass ich mir eine Geschichte im Hirn ersinne, die mit großem Staunen von den Leuten angenommen und für die einzig mögliche Wahrheit angenommen wird!" Er nahm die Zügel wieder auf, löste die Kurbelbremse und trieb den Gaul an, der seinen Trab wieder aufnahm. Fin saß mit offenem Mund da. Er musste verdauen, was man als sehr schwere Kost bezeichnen würde. Die Freunde mussten noch viel vorbereiten. Es war geplant, dass am letzten Markttag des Abends, wenn die Dämmerung hereinbrach und die Schatten an den Wänden tanzen, plötzlich Satanus erscheinen würde, der die Seelen des Baldur und der Gesine für sich haben wollte und daran scheiterte.
Die Gefangenen waren am Anfang noch unerschütterlich im Glauben an Gerechtigkeit und daran, dass man sie fälschlich eingekerkert hatte, aber dann verzweifelten sie doch und ergaben sich dem vermeintlichen Schicksal.
Als alles vorbereitet, und mit buntem Qualm, flatternden Tüchern und Blitzen der Grundstein für ihr Spektakulum gelegt war, taten Gernot und Fin überrascht. Sie mischten sich unter die Leute und schauten ängstlich auf die kleine Bühne, die mit dem Kastenwagen vor ihnen aufgebaut war.

Jetzt kam Tils große Stunde! Er spielte seine Rolle glänzend. Schwefeldämpfe stiegen hinter dem Wagen auf und man hörte ein Stöhnen und Schnaufen . . . Til hielt das Schallrohr in einen Blecheimer, kniete sich darüber und begann laut mit verstellter Stimme, seinen Text vorzutragen: „Es war nicht mein Werk, sondern die verzweifelte Tat des Grafen, eines Wahnsinnigen! Es war der Versuch, eine Unschuldige zu vernichten, die sein eigen Blut hat. Das entsetzliche Verbrechen, " er machte eine Pause und ließ wieder Dämpfe und Feuerblitze aufsteigen, dann fuhr er fort: „ . . . . das der alte verstorbene Graf seine eigne Tochter zu sich in die Bettstall befahl und sie schwängerte, hat der Lehnsherr in der Hel zu verantworten". Wieder erschall ein Donnern und roter Dunst zog durch die Umstehenden, die sich dicht aneinander drängten. Neugier und Panik hielten sich die Waage. Dann ertönte wieder die dunkle Stimme, die vermeintlich vom Satanus verkündet wurde: „Meine Helfer haben mir angetragen, dass nun der junge Adelige daselbst sich seiner Schwester in Unzucht bedienen wollte und dazu den ersten Ritter an einen geheimen Ort entführte. Ich bin der Sache auf den Grund gegangen und habe die beiden Kerker aufgesucht! Es stimmt, die Gewölbe sind leer! Er hat sie des Nachts holen lassen und will euch blenden, indem er sagt, ich in persona, der Meister der Hel daselbst, sei es gewesen! Ich sage euch, dass die Kerkerräume leer waren! Fragt euren Herrn, wo sich die Gefangenen befinden! Er wird es abstreiten und behaupten, sie seien verschwunden, obwohl er sie verschleppte. So werd ich euren Grafen zu mir nehmen! Seine Seel werd ich ihm rauben und ihn in der Nacht zu Johanni holen!" Dumpfes Knallen und Feuerspeien beendeten das Schauspiel, vom Gaukler in Szene gesetzt. Es verfehlte seine Wirkung nicht. Ein letzter Feuerball und dann erloschen alle Feuer, es ward tiefste Dunkelheit. Die Leute liefen in Panik auseinander. Der Keim war gesetzt.

Am nächsten Tag, alle erforderlichen Vorkehrungen waren getroffen, veranstalteten die Freunde ein weiteres, besonderes Spektakulum am Stadtgraben. Hierfür warben sie den ganzen Vormittag auf dem Marktplatz mit Magie und Kunststücken, Feuerschlucken und Seiltanzen. Sie weckten erneut das Interesse der ahnungslosen Bürger, die zwischen Angst und Neugier hin und hergerissen waren. Es gab schließlich nicht alle Tage ein so großartiges Ereignis, ohne dass die umgedrehte Mütze herumgereicht wurde, um sie vollgestopft mit Silberlingen, Groschen und Kreuzern wieder einzusammeln. Tilmann war sehr geschickt darin, die Leute anzulocken und ihre Neugier ins Unerträgliche zu steigern: „Keine Angst, liebe Freunde! Wir haben Tinkturen, die uns vor Bösem schützen! Wenn sich der Tag zur Nacht hin neigt, so erwarten wir am Stadtgraben, im Sud des Wassers ein weiteres Mirakel! Diese Überraschung wurde uns im Traum zugetragen und wird außergewöhnlich sein, glaubt mir! Man wird die Geister rufen, um uns etwas kund zu tun! Kommt, werdet Zeugen von diesem Spektakel! Wir können leider nicht anwesend sein, da wir uns um verletzte Freunde kümmern müssen." Damit hatten sie vorgebeugt, sollte man ihnen Hexerei vorwerfen, so wüssten sie nicht, woher die Nachricht gekommen war und welcher Popanz dahinter stecken könnte. Das Interesse war so stark geweckt, dass einige von ihnen sich sofort auf den Weg dorthin machten. Die Sol war untergegangen, als Tilmann und Gernot verkleidet aus dem Stadttor kamen und gemächlich zu der genannten Stelle außerhalb der Mauer schritten.

Der Schmied hatte den Rat des Gauklers befolgt und wie er eine schwarze, bodenlange Kutte mit Kapuze angezogen.

Es waren sehr viele Menschen gekommen, die mit Fackeln neben und auf dem Stadtgraben warteten, hinter dem mehrere Klafter tiefer das moderige Wasser, einem Mäander gleich, gegen die Mauern der Stadtumfriedung schwappte.

„Unser Aussehen muss schon Wirkung zeigen, bevor wir ein einziges Wort gesprochen haben!" hatte Til erklärt und so gingen sie bedächtig durch die Menge bis auf den Hügel.

Fin war nicht bei ihnen, denn seine Aufgabe war es, für den nun folgenden Erfolg zu sorgen. Als sie oben angekommen waren, achteten sie darauf, dass niemand hinter ihnen stand.

Til murmelte ein unverständliches Kauderwelsch und streckte mit einem Ruck seine Arme seitlich weit von sich. Dann hob er den Kopf und ließ mit einer geschickten Bewegung seine Kapuze auf den Rücken fallen. Ein Raunen ging durch die Menschen, die im schwachen Lichtschein der Fackeln wegen der aufgesetzten Holzmaske das Gesicht des Gauklers nicht erkennen konnten. Jetzt rief er laut ein paar lateinische Worte, die er bei durchziehenden Mönchen aufgeschnappt hatte.

Er verschränkte danach seine Arme wieder, schwieg und streckte nun seine Arme angewinkelt vor seinen Körper.

Entsetzt sprangen ein paar allzu neugierige Zeitgenossen zurück, als zwei bläulich fackelnde Feuersäulen aus seinen Händen aufstiegen, sich rot verfärbten und wieder erloschen. Unruhe machte sich breit und Til hob die Hand, zum Zeichen, dass man schweigen sollte. Sofort trat Ruhe ein. Gernot stand die ganze Zeit unbeweglich neben ihm. „Popanz, discuro!" rief er und sofort fing das Wasser an zu brodeln. „Respondere a nostros!" jetzt kamen dicke Blasen an die Oberfläche, zerplatzten und gaben einen farbigen Rauch frei, begleitet von Schwefelgerüchen und gurgelnden Geräuschen. Ein paar alte Weiber kreischten auf, andere fielen in Ohnmacht und etliche rannten davon. Die Verbliebenen waren gepackt! Gefangen von der Darbietung, die Til nun dazu nutzte, die Unschuld des Baldur und die Niederträchtigkeit des Lehnsherrn darzutun. „Sind Baldur und sein Weib Gesine schuldig, so antworte! Respondere!" Angespannt schaute die Menge erwartungsvoll in das dunkle Gewässer, aber es tat sich nichts.

„Ist Gero, unser Lehnsherr schuldig? Respondere!" Es dauerte eine Weile, dann schoss eine Wasserfontäne in die Höhe, begleitet von rotem Rauch, der sich zuerst blau und dann grün verfärbte. Wieder stieg ein unerträglicher Schwefelgestank auf und beendete das Schauspiel. „Ihr alle könnt nun bezeugen, dass es nicht Baldur war, der die Fehde suchte, sondern es war der Landgraf daselbst, Unfrieden stiftend und seiner Schwester Gesine nicht die notwendige Achtung entgegenbringend!"

So, wie es begonnen hatte, so endete die Vorstellung. Til zog die Kapuze wieder tief in sein Maskengesicht, tippte Gernot auf die Schulter und beide schritten wieder gemächlich zurück in die Stadt. Einem Fackelzug gleich, folgten ihnen die Leute, die nicht einen Augenblick mehr an dieser Orakelstelle verbleiben wollten. Gernot hatte die Zeit genau berechnet, denn gerade, als alle wieder hinter den schützenden Mauern waren, schlug die Glocke sechs Mal. Das Zeichen dafür, dass nun die Tore geschlossen wurden, bis die Hähne auf den Misthaufen den frühen Morgen ankündigten.

Verwundert schauten die Leute, als sie das Tor durchschritten, denn von den unheimlichen, beiden Gestalten, die in den dunklen Kutten eben noch vor ihnen gegangen waren, fehlte jede Spur. Ein weiterer Schauder durchfuhr sie.

Als Gernot und Til mit den zusammengelegten Kutten unter ihrem Arm tragend, durch die hintere Tür in den Kastenwagen kamen, wurden sie hier schon von Fin erwartet.

Die Männer hatten am Mittag im Schatten der Mauer in einem Hinterhof den Kastenwagen samt dem Gaul abgestellt. Im Schein einer schwachen Öllampe schauten sie in das offene Gesicht des jungen Freundes: „Und?" fragte er: „wie war ich?" Til legte den schweren Filzmantel beiseite. „Genau nach Plan! Du warst gut, sehr gut, sogar. Du siehst also, wir können über die Dörper ziehen und dem Pöbel Kurzweyl verschaffen! Ihr werdet jetzt sehen, es wird seine Wirkung nicht verfehlen, denn nun geht das Gerede erst richtig los! Nach meiner Erfahrung werden nun die gefärbten Luftblasen der Ledersäcke in den Hirnen der Leute zu mystischen Geistern." Sie nahmen sich in die Arme und tranken aus dem Fässchen ein paar Humpen Rebensaft, bevor sie den Wagen in Bewegung setzten und zu ihrer Unterkunft zurückkehrten.

„Ich hatte mir extra die verschiedenen Seile mit farbigen Fäden markiert, dann aber in der Dunkelheit war es unmöglich, die Reihenfolge richtig zu treffen!" Tilmann nickte, während er die Zügel führte und der Kaltblüter ihren Wagen durch die leere Gasse zog. „Den Ledersack mit dem roten Rauch solltest du nur kurz einmal öffnen, bevor die anderen Farben nach oben kamen, aber sonst hat alles vorzüglich geklappt. Man hat dich nicht gesehen, da unten im Gebüsch und wichtig war doch nur, dass kein Zeichen kam, als ich den Ritter und sein Weib erwähnte!" Fin musste lachen. „Jetzt kann ich es ja zugeben! Die meiste Arbeit war es, die gefüllten Ledersäcke so zu verschnüren, dass sie mit dem Hanfseil auch zum richtigen Zeitpunkt geöffnet werden konnten!" Gernot ergänzte: „Und dass sie so stark mit Steinen beschwert auch wirklich auf dem Grund des Gewässers bis zum Einsatz bleiben würden!"

Als Baldur und Gesine nach vier qualvollen Monden wieder von ihren Verletzungen genesen waren, hatten Alma und Walpurga sehr viel von dem kundigen Heiler gelernt, der nun auch ihr Sadik geworden war. Niemals zuvor sahen sie so viele Verletzungen und Krankheiten. Sie wussten bis dato auch nicht, wie man ihnen begegnen könnte, aber Achmed erklärte ihnen geduldig, was ein herkömmlicher Bader oder Mönch jetzt machen würde und wie er die jeweiligen Behandlungen anging. Nahm ein Wundarzt glühende Eisen und veröderten damit offene Blessuren . . . ohne Betäubung und meistens mit sehr ungewissem Ausgang für die Patienten, so ging der arabische Mesue viel gezielter und vorsichtiger mit den Menschen um.

Er betrachtete nicht nur die Verletzungen und Krankheiten, sondern das Gesamtbild, die Lebensumstände und ihre Speisen. Er wusch sich ausgiebig vor jeder Behandlung mit frischem Brunnenwasser die Hände bis zum Ellenbogen, trocknete sie mit frischen Tüchern ab und säuberte jede verletzte Stelle sorgfältig. Ein Bader hätte darüber nur den Kopf geschüttelt.

Blutende Wunden an den Gliedmaßen wurden abgebunden, Fremdkörper mit abgekochten Messing,- oder Stahlstiften, gegebenenfalls sogar mit einer Pinzette entfernt. Dann nahm er Nadel und Faden, meistens eine haltbare Sehne, und vernähte die Wunde, die er immer wieder gereinigt und mit Salben oder Kräutern desinfizierte. Ein seltsam anmutendes, aufwendiges Verfahren, welches jedoch zum Erstaunen aller, oft zum gewünschten Erfolg führte, während die Mönche und Bader die anschließenden Entzündungen ihrer gepeinigten Opfer mangels Sauberkeit immer wieder als Gottgegeben hinnahmen.

Im Klosterspital schrien die Menschen vor Schmerzen, wenn man ihnen mit der Knochensäge oder einem Bohrer an den Leib gingen, während der Araber seine Behandlungen fast schmerzfrei an den Patienten vornahm, da sie mit Bilsenkraut, indischem Hanf, Cannabis oder Marihuana betäubt waren. Seine große Kenntnis von den Pflanzen und ihre heilende Wirkung waren bemerkenswert. Lavendel, Malve, Schafgarbe, Ringelblume oder Mistel, er wusste von ihnen und nutzte sie alle. Allein sein Kräuter,- und Salbenvorrat füllte ein ganzes Regal mit Schubladen, Gläsern und Flaschen. Quer durch das Zimmer hatte er Leinen gespannt, an denen unterschiedliche Gräser trockneten. Er lehnte es auch konsequent ab, zu quacksalbern, also Quecksilber einzusetzen, wie es bei allen mittelalterlichen Heilern hierzulande üblich war.

Wer von ihnen wusste schon, wie man das Faulfieber, die rote Ruhr, Wassersucht, das Fleckfieber, bösartige Geschwulste, oder die Pocken behandeln sollte? Selbst der Pest war man mit einer seltsam anmutenden Maske, in deren spitzer Nase ein, mit Kräutern getränkter Lappen stecke, begegnet. Hatte es sie vor der Ansteckung bewahrt?

„Seid vorsichtig mit eurem neuen Wissen! Allzu schnell wird man euch der Hexerei anklagen, denn kein Schriftkundiger kümmert sich um die Pergamente der alten Gelehrten, die in solchen Behandlungen kein Teufelswerk sehen, und . . . ihr habt selber gesehen und erlebt, dass uns der Erfolg und die Genesung der Kranken Recht gibt. Aber denkt an meine Worte: Die Heiler und Bader, sowie die Mönche, ja man kann sagen, der gesamte Klerus, will nicht wahrhaben, dass unsere alten, orientalischen Behandlungen, die wir aus den Schriften der Griechen und Ägypter übernommen und verfeinert haben, besser sind, als die barbarischen Methoden, mit denen man Kranke noch kränker macht und Verletzte sterben lässt.

Allein diese Worte wären schon Grund genug, mich öffentlich verbrennen zu lassen, denn wir leben in unruhigen Zeiten!"

Er legte seine rechte Hand an den Mund, küsste seine Finger, tippte an seine Stirn und danach an sein Herz. Dann verbeugte er sich und lächelte ihnen vertrauensvoll zu. „Ihr wisst, wo ihr mich finden könnt, so euch ein Malad befällt!" Er drehte sich um und ging ins Haus. Es war alles gesagt.

Die Freunde waren schon vor Wochen im Dorp des arabischen Heilers nach einer Herberge, fündig geworden. Der Vermieter stellte keine Fragen und vom Landgrafen, so wussten sie von Achmed, war er nicht besonders angetan. Von ihm konnte somit keine Gefahr ausgehen. Trotzdem waren die beiden Weiber, die Baldur und Gesine nun auch hier untergebracht hatten, sehr vorsichtig.

Am Abend saßen sie vorerst ein letztes Mal zusammen.

„Jetzt kommt dein Einsatz, Fin!" Der Jüngling drehte sich um. „Ihr meint, dass es immer noch von Nöten ist?" „Ja! Es ist von größter Wichtigkeit, dass endlich unser Landesherr, der Herzog von König Karls Gnaden, Eduard von Lothringen erfährt, wie sein Diener mit den Untertanen umgeht! Diese Kunde ist schon lange überfällig, da er das „Jus primae noctis" niemals geduldet hätte!" Fin nickte: „Gut denn, morgen früh reite ich zu ihm, zum Hof des Herzogs in Aachen, wer begleitet mich?" Beide Freunde legten ihre Hände auf seine Schultern: „Wir!"

Am frühen Morgen machten sich die drei auf, um loszureiten. Die zurückgebliebenen Freunde blieben sehr wachsam.

Immer nur eine Dirn verließ die Herberge, während die andere auf das Paar achtgab. Sie mussten geduldig sein und auf die Rückkehr der Männer warten, die mit ihrem Spektakulum für so großes Aufsehen unter der Bevölkerung in den benachbarten Städten und Dörpern gesorgt hatten. Sie waren durch Fin, Til und Gernot in alle Belange eingeweiht und beteten, dass der Landesherr endlich Recht sprechen würde und der Hetzjagd auf den ersten Ritter und seinem Weib ein Ende gesetzt würde.

Derweil waren die drei Freunde nördlich der Mainmündung angekommen und standen am Ufer des großen Mäanders, den man auch die Lebensader des gesamten Reiches nannte.

Dem Rhenus Fluvius!

Auf der rechten Seite des Gewässers ritten sie vier Tage bis zur Fährstelle der Freijheit Duijtz. Dort wurden sie für zwei Groschen nach Cöln hinübergebracht. Bald traten sie durch das Stadttor oberhalb des Hafenbeckens, ihre Pferde am Halfter mit sich führend. Sie waren sich einig, durch die Stadt bis zur westlichen Ringmauer zu gehen, um hier in unmittelbarer Nähe zur alten Römerstraße eine Herberge zu suchen. Sie kamen oberhalb des Hafens an einem länglichen Gebäude vorbei, an dessen äußerer Ecke ein viereckiger Turm stand, gekrönt von einem hölzernen Kran, der verwittert vor sich hin faulte.

Sie konnten nicht glauben, dass dies Monstrum einmal als Kathedrale oder Dom gedacht, jetzt als Pferdestall verrottete.

Am frühen nächsten Morgen, gestärkt vom deftigen Essen der angrenzenden Spelunke, durchschritten sie das westliche Tor, eines von vielen, die in der Ringmauer durch hohe Türme weit sichtbar waren. Die Straße führte an einer Klosteranlage mit Aussätzigen vorbei, geradewegs nach Aachen.

Nach zwei Tagen kamen sie am Hofe des Herzogs an, der zurzeit hier residierte. Nachdem sie in der Krönungskirche des König Karls, dem Großen eine Messe besucht hatten, baten sie nebenan um Anhörung bei ihrem Landesherrn, der die südlich gelegenen Ländereinen besaß und dem niederen Adel, den Grafen die täglichen Geschäfte überließ.

Sie wurden immer wieder vertröstet, warteten nun schon vier Tage ohne einen Termin erhalten zu haben. Der Zufall brachte sie eines Abends bei einem Humpen gewürzten Bieres mit einem Mönch zusammen, der schon etliche, geleerte Krüge vor sich stehen hatte. Er war dementsprechend wohl auch sehr schwer zu verstehen. Trotzdem bekamen sie schnell mit, dass dieser redselige, fromme Mann als Schreiber beim Herzog angestellt war. Sie spendierten ihm einen weiteren Trunk, der ihn ansatzlos von der Bank gleiten ließ. Mit großer Mühe schafften sie es, den hilflosen Mönch, einem nassen Sack gleich, zu seiner Herberge zu bringen.

Als sie am nächsten Morgen wieder um einen Termin baten, erkannte sie der Schreiber zu ihrem größten Erstaunen sofort wieder und ließ sie zur gleichen Stunde ihr Anliegen darlegen.

„So war der gestrige Besuch der Schankstube doch nicht so ganz unnütz, wie wir noch gestern dachten…" flüsterte Gernot, nachdem ihre Waffen abgegeben waren und sie nun den prunkvoll ausgestatteten Saal betraten. Sie wurden herzlich empfangen und hatten eine erfolgreiche Unterredung mit dem verständigen Herzog, der die Belange des Königs vertrat.

Als sie nach einer Stunde wieder zu ihren Waffen kamen, ein sehr wichtiges Schreiben des Herzogs in ihren Händen hielten und mit einem beglückenden Lächeln auf den Lippen, ließen sie dafür einen überaus wütenden Herzog zurück. Man hatte den niederen Adel bisher wohl vergebens angeprangert und immer wieder aufgefordert, die leidigen Missstände im Reich zu beenden. Dazu gehörte auch das angebliche Recht der Grafen, sich schadlos der leibeigenen Töchter nach Gutdünken zu bedienen. Die Untertanen sollten nicht allzu sehr gedemütigt werden, denn der Unmut der Buren und der Leibeigenen begehrten immer mehr auf. Damit diese Entwicklung nicht noch mehr angestachelt wurde, hatte der Hochadel ein Dekret erlassen und solche Vergehen an den Pranger gestellt. Das „jus primae noctis" sollte im Reich nie wieder angewandt werden. Während der Herrscher sofort einen Herold losschickte, um dem ungebührlichen Verhalten seines Vasallen Einhalt zu gebieten, verhandelte Fin zum Erstaunen der Freunde immer noch mit dem Schreiber, den sie am Abend vorher nach Hause begleitet hatten. Es war ein Erfolg, dass das befreite Paar, Baldur und Gesine endlich zu ihrem Recht kommen würden. Nun mussten sie nur noch den beschwerlichen Rückweg antreten und das offizielle Schreiben des Herzogs sicher in die Stadt bringen, damit der Amtmann im Zeughaus mit seinen Männern die Anordnung des Herzogs ausführen konnte.

Sie wussten nicht, dass der Herold seine Depesche dem Grafen übergab, als sie gerade den Mäander Rhenus überquerten.

Fin dachte an die Hinterhältigkeit des Grafen Gero und wie brutal und grausam er sich von seinem Erzfeind Baldur und der ungeliebten Halbschwester Gesine zu befreien versuchte. Er war unterdessen bei weitem nicht der einzige, der dem Grafen misstraute und größte Vorsicht walten ließ.

(Was sich noch vor ihrer Rückkehr in einer Herberge am Mainufer bezahlt machen würde!)

„Nun sind sie schon vierzehn Tage fort, wo doch die Strecke nach Aachen in gut der Hälfte der Zeit zu bewältigen wäre!" Baldur ging in der kleinen Stube wie ein eingesperrter Bär auf und ab. Er sollte sich immer noch nicht im Dorp sehen lassen, zumindest nicht, bevor die Freunde zurück waren und von Erfolg gekrönt, die gute Nachricht überbringen würden.

„Ich halte das nicht mehr aus!" rief er, ging zu der Eichentruhe und schnallte den neuen Biden auf seinen Rücken. Gernot hatte ihm dieses geliebte Zweihandschwert geschmiedet, nachdem man ihm das erste im Kampf zerbrach.

Gesine konnte ihn nicht mehr zurückhalten. Er küsste sie, verabschiedete sich von Alma und Walpurga mit der Bitte, gut auf sein Weib zu achten und holte den Schimmel aus dem Stall.

Die Sol erreichte noch nicht ihren höchsten Stand, als Baldur am linken Ufer des Mains angekommen war. Er nahm die gleiche Wegstrecke, die auch seine Freunde genommen hatten. Nachdem er mit der Fähre übergesetzt worden war, ritt er zu der einzigen Herberge auf der gegenüber liegenden Seite des Mäanders und nahm für die nächste Nacht hier ein Quartier.

Es dunkelte schon, als drei düstere Gestalten den schummrigen Schankraum betraten. Baldur saß in der hintersten Ecke, mit dem Rücken zur Wand, den Filzhut tief im Gesicht.

Als die Männer, die ihre Umhänge anbehielten, leise mit dem Wirt flüsterten, erkannte Baldur einen Ritter an der Stimme. Es war ein Franke, der ihn mit drei weiteren Männern überwältigt und im Gewölbe des Zeughauses eingekerkert hatte.

Kurz darauf waren sich die Männer einig, gingen mit einer Öllampe die Stiege hinauf und blieben oben verschwunden.

Kurze Zeit später betraten drei weitere Reisende die Herberge. Es waren Fin, Gernot und Tilmann. Baldur gab sich nicht zu erkennen, denn wer wusste schon, wer noch sie gewartet hatte? Die Freunde setzten sie sich mit ihren geschnürten Bündeln auf eine Bank, während der Wirt schnell nach oben verschwand.

Ein dralles Weib brachte einen gefüllten Tonkrug und drei Becher, lächelte sie an und entblößte dabei ihre spärlich verbliebenen, braunen Zähne.

Auch der Griff ihrer Hände, mit denen sie ihren üppigen Busen anhob und über die Verschnürung des engen Mieders drückte, konnte wahrlich keinen gesunden Mann erfreuen. Nur Fin, der so etwas anscheinend noch nie gesehen hatte, saß mit offenem Maul da und starrte auf die dargebotenen Fleischberge, bis ihn Gernot mit einem Klaps auf den Hinterkopf in das Hier und Jetzt zurückholte. Das Weib lachte krächzend auf, erhob sich und stolzierte, einer watschelnden Ente mit schwingenden Hüften gleich, zurück in die Küche, die mit einem dicken Filzvorhang vom Schankraum getrennt war.

Baldur stand auf und ging durch die hintere Tür zum Hof, kletterte auf die Brüstung und über die Stege in das obere Geschoß. Vor jeder Windluke, die mit Stroh ausgefüllt war, hielt er inne und horchte in den Raum.

Endlich hörte er wieder die vertraute Stimme des Franken, die sich in sein Hirn gebrannt hatte. Mehrere Männer flüsterten und man brauchte kein Gelehrter zu sein, um zu erkennen, dass hier die Vorbereitungen zu einem Hinterhalt getroffen wurden. Baldur zählte die Windluken, um auch von innen das richtige Zimmer finden zu können. Dann schwang er sich über das Geländer und sprang hinunter. Er war wieder in der Stube, bevor der Wirt die Stiegen herunter kam. „Was bin ich Euch schuldig?" fragte er so laut, dass Fin und Gernot sofort zu ihm schauten. Baldur stand auf und schüttelte fast unmerklich den Kopf, damit ihn seine Freunde nun nicht ansprachen. Til verstand sofort, hob seinen Becher und prostete den Freunden zu: „Auf uns!" Baldur nickte ihnen zu, ging zum Tresen und warf ein paar Münzen auf die grobe Holzplanke.

Dann stampfte er die Treppe herauf und verschwand.

„Was war…" Fin wollte etwas fragen, wurde aber von Tilmann mit einem barschen: „Halt die Klappe!" daran gehindert. Gernot zischte leise: „Er wird seine Gründe haben!" Der Jüngling war irritiert: „Ja, schon! Aber wo kommt der denn auf einmal her?" Gernot verdrehte die Augen und sah ihn so streng an, dass er nun nicht mehr wagte, eine weitere Frage zu stellen. „Wirt, wir zahlen nach dem Frühstück!" sie wollten aufstehen und auch nach oben gehen, als sich der Wirt drohend vor ihnen aufbaute: „Kenn ich! Und morgen früh seid ihr verschwunden! Nix da, jetzt will ich blanke Silberlinge sehen! Ein Albus, vier Heller!" Er hielt ihnen seine geöffnete Hand entgegen und Gernot kramte in dem Lederbeutel, den er am Gürtel trug. „Hier habt Ihr zwei Albus, so bekomme ich einen Schilling zurück und Ihr könnt die restlichen zwei Heller behalten!" Das ging dem Schankwirt zu schnell. Er kratzte sich an seinem schütteren Kopfhaar und man merkte, wie seine grauen Zellen krampfhaft versuchten den Rechenkünsten des Schmiedes zu folgen. Endlich hellte sich sein Gesicht auf: „Hier hab ich zwei Schilling für euch und nun ist gut!" Gernot nickte und ließ die beiden Münzen in sein Säckchen klimpern, wohl wissend, dass er damit nur einen Albus, also zu wenig bezahlt hatte.

Die Freunde standen auf und stiegen die Treppe empor. Ihre Stube lag direkt unter dem Dach. Es standen vier, mit Stroh gefüllte Bettkästen im Raum, jeweils zwei hintereinander an den gegenüberliegenden Wänden. Vor der winzigen Windluke, die mit Stroh und altem Stoff zugestopft war, standen ein kleiner, wackeliger Tisch und ein dreibeiniger Schemel. Es war so kalt, dass sich sie sich in voller Gewandung niederlegten. Gernot zog sein Schwert vom Leder und legte es neben sich, mit dem kleinen Dolch in der linken Hand schlief er sofort ein. Fin mochte keine nächtliche Überraschung und stellte den Schemel vor die Tür. Sollte jemand die Stube betreten, so würde der kleine Sitz umfallen und die Freunde warnen. Sie legten ihr geschnürtes Gepäck auf die freie Bettstall und wünschten sich eine ungestörte Nachtruhe. Ihre Gedanken kreisten immer noch um den ersten Ritter, der ihnen wie ein Geist am Abend in der Schankstube begegnet war und noch nicht von ihnen angesprochen werden wollte. War er schon genesen oder hatten sie sich die Begegnung nur eingebildet? Spielte der Popanz ihnen einen Streich? Am nächsten Tag würde sie Gewissheit haben. . aber soweit sollte es erst gar nicht kommen, denn sie wussten nicht, das sie erwartet wurden und in dieser fernen Herberge ihr irdisches Ende finden sollten.

Fin war gerade eingeschlafen, als er heftig an der Schulter gerüttelt wurde und dumpfe Wortfetzen an sein Ohr drangen. Zuerst dachte er noch an einen bösen Traum, bis er realisierte, dass ein Mann über ihm kniete und ihn aufweckte. Sein Gesicht war von einem dunklen Tuch verdeckt, nur die Augen blitzten ihn an. Es war ziemlich dunkel, denn die einzige Öllampe war fast ausgebrannt und gab wenig Licht ab.

Trotz der festen Umklammerung drehte er sich zur Seite, um zu seinen Freunden zu sehen. Sie wurden von zwei weiteren Männern aufmerksam beobachtet, schienen aber zu schlafen, oder ohnmächtig zu sein.

„Das Schreiben des Herzogs, wird`s bald?" Sein Peiniger hielt ihm eine scharfe Klinge an den Hals und die warme Flüssigkeit schien sein eigenes Blut zu sein, denn er hatte sich wohl zu sehr im Halbschlaf gewehrt und war verletzt worden. Eine Stelle unter dem linken Wangenknochen brannte wie Feuer.

Er musste Zeit gewinnen, die Situation verstehen, denn er war völlig überrumpelt! Wieso waren sie nicht wachgeworden, als der Schemel umfiel? Wo kamen diese Unholde plötzlich her und woher wussten sie von dem Schreiben des Herzogs?

Der Griff wurde fester und die Stimme des Mannes energisch.

„Brauchst nicht auf deine Begleiter zu hoffen, sie wollten uns nichts sagen und so hab ich sie in einen festen Schlaf gelegt!"

Ein höhnisches Gelächter folgte und zur Bestätigung schlug sich der Maskierten ein grobes Holzstück mehrfach klatschend in die andere, flache Hand. Fin ahnte sofort, dass er dieser Aufforderung schnell nachkommen sollte, damit er nicht mit einer dicken Beule und einem schweren Brummschädel in ein paar Stunden aufwachen wollte.

„Sie konnten euch nichts sagen, denn ich habe das Dokument!"

„Und? Wo hast du es?" Fin versuchte, den Griff des Mannes an seinen Handgelenken ein wenig zu lockern. „Ihr müsst mir schon die Gelegenheit dazu geben, es hervorzuholen!"

Der Mann mit dem Knüppel schüttelte den Kopf: „Schöner Versuch, aber zwecklos! Sag, wo du es versteckst! Wir haben alle Sachen durchsucht und nichts dergleichen gefunden!"

„Könnt ihr auch nicht finden, denn ich liege darauf!" sagte Fin und zu seinem Erstaunen wurde er von dem Maskierten sofort freigelassen und konnte sich aufrichten. Unter den strengen Augen und den drohend entgegengestreckten Dolchen der Männer richtete sich Fin auf und kramte in der Bettstall.

„So kann ich es nicht finden!" betonte er und griff nach der brennenden Öl Schale. Sie wurde ihm sofort wieder aus der Hand genommen und von einem der Männer gehalten. „Damit du nicht auf dumme Gedanken kommst und uns die Stube abfackelst!" Fin zuckte mit der Schulter und suchte im trüben Schein der Flamme den versiegelten Umschlag. Auf die absurde Idee, ein Feuer zu legen, wäre er niemals gekommen, denn dann wären nicht nur die Angreifer, sondern auch seine Freunde elendiglich mit verbrannt.

Er hielt den Umschlag hoch, der mit dem blauen Siegel des Herzogs verschlossen war. Die Männer drehten mehrfach das zusammengefaltete Pergament und erkannten zufrieden die Echtheit des adeligen Wappens. Esteban, ihr Anführer, ließ den Umschlag in seinem Wams verschwinden, drehte sich zur Tür und befahl den beiden: „Wir können keine Zeugen gebrauchen!

Ihr wisst, was zu tun ist!" dann ging er die Stufen herunter. Fin würde der erste sein, der seinem Schöpfer begegnen sollte, denn sein Peiniger zog ein ellenlanges Stillet aus der ledernen Scheide, die er an seiner Seite trug und kam auf ihn zu.

„Willst du uns noch etwas sagen, bevor du deine letzte Reise antrittst?" Fin verspürte einen eiskalten Wind, sein Hals wurde langsam zugeschnürt. Nie gekannte Todesangst kroch ihm den Rücken herauf und ließ kalten Schweiß aus all seinen Poren fließen. Er schloss die Augen. Plötzlich vernahm er einen dumpfen Schlag. Der Mann, eben noch voller Tatendrang stoppte, verdrehte die Augen und schaute ungläubig auf seine Brust, aus der die Spitze eines Dolches gut eine Handbreit herausragte. Aus dem Mund quoll ein Rinnsal des dunkelroten Lebenssaftes, ein dunkler Schleier legte sich auf seine Augen. Das nächste, was Fin jetzt hörte, war das Stöhnen seiner Kameraden, die sich bewegten und langsam wieder zu sich kamen. Schmerzverzerrt hielten sie ihre Köpf. Da endlich fiel mit lautem Gepolter der tödlich getroffene nach vorn. Sein Kopf schlug auf die Kante des Bettkastens, sein Gesicht platzte auf und so landete er verdreht auf den staubigen Brettern des Fußbodens und gab die Sicht auf die offen stehende Tür frei. Da stand Baldur! Er war in ihre Stube geschlichen, als der erste Scherge gerade geflohen war. Fin versuchte den Ritter zu warnen, denn der dritte Mann stand doch eben auch noch vor dem Bettkasten Gernots. Baldur hielt seinen Kopf etwas schräg und ahnte, was Fin bedrückte. „Meinst du ihn?" Der Hüne lächelte und zeigte mit seinem Dolch, den er wieder an sich gerissen hatte, auf den Boden. „Der hat meine Klinge zuerst gespürt! Wieso ist der andere so schnell verschwunden? Hat er euch beraubt? Ich muss los, um ihn aufzuhalten!"

Fin stand auf und umarmte den wieder gesundeten Ritter, der im richtigen Augenblick aufgetaucht war. „Lass ihn laufen, er kann uns nicht schaden! Das erkläre ich dir später!"

Die Schande von Gneisenstein

Esteban war zwei Tage und Nächte durchgeritten und verlangte dabei seinem Pferd das Äußerste ab. Nun stand der Klepper, anders konnte man den armen Vierbeiner nicht mehr nennen, schweißnass und zitternd vor den Stallungen.

Er hatte keine Augen für den staubigen, verfilzten Schimmel, der wohl jetzt nur noch reif für den Abdecker war.

Der hinterlistige Kerl rannte freudig zum Palas, denn nun galt es, die wohlverdiente Belohnung zu holen. Er alleine schaffte es, den feindlich gesonnenen Männern des Grafen das wichtige Dokument des Landesherrn zu entwenden.

Mit diesem Auftrag schickte Graf Gero vor zehn Tagen drei seiner Vertrauten nach Aachen, da sein Spitzel am Hof des Herrschers per Brieftaube das Ansinnen auf eine Unterredung der besagten Männer in Erfahrung brachte. Die Verzögerung spielte dem Grafen in die Hände und so wartete er sehnsüchtig auf das Schreiben des Herzogs.

Der königliche Herold hatte ihm den Erlass schon vorgelegt und damit seinen Unmut gewaltig gesteigert. Jetzt musste er verhindern, dass dieses Schreiben in die falschen Hände kam. . denn sollte der Schultheiß und der Rat der Stadt davon Kenntnis erlangen, so wäre das eine Katastrophe für ihn und die seinen, die ihm immer noch treu ergeben waren.

„Endlich! Da bist du ja!" Der Graf erhob sich vom Lehnstuhl, den er an den offenen Kamin gestellt hatte und kam seinem Ritter entgegen. „Esteban, wo sind Ludger und Götz, sie hatten dich doch nach Aachen begleitet, oder warst du alleine dort?"

Der Angesprochene senkte den Kopf und tat sehr traurig. In Wirklichkeit war er froh, den Lohn der Arbeit alleine kassieren zu können. „Sie erledigen noch die, sagen wir einmal . . . notwendige, schmutzige Arbeit und kommen dann nach, Herr!"

Gero nickte: „Keine Details, du weißt, dass ich mit solchen

Sachen nichts zu tun haben will!" Er nahm den Umschlag und ging damit zum Kamin, damit er den Brief besser lesen und dann sofort verbrennen konnte. Sehr zufrieden durchatmend, brach er das Siegel und klappte das Pergament auseinander. Er überflog das Schriftstück, nickte und drehte sich dann zu Esteban um. „Sehr gut gemacht! Hier, lies!" er hielt ihm das Schreiben mit der Linken hin, während er die Schlaufe seines Dolches an seiner Seite lockerte.

Esteban, in freudiger Erwartung, kam ihm entgegen und nahm das Schriftstück. Seine Stirn verdunkelte sich, als er feststellte, dass es zwar ein versiegeltes, aber leeres Blatt Pergament war. Ein dicker Kloß breitete sich in seinem Hals aus. „Da . . da . . . das verstehe ich nicht!" Gero stand unmittelbar vor ihm und schaute in seine Augen: „So, so, das verstehst du nicht! Aber ich verstehe das! Du bist reingelegt worden, du Trottel! Jetzt muss ich alleine sehen, wie ich das hinbekommen kann!"

„Herr, ich schwöre . . ." weiter kam er nicht, denn mit einer blitzschnellen Bewegung hatte ihm der Graf den Dolch direkt ins Herz gerammt. „Du kannst dich zurückziehen, ich bedarf deiner Dienste nicht mehr!" Die Antwort des total verdutzten Esteban erstickte in einem gurgelnden Geräusch, bevor er blutüberströmt zusammenbrach und auf den Steinfliesen sein erbärmliches Leben aushauchte. Gero ging zur Wand, nahm ein helles Leinentuch und wischte sich das Blut von den Händen. Dann griff er hinter den Wandteppich und zog an einer goldenen Schnur, ein Klingeln ertönte.

Ein Knappe betrat den Saal und senkte den Kopf, bereit einen Auftrag seines Herrn zu empfangen: „Entferne er mir den Kadaver und sag den Weibern, dass sie mir die Steine mit Sand abschrubben. Ich mag kein Blut sehen! Ach, noch etwas . . . . . er hat meinen Dolch. Er steckt noch in ihm! Säubere ihn und bring ihn mir zurück! Nun fort, ich habe zu tun!"

Der junge Graf musste sich unbedingt etwas einfallen lassen!

Wieso überließ der Herzog in Vertretung des Königs ihnen ein wertloses Pergament? Wollte er sie einfach nur loswerden? Er grübelte darüber, aber verwarf diesen Gedanken sofort wieder, denn wenn das so gewesen wäre, hätte der Herold ihn nicht aufgesucht und ermahnt. Was konnte nur dahinter stecken? Ihm blieb wohl nur die Möglichkeit, auf Götz und Ludger zu warten, denn das waren nun die einzigen, die ihm darauf antworten konnten.

Während er zur Untätigkeit verdammt war, zog sich die Schlinge um seinen Hals immer mehr zu. Baldur war mit den drei Freunden auf dem direkten Weg in die Stadt.

Baldur war mit den drei Freunden auf dem direkten Weg in die Stadt. Ihn beschlich dabei ein mulmiges Gefühl, als sie das Tor passierten und geradewegs auf das Zeughaus zuritten. Er dachte an die grausame Zeit, die er dort im Kerker verbracht hatte. Seine Gedanken gingen auch zu den Weibern, die sich geduldig im benachbarten Dorp versteckt hielten und nicht wissen konnten, wie es um die Männer stand. Was würde werden, wenn das alles nur eine intrigante Falle war? Wenn das Gespräch mit dem Herzog doch nicht so verlaufen war, wie sich die drei Begleiter das dachten?

Eine Krähe pickt der anderen kein Auge aus . . . dieser Spruch ging ihm nicht aus dem Hirn, als sie die Pferde vor dem Zeughaus festbanden und die Stufen heraufgingen.

Kampflos würde er sich nicht noch einmal einsperren lassen! Sein Biden war in den engen Räumlichkeiten der Wachstube nicht zu gebrauchen, deshalb hatte er das Langschwert am Sattelknauf festgezurrt. Zur Sicherheit trug er den Katzbalger an seiner linken Seite, den scharfen Dolch auf dem Rücken und legte beim Betreten der Stube seine Hände um die Griffstücke der Blankwaffen, bereit sich sofort seiner Haut zu erwehren, sollte das hier ein Hinterhalt sein.

Es waren nur zwei Spießbürger im Raum, als sie die Stube betraten. Sie wurden kaum beachtet und nachdem Gernot darum bat, den Schultheiß sprechen zu wollen, verließ ein Mann missmutig das Zimmer. Die anderen drehten sich wieder zur offenen Feuerstelle um und rieben sich ihre verfrorenen Hände, denn sie waren gerade erst von ihrem Rundgang um die Befestigungsmauer zurückgekommen.

„Das kann dauern, setzt euch!" sagte einer von ihnen, mit dem Rücken zu den Freunden. „Die Scheffen sitzen in den oberen Räumen zusammen. Heute wird das monatliche Geding gehalten, da kommt ihr sehr ungelegen!" Baldur horchte auf, denn er hatte sofort eine Idee: „Im Gegenteil! Wer begleitet uns zu den Ratsherren, denn wir haben ein Schreiben des Landesvaters bei uns, das alle betrifft!" Sofort drehten sich die Soldaten zu ihnen um: „Warum habt ihr das nicht gesagt? Soll etwas verkündet werden? Neue Anordnungen? Worum geht s?"

„Das betrifft nur die hohen Herren! Also, zeigt uns den Weg!" Als die Männer in den Flur traten, kam der zuerst gesandte Spießbürger kopfschüttelnd die breite Holztreppe herunter.

„Sinnlos, meine Herren! Ihr müsst, wie jeder Bürger ein berechtigtes Anliegen haben und dies vorbringen. Dann könnt ihr in ein oder zwei Monden mit einer Verhandlung rechnen!" Baldur ging entschlossen weiter. „Nichts da! Es brisiert!" Er zog den verschlossenen Umschlag hervor und zeigte auf das blaue Siegel. „Dies Schreiben legitimiert uns, sofort gehört zu werden! Wo tagen die Herren?"

Vor der verschlossenen Eichentür standen zwei fein gewandete Männer. Sie hatten bodenlange Umhänge und die pelzbesetzten Krägen waren eindeutige Zeichen für die Würde und den Stand der Männer. Es waren Kaufleute aus dem fernen Venezia, die ihre Stoffe aus Brokat und Seide an die Hanse der Weber verkaufen wollten. Dazu benötigten sie die Genehmigung des Rates und eine Eintragung in das städtische Register.

Die eleganten Männer waren sehr erstaunt, als die rustikal gekleideten Burschen wortlos an ihnen vorbei gingen, ohne Zögern die Tür öffneten und eintraten.

„Wir sind noch in einer Besprechung, was wollt ihr?"

Baldur antwortete nicht, der Umschlag und das herzogliche Siegel sollten für sich sprechen. Er trat vor und legte dem Magister, den er an seiner besonderen Tracht und der Amtskette erkannte, das verschlossene Pergament auf den Tisch. Dann trat er ein paar Schritte zurück und wartete ab, was sich nun ereignen würde. Natürlich war bei allen hohen Herren das blaue Siegel bekannt, auch wenn bisher kaum einer den Landesvater persönlich zu Gesicht bekommen hatte.

Der Magister stand auf und nahm den Umschlag, brach das Siegel und faltete das Schreiben auseinander.

Während er die ersten Zeilen las, wurde er blass, denn er erkannte die Tragweite des brisanten Inhaltes sofort. Durch dieses Schreiben wurde das inzestuöse Verhalten des alten Grafen öffentlich. Vergebens kämpfte sein Sohn mehrfach dagegen an, nicht uneigennützig, denn er wollte die geerbten Ländereien für sich alleine haben und nicht auch noch mit einem dahergelaufenen Weib teilen müssen.

„Meine Herren, wir unterbrechen einen Augenblick. Ich habe mit den Männern zu reden . . .

Er gab Baldur einen Wink, öffnete eine Tür an der hinteren Wandverkleidung und bat die Freunde, einzutreten.

Nach einer kurzen Unterredung war die Sachlage geklärt. Das Schreiben war nun ein wichtiges Dokument und es wurde eine offizielle Verhandlung anberaumt, zu der natürlich Graf Gero zu erscheinen hatte, um verschiedene Ereignisse zu klären.

Zur Verhandlung standen die Einkerkerung des ersten Ritters, der Versuch, auch dessen angetrautes Weib in Haft zu nehmen und das gräfliche Erbe, das von ihm angezweifelt wurde, aber trotzdem zur Hälfte der Dirn gehörte.

Die Verhandlung

„Ihre Mutter war eine läufige Hündin," rechtfertigte Gero sein Anliegen: „sie hat sich meinem Vater unter falschem Vorwand angebiedert, in der Burgküche angestellt zu werden. Als mein Vater dies aus verständlichen Gründen ablehnte, wurde er fälschlicher Weise von ihr anschließend verleumdet!" „Woher wollt Ihr das wissen, wenn Ihr doch vorhin noch beschwört hattet, dieses Hexenweib nicht zu kennen, ihr nie ansichtig geworden zu sein! Sie kam doch regelmäßig in Eure Feste, um allerlei Salben und Tinkturen in Eurem Hof feilzubieten!"
„Ich meinte ja damit auch nur, sie nicht persönlich zu kennen. Muss ich von allen Händlern und Bauern, die ihre Beden beim Zahlmeister entrichten wissen, wie man sie ruft? Diese Dirn ist der Bastard eines Burenlümmels, der wahrlich nicht alleine ihre Mutter, das immer willige Weib, besprungen hatte."
Mit schaumigem Mund redete sich Gero um Kopf und Kragen, denn nun trat ein Zeuge vor die Bank, den man nicht so ohne weiteres abfertigen konnte. „Seid Ihr der Seelsorger dieser Gemeinde?" fragte der Magister und Gero, der den alten Pfaff sofort wiedererkannte, fiel aschfahl zurück auf seinen Sessel.
„Ich war es viele Winter lang, bis mich das Zipperlein zwang, zu meinen Brüdern ins Kloster zu gehen." „Ihr wisst, worum es hier geht?" Er drehte sich zu Gesine um, es war so ruhig in dem Saal, man hätte eine Maus husten hören können. Spannung lag in der Luft, als er von der Hebamme aus dem fernen Kastilien erzählte, die damals das schwangere Weib des Köhlers betreute. Sie war zu ihm gekommen, um zu beichten, dass der Köhler mit der Schande nicht fertig geworden war und sich im Stall erhängte. Da sich die Hebamme auch als Engelmacherin betätigte, bat sie mich darum, die adlige Frucht, unter Zwang entstanden, aus dem Körper des geschundenen Weibes zu entfernen, bevor es einen Atemzug machen könnte."

„Lügen! Nichts als Lügen! Hirngespinste! Glaubt etwa einer hier im Saal die dummen Possen, die uns der Pfaff auftischt?" Gero stand schon wieder an der Brüstung und schrie den Kirchendiener so wild an, das er ihn bald bespuckte." „Schweigt, Graf Gero! Setzt Euch wieder hin, oder soll die Verhandlung ohne Euch weitergehen?" Wütend musste er gehorchen, was ihm sichtlich schwer fiel. Der Pfaff schaute ihm ins Gesicht, als er einwarf: „Jetzt ist mir auch klar, warum die arme Hebamme, von Euch nur als Hexe bezeichnet, auf Gneisenstein geblendet wurde. Als ich ihr sagen musste, dass es auch ein Frevel sei, ein Ungeborenes im Leib zu meucheln. Sie wollte reden und das furchtbare Vergehen des edlen Grafen öffentlich anklagen!" Gero zitterte vor Wut, durfte aber nicht mehr ausfallend werden. „Weiter, sprecht! Er kann Euch nichts anhaben!" Der Kirchenmann nickte und begann erneut: „Es war bei der Bevölkerung allseits nur zu gut bekannt, dass der einzige Beischläfer aller heiratswilligen Jungfern der alte Graf gewesen war. Er setzte sich all die vergangenen Jahre gegen das ausdrückliche Verbot unseres Königs, der solch unehrenhaftes Verhalten stets missbilligte, trotzig hinweg.

Als Vertreter der Kirche, der dies Unrecht genauso verurteilte, hatte ich dem damaligen Abt des Klosters beim Kongress in Koblenz das sofort mitgeteilt. Zu meiner großen Überraschung war nie eine Anklage erfolgt und die Angelegenheit geriet ins Vergessen . . . nicht so für die Hebamme, die als Kräuterhexe verschrien war und aus erster Quelle von dem Geheimnis wusste." Er wandte sich an den Grafen: „Ward Ihr es, der sie meucheln ließ, bevor sie das Secreto öffentlich machen konnte?" Ein Raunen ging durch den Saal, denn nun erfuhren sie auch, dass die Mönche des Klosters, die davon wussten, geteilter Meinung waren, denn viele bewerteten das Geschehene eher danach, dass es überhaupt an die Öffentlichkeit gelangen war.

Der Vorgang an sich war dem Klerus völlig egal, denn man wusste wohl, dass es in vielen Familien ähnlich zuging und dann geschickt den Mantel des Schweigens darüber deckte.

„Das zweite Vergehen, welches ich noch grässlicher empfand, war die Tatsache, dass sich der alte Graf auch noch die Tochter der Köhlerin in seine Bettstall befahl, als er davon erfuhr, dass sie heiraten wollte. Er hat sie geschwängert, obwohl es seine eigne, leibliche Frucht war . . . Gesine!" Der alte Pfaff drehte sich um und schaute sie unter Tränen an: „Verzeih mir! Aber es war ein Secreto und jetzt soll endlich Gerechtigkeit einkehren! Gesine ist die leibliche Tochter des Falko von Gneisenstein!" Aufrecht und mit einer Hand an sein Herz gelegt, zog sich der Pfaff zurück und setzte sich wieder auf seinen Platz. Ruhe war eingekehrt. Solch einen Frevel hatte man nicht erwartet. Nun war den Amtsleuten klar, dass sich Gero seines alleinigen Erbes nicht mehr sicher sein konnte, denn das Schreiben des Herzogs zu Aachen, die Aussagen, die hier gemacht wurden, alles zielte in die gleiche Richtung. Die weitere Verhandlung stockte, denn immer wieder störte Gero mit zweifelhaften Äußerungen den Redefluss der zahlreichen, weiteren Zeugen und Betroffenen.

Dann kam der zwei Tag.

Ein junges Weib trat vor, auch sie war von dem alten Grafen geschändet worden und seitdem wirr im Kopf. Sie wurde ebenfalls von Gero als primitive Dirn abgetan, der man nichts glauben könnte. Das war jetzt für einen Mann mittleren Alters zuviel! Plötzlich sprang er auf und rannte, sein Schwert vom Leder ziehend, auf die Anklagebank zu. „Genug der Lügen! Ihr seid es nicht wert, die Ländereinen unseres Königs ehrenvoll zu verwalten!" er stand drohend vor der Bank und keiner wagte es, ihn zurück zu halten, denn mit glühenden Augen verteidigte er lediglich seine hilflose, behinderte Tochter.

Der Graf bekam Angst, Todesangst. Er wimmerte wie ein Kind und hob beide Hände schützend vors Gesicht. Der lächerliche Versuch, sich so gegen den rasenden Wüterich zu verteidigen, war natürlich vergebens. Der Mann hob sein Schwert und hieb mehrere Male auf den Grafen ein. Mal traf er die Holzbank, mal schnitt seine Klinge tief in Arme und Schultern des Edlen. Alle Anwesenden sahen mit erschrockenen Augen, wie ihr ehemaliger Landesherr, einem Ferkel auf der Schlachtbank gleich, vom Leben in den Tod befördert wurde. Splitter flogen, Blut spritzte und der Mann, jetzt in voller Rage, hatte seine Hiebe nicht mehr unter Kontrolle. All seine Wut über das Unrecht, das seiner Tochter und damit der Familie widerfahren war, wurde hier in Frage gestellt! Das konnte und wollte er nun nicht weiter erdulden. Als der zerschlagene Graf Gero endlich mit halbem Gesicht, tief klaffender Schulter und offenen Augen neben der Bank lang, beruhigte sich der Mann, atmete tief durch und ließ sein bluttriefendes Schwert fallen. Endlich konnten die Amtsdiener es wagen, denn Angreifer festzusetzen und in den Kerker des Zeughauses zu verbringen. Gesine schaute ihm traurig nach: „Hätte ich mehr Mut gehabt, ich wäre in der Lage gewesen, es ihm gleich zu tun! Sprecht über ihn ein mildes Urteil, er ist keine Gefahr für irgendeine fremde Seel, denn er tat es für seine Tochter!" Der Schultheiß, noch unter dem Eindruck des Geschehens, antwortete sofort: „Gero wäre für seine vielfältigen Vergehen durch die Spieße getrieben worden und es ist wohl wahr, dass er dem vorgegriffen hat! Ich sehe in dem, was hier geschah jedoch, dass nur wir Recht sprechen dürfen, so es keine Notwehr gab. Das Gericht muss respektiert werden! Er wird dafür bestraft werden, das Recht in die eigenen Hände genommen zu haben! Hätte er doch nur noch ein wenig Geduld gehabt, so wäre es an den Soldaten der Bürgerwehr gewesen, ihn schmerzhaft durch eine Gasse von Spießen getrieben zu haben. Dieser Gang wäre sowieso sein letzter gewesen! Wir werden uns am Ende der Woche mit dem armen, verzweifelten Mann befassen." Zwei Gerichtsdiener geleiteten behutsam das verwirrte Weib nach draußen, das mit starrem Blick ihrem Vater hinterherschaute. Dann kamen sie zurück, schafften den Torso heraus und reinigten die Bank notdürftig, während sich der Schultheiß an Gesine wandte: „Weib! Bist du bereit mit deinem Mann, dem ersten Ritter der Grafschaft Burg Gneisenstein zu verwalten? Das Schreiben des Herzogs, in Vertretung von König Karl gibt mir das Recht, dir das Lehen, samt Burg, Ländereinen und Bewohnern zu übertragen. Wie ist deine Antwort?" Gesine stand auf. Sie war, wie alle im Saal, immer noch geschockt, denn so hatte man sich den Ausgang des Verfahrens nicht vorgestellt. „Ich habe eine Bedingung, bevor ich mit Baldur das Amt antreten kann!" sagte sie mit nicht erwarteter, klarer Stimme. „Sprich, Weib!" „Ich mag aus verständlichen Gründen keine Leibeigenschaft mehr, denn wir alle haben genug darunter gelitten. Mein Freund Fin hat als Kind in einem Kloster gelebt, die Bibel mit den Schwestern gelesen und erzählt uns die Schrift? Dass alle Menschen vor unserem Schöpfer gleich sind. Wozu Willkür führt, habt ihr soeben alle erfahren! Die Buresmänner könnten ihr Land bestellen und trotzdem die Beden entrichten, wenn sie als freie Bürger, den Städtern gleich, anerkannt und ihre Arbeit gewürdigt würde! Das zur Bedingung und ich bin bereit, mein Erbe anzutreten!"

Es waren ungeheuerliche Worte, die man vernahm, aber die Zeit schien reif für einen Wandel, denn man hatte zwar die Burenaufstände brutal niederschlagen können, aber es brodelte gefährlich weiter und es war nur eine Frage der Zeit, wann der Pöbel wieder aufbegehren würde.

Wenn es also möglich wäre, friedvoll miteinander umzugehen und dennoch die Lehnpacht, in Form von neu zu entrichtenden Beden zu erhalten . . . was sprach dagegen?

Der Schultheiß erbat sich Bedenkzeit, denn eine so gravierende Entscheidung musste vom obersten Landesherrn in Aachen genehmigt werden.

„Und Ihr, Baldur von Hagen? Seid Ihr auch der gleichen Meinung?" Der erste Ritter stand auf und blickte sich im Saal um, bevor er das Wort an den Magistrat richtete: „Verehrte Herren, Ihr wisst, dass ich lange Zeit in den Diensten seines Vaters gestanden habe. Aber ihr wisst nicht, dass er mir Aufträge gab, die am Rande der Gerechtigkeit lagen und darüber hinaus. Meine Männer und ich sind nach reiflicher Überlegung und im Wissen, dass sich ein Ritter, der die Schwertleite erfuhr, sich nicht gegen den Schwur entscheidet!" Baldur machte eine Pause, es fiel ihm schwer, das Unrecht zu erläutern! Doch es musste gesagt werden!

„Ehrenwerte Herren! Ein Treueschwur darf nicht als böswillige Aggression gegen friedvolle Untertanen missbraucht werden. Graf Falko hat das wiederholt verlangt! Wir, und da spreche ich für meine Ritter, die mir unterstanden, genauso wie ich selbst, waren dieser Willkürlichkeiten ausgesetzt. Ich würde wieder so handeln! Wir wollten ehrenhaft unser Anliegen vorbringen und wurden des Frevels beschuldigt! Wir bekamen alle Waffen, Rüstzeug und Pferde abgenommen, selbst der Sold der letzten Monde bleib uns versagt. Dass er uns zu Friedlosen erklärte und damit die Männer dem Hass auf den wahren Verursacher preisgab, war und ist nicht zu verzeihen. Sein Sohn Gero fand mich nach langer Zeit und tat reumütig! Er wäre nicht, wie sein Vater und nahm mich und meine Freunde in der kleinen Feste am Mäander wieder in seine Dienste! Ich war geblendet und dachte, dass er es ernst meinte, aber wieder waren ich und meine Freunde nur zu einem Zweck gut . . . er wollte an das Erbe seines Vater, obwohl der noch lebte. Als er durch unsere Hilfe sein Ziel erreicht hatte, benötigte er uns nicht mehr!" Gesine reichte ihm einen Becher, denn seine Stimme wurde spröde. Er trank einen großen Schluck, nickte dankend und gab ihr den Becher zurück.

„Was folgte, war nicht zu erwarten! Durch eine geblendete Hebamme hatten wir erfahren, dass Gesine Falkos Tochter ist. Die näheren Umstände mag ich nicht wiederholen, da sie meinem Weib zu nahe gehen. Ich werd sie Euch unter vier Augen erklären, das Schreiben unseres Landesvaters liegt Euch ja bereits vor! Genug der langen Rede, aber um auf Eure Frage zurück zu kommen . . ja, Herr! Ein eindeutiges ja! Genug der Tyrannei, der ungerechten Ausbeute und der Intrigen! Schaut ins Land der Angelsachsen und der Franken! Auch hier haben schon die Landmänner Aufstände geprobt. Sie wurden zwar allesamt blutig niedergeschlagen, aber muss es erst soweit kommen? Kann man sich nicht einigen, bevor die Schwerter vom Leder gezogen werden und man mit den Arkebusen und Bombarden in die rechtlose Menge schießt? Das kann so nicht im Sinne der Obrigkeit und des Klerus sein! Predigen die Pfaffen nicht immer davon, Töten sei eine schlimme Sünde? Also, beweist uns, dass die Worte des Latinums im Buch der Kirche ernst gemeint sind! Ich schließe mich deshalb uneingeschränkt den Forderungen meines Weibes an!"

Baldur hatte sich kraftlos wieder auf die Bank gesetzt und schloss seine Augen. „Gerechtigkeit, ich will einfach nur Gerechtigkeit!" flüsterte er und spürte die zarten Lippen seines Weibes auf der Wange: „Ich liebe dich, Baldur von Hagen!" sagte sie und schmiegte sich eng an ihn, als die Sitzung für geschlossen erklärt wurde und die Leute friedlich und ruhig den Saal verließen. Die bange Frage stand im Raum:

Wie würde König Karl entscheiden? Würde es eine Wende zum Guten geben, oder müssten sie weiterhin als Friedlose über die Dörper ziehen, auf der Flucht vor anderen Gesetzlosen und sich mit Possen und Gauklerstücken ein dürftiges Brot verdienend den Rest ihres Lebens in Armut verbringen?

Neues Ungemach ums Erbe

Auf Burg Gneisenstein war die Kunde in aller Munde. Angst und Ratlosigkeit herrschte unter den Bewohnern. Wie würde es mit ihnen weitergehen? Es gab nur einen Verbündeten, der nun fürchterliche Rache gegen jeden nehmen würde, der dem Grafen Gero nicht geholfen hatte! „Die Hohenheimer werden hierher kommen! Es waren immer die treusten Männer, wenn es darum ging, noch mehr Beden aus den Leibeigenen zu pressen. Die entfernten Verwandten des Falko von Gneisenstein werden es sich nicht nehmen lassen, die brach liegenden Ländereinen für sich zu beanspruchen, denn ein Urteil über das Erbe steht immer noch aus! "
„Bewahre uns vor den Hohenheimern, die selbst in den umliegenden Dörpern ihres Areals wüten wie die Nordmänner! Auch diese Grafenbrut hält sich schon lange nicht mehr an die Gebote unseres Königs. Es wird Zeit, dass unser Landesherr endlich erfährt, wie es um seine Länder steht. Eine Grafschaft nach der anderen wird zum Spielball des niederen Adels, ungeachtet der Erlasse, die aus Aachen ergangen sind!"
Der endgültige Bescheid vom Amtssitz des Königs war vom Herold überbracht worden, die Versammlung fand sich wieder im großen Saal des Zeughauses ein und Baldur hielt die schweißnasse, zitternde Hand seines Weibes Gesine.
„Beruhige dich, es wird gut werden!" sagte er, vielleicht sogar um sich selbst Mut zuzusprechen, denn die Adeligen und der Klerus waren unberechenbar, das hatte er nur allzu oft am eigenen Leib erfahren müssen. Doch diesmal waren sie im Besitz des ersten Schreibens, dass den Freunden durch den Vertreter des Landesherrn persönlich in Aachen übergeben worden war. Es wurde ruhig im Saal, als die Scheffen mit dem Magister, allesamt feierlich gewandt, ihre Plätze einnahmen.
„Da die Vollzähligkeit der Scheffen bestätigt wurde und alle

Anwesenden hier versammelt sind, können wir das Pergament unsres Landesherrn verkünden! Schreiber, lese er vor! Deutlich und langsam!" Der Genannte stand auf, rollte das Schreiben auseinander, räusperte sich und las.

Zuerst wurde die Sachlage noch einmal ausführlich geschildert, die Vergehen des alten Grafen benannt und die letzten Verbrechen seines Sohnes erwähnt, bevor man zur eigentlichen Wortfindung kam: „ . . . und so erkläre ich hiermit das Weib Gesine zur rechtmäßigen Gräfin von Gneisenstein. Sie erhält die Burg und umliegenden Ländereien als Lehn zur Verwaltung im Namen unseres Königs, Karl dem 5.! Das Anliegen, die damit überlassene Leibeigenschaft nicht in vollem Umfang durchzusetzen, obliegt der Gräfin Gesine. Vereinbarte Beden, sowie der Zehnt an die Kirche sind weiterhin zu den Iden eines jeden Mondes zu leisten. Sollten diese Zahlungen in Rückstand fallen, so wird dies auf die Burgbewohner und die Gräfin zurückfallen. Wir, König Karl von Gottes Gnaden, sehen darin einen Fortschritt, den wir gewillt sind, durchzusetzen. Zu diesem Zweck entsenden wir jedoch keine wehrhaften Söldner, da unsere Landsknechte an den Außengrenzen in vielfältige Scharmützel verstrickt, dringender benötigt werden.

Signiert mit R. C. V. (für Rex Carlus den V.)"

Er rollte das Pergament wieder zusammen und übergab es dem Magister. Ein raunendes Gemurmel entstand, denn man war sich der Tragweite dieses Schreiben nicht so recht bewusst. Man verstand zwar, dass Gesine mit ihrem Mann nun die Ländereinen verwalten würde, aber auch, dass sie keine Hilfe vom hohen Adel dafür erwarten konnte. Man war auf sich alleine gestellt. Baldur sah Probleme auf sich zukommen, denn die Grafen zu Hohenheim die hier mit keinem Wort erwähnt worden waren, bestanden darauf, das Erbe mit Gewalt antreten zu wollen.

Kapitel 3   Der Angriff der Hohenheimer

Es würde ein Bürgerkrieg entstehen und im fernen Aachen hielt man sich nicht für zuständig. Zwei Boten des Grafen aus Hohenheim hatten der Sitzung mit Genugtuung beigewohnt und eilten nun zurück zu ihrem Herrn, um ihm die eindeutige Botschaft mitzuteilen, dass von oberster Stelle keine Hilfe für die Gneisensteiner zu erwarten wäre. Wie sollte Baldur eine Streitmacht aufstellen können, wenn ihm dazu die finanziellen Mittel fehlten, um Söldner anzuwerben? Die Hohenheimer sahen ihre Chance, jetzt von den Ländern Besitz zu ergreifen. Sie schienen lange auf diesen Augenblick gewartet zu haben. Gesine ließ sich eine Abschrift des königlichen Urteils geben und begab sich mit Baldur und den Freunden schnellstens zur Burg Gneisenstein, um einerseits den Burgbewohnern die Kunde zu überbringen und andererseits die notwendigen Vorbereitungen zu treffen, um die Feste wirkungsvoll für den anstehenden Kampf zu rüsten.

Gerade einmal zweihundert Soldaten, zusammengewürfelt aus Landsknechten, ehemaligen Söldnern und entwurzelten Rittern, daraus bestand die verhältnismäßig kleine Truppe, mit der Baldur nun versuchen musste, dem bevorstehenden Angriff des Hohenheimer Grafengeschlechtes entgegen zu treten.

Vom König war, wie die Verhandlung gezeigte, keine Unterstützung zu erwarten, sie waren auf sich alleine gestellt. „Verfügen die Hohenheimer über Arkebusen und Bombarden, oder wird von denen die große, gefährliche Steinschleuder, die Trebuchet eingesetzt?" Ratlos schauten sich die Männer an, die sich im großen Rittersaal des Palas versammelt hatten. Keiner war in der letzten Zeit in der Nähe der Burg Hohenheim gewesen, schließlich lag sie hinter der südlichen Grenze dieser Grafschaft, aus der Gernot mit seiner Schwester geflohen war.

Kannte wirklich keiner die Bewaffnung dieser Feste?

„Holt mir den Troubadour, der uns in der kleinen Feste des Gero von großem Nutzen war und sich sehr gut auskannte. Vielleicht führte ihn sein Weg ja auch nach Hohenheim und er weiß darüber zu berichten. Die Angaben, die er uns damals machte, entsprachen der Wahrheit!" Die beiden Knappen des Baldur fühlten sich angesprochen und eilten aus dem Saal, denn sie hatten noch gestern Abend in der Burgtaverne den schmachtenden Klängen seiner Laute gelauscht. Alle Fenster der Kemenate waren weit geöffnet, obwohl die herbstlichen Winde schon kräftig die kälteste Zeit ankündigten. Verstohlen hatten die edlen Damen aus den Windluken herunter geschaut, da sie annehmen mussten, dass sich der Liedermacher dort unten schmachtend aufstellte und zu ihnen hinauf sehen würde. Ein wenig enttäuscht waren sie schon, dass dies nicht der Fall war und er die Saiten seines Musikinstrumentes nicht nur für die Weiblichkeit zum Klingen brachte.

„Es würde doch keinen Sinn ergeben, wenn Graf Widukind mit seinen Mannen den gewaltigen Marsch auf sich nehmen würde und mit den schweren Bombarden, die eine jede wohl an die zwei Zugpferde benötigt, hierher kommt. Wie sollte er das schaffen? Die strategische Lage ihrer Feste war optimal.

Am spitzen Ende eines Hochplateaus war ein felsiger Sporn, aus dem die Mauern der Burg geradezu emporwuchsen.

Das gesamte Areal war ursprünglich dicht bewaldet gewesen und schon vom Grafen Utz von Gneisenstein, dem Großvater des Gero, großflächig gerodet worden. Nur an den Rändern des hochgelegenen Grundstücks war wieder ein Mischwald entstanden. Der einzige Zugang zur Feste bestand in einem Schotterweg, der von tiefen, künstlich angelegten Gräben begrenzt wurde. Die Angreifer waren so gezwungen, einem Lindwurm gleich, hintereinander zur Befestigung zu gelangen. Von den drei anderen Seiten der dreieckig angelegten Feste war ein Eindringen völlig ausgeschlossen. Es sei denn, man würde gut ausgebildete Gaukler und Artisten dazu bringen, die steil abfallende Felsstruktur des harten Gneises zu erklimmen, das der Grafschaft seinen Namen gegeben hatte.

Man grübelte darüber, während die Sichel der Luna gemächlich am dunklen Firmament vorbeizog und schwache Lichtstreifen durch die dick verglasten Windluken schickte. Das Licht wurde zu hell wechselnden Flecken, denn die Unreinheiten der groben Gläser ließen weder ein Hindurchsehen, noch eine klare Struktur erkennen. Man war froh darüber, dass es den Künstlern aus dem fernen, südlich gelegenen Venezia überhaupt gelungen war, neben prunkvollen, bunt verzierten Trinkgläsern auch glatte Flächen herzustellen. Sie konnten in die Windluken eingepasst werden und das Verdichten der herkömmlich allseits benutzte Stroh und Stofffetzen ersetzen, so man sich die extrem kostspielige Ware leisten konnte. Baldur würde bei Gelegenheit seiner Gesine mehr über diese „cristales" erzählen müssen, denn sie war begeistert über diese Art, eine Windluke ohne Lichtverlust verschließen zu können. Er hatte herausgefunden, wieso sich Gero als niederer Landgraf überhaupt seine Windluken damit ausstatten konnte, denn bisher galt das nur für den Klerus und den Hochadel.

Man war im Begriff, die Runde aufzulösen, als die Knappen hereinplatzten, den betrunkenen Barden in ihrer Mitte.

„Ist er noch seiner Sprache mächtig, oder sind seine Sinne im Becher verschwunden?" Ein Knappe löste sich von dem Mann und während er auf die Ritter zukam, die um das offene Feuer saßen, erübrigte sich die gestellte Frage, denn ohne die zweite, seitliche Stütze fiel der Troubadour um und riss dabei den anderen Knappen mit sich zu Boden.

„Bringt ihn in sein Schlafgemach, wir werden Morgen mit ihm reden, denn in diesem Zustand wird er nur unverständliches Zeug von sich geben. Ich brauche aber klare Worte!"

Während sich die Knappen redlich mühten, den trunkenen Mann wieder auf seine elastischen Beine zu bringen, standen die Ritter auf und begaben sich zur Nachtruhe.

Als Baldur sein Schlafgemach betrat, wunderte er sich, dass Gesine immer noch an der Windluke stand, herausschaute und vorsichtig die wellige, kalte Oberfläche der cristales berührte.

„Du bist noch wach?" Er trat hinter sie und umschlang mit seinen kräftigen Armen den zierlichen Körper seiner Geliebten. „Wunderschön! Mich erstaunt es immer wieder, dass wir keine Strohbündel und Stoffe in die Luken stecken müssen. Sie sind auch viel größer, als jene, die ich zu Gesicht bekam."

„Und sehr kostspielig, dazu!" Während er sich auskleidete fügte er traurig hinzu: „und ein Menschenleben haben diese Scheiben auch gefordert!" Unwillkürlich zuckte Gesine und nahm ihre Hand von der kalten Fläche: „Ein Leben gefordert? Wieso?" Baldur wusch sich notdürftig mit der bereitstehenden Schüssel das Gesicht, die Achselhöhlen und seine Männlichkeit mit dem Wasser und rieb mit Salbeiblättern seine Zähne ein. Nun warf er das bodenlange Linnen Hemd über und stieg in die Bettstall, hob die wärmende Decke einladend und forderte Gesine auf, zu ihm zu kommen. „Es ist eine traurige Geschichte, aber sie ist so geschehen."

Sie schmiegte sich an ihn: „Erzähl, auch wenn es mich gruselt. Du bist ja bei mir!" Baldur erzählte nun, was er mitbekommen hatte, als der alte Graf Falko von solchen Scheiben erfuhr, die er sich niemals auf normalem Weg hätte leisten können. Es war Markt, ein normaler Tag, wie viele andere davor, als er solche, „cristales" genannten Gläser am Stand eines Alchemisten sah. Er entbrannte vor Leidenschaft. „Ich will sehen, was ich für Euch tun kann, aber es wird nicht billig! Die gefährliche Reise bis Venezia, der Transport der zerbrechlichen Güter . . das muss mir mindestens 5 Gulden pro Stück einbringen!"

„Lass dir etwas anderes einfallen! Den Preis zahl ich dir nicht!

Ich bin bereit, dir . . . sagen wir einmal zwei Gulden zu zahlen. Pro Windluke, versteht sich! Und es sind derer allein in der Kemenate fünf Stück!" Der Alchemist schüttelte den Kopf und wandte sich einem anderen Kunden zu. „Edler Herr, was kann ich für Euch tun?" Graf Falko fühlte sich beleidigt. Welche Demütigung musste er da in seiner eignen Feste erfahren? Von einem Niederen . . . Er griff ihn am Hals und zog mit der freien Hand seinen Dolch vom Leder: „Du wagst es? Ich werde das Geschäft mit dir machen, nur jetzt ist der Preis, den ich zu zahlen bereit war gerade um einen weiteren Gulden gefallen!" Die umstehenden Burgbewohner, die den Jähzorn ihres Herrn kannten, liefen sofort auseinander. „Herr, Ihr ruiniert mich!" Falko lockerte seinen Griff nicht und flüsterte nun sehr leise, aber dafür drohend und gefährlich: „Treibst du nicht schwarze Magie? Wurden dir nicht wiederholt Hexenkünste unterstellt? Wenn es dir lieber ist, dass ich dem Bischoff berichte, was deine Person betrifft, so will ich das gerne tun!" Die Erpressung wirkte, denn alleine die Bezichtigungen hätten ausgereicht, ihn auf dem Marktplatz brennen zu sehen, denn er war gesetzloser als die Leibeigenen und wurde als Händler nur gerade so geduldet. „Ich werde mich bemühen, Euren Wünschen zu entsprechen, Herr! Gebt mir den Winter Zeit, die Sache zu überdenken!" Falko ließ von ihm ab, ging zu seinem Kastenwagen, riss die Tür auf und entdeckte ein Weib, das einem Kleinkind gerade die Brust gab. Der Alchemist rannte hinter ihm her. „Mein Weib, Herr! Sie hat damit nichts zu tun!" „Oh, du verkennst deine Lage! Sie wird in dieser Feste bleiben, bis in meinen Windluken deine Scheiben eingesetzt sind! Es liegt nun an dir, wie lange du auf dein Weib und deine Brut verzichten magst!" Er drehte sich um und rief seine Männer: „Nehmt sie und das Balg mit! Bewacht sie gut, denn es kostet euren Kopf, so sie von hier entflieht! Habt ihr verstanden?" Gesine lauschte hellwach und gespannt den Worten. „Ist das nicht Willkür?" Baldur stand auf und holte Krug und Becher und kam zurück unter die Decke. Dann schüttete er einen Schluck Rebensaft in das Trinkgefäß und hielt es seinem Weib hin: „Graf Falko war so! Aus diesem Grund hab ich dich auch so schnell ich konnte, aus dem Köhlerhof in die Feste geholt! Aber es wird noch dramatischer! Hör zu. Weib und Kind des Alchemisten lebten zwei Winter bei uns in der Feste, immer streng bewacht von den Soldaten. Im folgenden Jahr, in den Iden des zweiten Mondes, kam der Alchemist zurück auf die Feste. Er brachte einen Mann mit, der unserer Sprache nicht mächtig war. Edel gewandet und mit Sicherheit kein Leibeigener. Wie sich schnell herausstellte, war es ein „cristalo", ein Künstler aus Murano, der die Fähigkeit hatte, aus geschmolzenem Quarzsand eine zähe Flüssigkeit herzustellen, einzufärben und daraus Flaschen, Trinkgefäße, sowie diese durchsichtige Scheiben zu machen.

Sein Können bot er nun dem Grafen an, jedoch machte er sofort auch darauf aufmerksam, dass er niemals wieder auf die kleinen Inseln bei Venezia zurückkehren könnte, da er nun bei seinen Landsleuten als Verräter galt.

Das Weib und der Balg des Alchemisten wurden freigelassen und man hat sie nie wieder in der Nähe der Feste angetroffen. In der Burgschmiede wurde nun eifrig Sand geschmolzen und der fremde Südländer arbeitete das ganze Jahr über an den „cristales". Als seine Arbeit fast beendet war, geschah das Unfassbare! Er wurde morgens im Pferdestall tot aufgefunden. Zuerst dachten alle, dass Graf Falko den Preis einsparen wollte, bis man die Todesursache vom Bader erfuhr. Man hatte ihm die Zunge herausgeschnitten und ihn anschließend mit einem gläsernen Stillet getötet, an dem ein Pergament hing. Ein Söldner, der ursprünglich im Dienste der Visconti, nördlich von Florenz gewesen war, konnte die Schrift übersetzen. Es war die Strafe für den Geheimnisverrat des cristalo!"

Gesine schüttelte den Kopf: „Wie furchtbar! Der Südländer gab also sein Leben für einen Traum? Oder wurde er vom Alchemisten in seine Arbeit genötigt, damit der sein Weib retten konnte? Und die Scheiben wurden nie entlohnt?"

Baldur hob beide Hände. „Das ist das Tragische an der ganzen Geschichte! Graf Falko hat seine Scheiben bekommen, ohne einen einzigen Albus dafür zu zahlen. Es war im Gegenteil so, dass ein ehrlicher Handwerker dazu verleitet wurde, seine Zunft zu verraten, das Geheimnis seiner Kunst preis zu geben und somit hatte er nach dem ungeschriebenen Gesetz der Dogen sein Leben verwirkt!"

„Weiß man, wer ihn tötete?" Baldur schüttelte den Kopf und leerte den Becher, bevor er ihn neben die Bettstall stellte.

„Man weiß noch nicht einmal, wie es diesem gedungenen Mörder gelungen war, ihn hier in den fremden Landen überhaupt zu finden, sich ihm ungehindert in dieser Feste zu nähern und in einer stillen Stunde diesen heimtückischen Mord begehen zu können, ohne einen Verdacht zu erregen."

Baldur zog die Decke gerade, die nun drohte, seitlich von der Bettstall auf den Boden zu rutschen. „Traurig ist auch, dass sich der „cristalo" bei jeder Scheibe, die er in eine Windluke einpasste und befestigte, sofort hinkniete und bekreuzigte.

Er hatte mittlerweile ein paar Worte unserer Sprache gelernt und so habe ich ihn oft sagen hören: „Ich tot! Madre mia! Mund auf, Zunge ab und dann tot! Mortale!" Es schauderte Gesine, die sich noch mehr an Baldur klammerte und doch überkam sie die Müdigkeit. Sie schlief wohlbehütet in seinen Armen ein, jedoch nicht ohne einen wüsten Traum zu durchleben.

Es dauerte noch ziemlich lange, bis Gesine die Geschichte gänzlich verdaut hatte und auch deswegen war sie froh, dem verhassten Grafen sein verwirktes Leben genommen zu haben.

Am nächsten Tag ließ Baldur die Knappen kommen. Er saß mit ein paar Rittern vor dem offenen Kamin: „Ist der Spielmann wieder bei Sinnen? Die Sol steht hoch am Firmament! Wenn er kann saufen, so soll er auch reden können! Geht zu ihm, schüttet ihm einen Bottich Wasser über den Pelz und schleppt ihn zu mir! Er wird nicht umsonst beköstigt und versorgt!" Die Knappen gingen, um den Auftrag zu erfüllen, als ihnen Baldur noch hinterher rief: „Und dass er mir die Weiber nicht noch mehr verwirrt! Schon viele Male sah ich ihn des Morgens wie ein Kater, sein Gewand über dem Arm, barfuß und nur mit Beinlingen dürftig bedeckt, aus der Kemenate schleichen!"

Nach einer gefühlten Ewigkeit klopfte es an der Flügeltür zum Rittersaal. Den Kopf tief gesenkt, wurde der Troubadour von den Knappen in den Raum begleitet. „Er hat nur leider einen Kopf wie der Korb der Immen! Kein Wunder, bei den Krügen, die er gestern Abend in der Taverne geleert hat!"

Baldur hatte sein Gespräch mit den Rittern unterbrochen und drehte sich zu den Jünglingen um: „Was ist mit ihm? Hat er seine Stimme verloren? Kann er nicht für sich sprechen?"

„Herr, ich habe eben erst von Euren Knappen erfahren, dass Ihr mich schon gestern Abend sprechen wolltet . . " Während die beiden angehenden Ritter neue Holzscheite ins Feuer legten, nickte Baldur gutmütig zu den Worten des Spielmanns: „Du warst sogar hier! Also dein Körper war hier, um es genauer auszudrücken, denn dein Geist war wohl noch in der Taverne!"

Er machte eine einladende Geste und deutete auf den Sessel, der neben ihm stand. „Hast du gespeist?" Der Angesprochene schüttelte den Kopf: „Versucht hab ich es, aber das Fladenbrot und der Käse nahmen schneller den Weg wieder zurück, als mir lieb war!" Baldur schaute zur Seite: „Erspar mir den Auswurf! Weißt du, warum ich dich holen ließ?" Der Musikus nickte: „Aber ja, Herr! Sollten die Hohenheimer Eure Feste angreifen, so wollt Ihr sicher sein, dass ich auf Eurer Seite stehe, stimmt`s?" Baldur wiegte den Kopf hin und her. „So ähnlich! Aber ich frage dich auch, ob du weißt, mit welchen Waffen mich Graf Widukind hier angreifen könnte? Hat er auch von den Franken Bombarden und Lunten Gewehre bekommen, wie der frühere Graf dieser Feste?" Nun war der Troubadour in seinem Element. „Hat er, Herr! Hat er, aber die Bombarden sind etliche Klafter größer, als die des verstorbenen Gero! Es wird ihm unmöglich gelingen, diese Monster hierher zu bringen, denn die Franken benötigten für jedes Geschütz sechs Kaltblüter . . . und das auch nur vom Mäander – Fluvius bis zu seiner Burg! Das alleine hatte sechs Tage gedauert und die Strecke ist, wie Ihr wisst nur halb so weit wie hierher.

Er wird mit seinen berittenen Männern angreifen, die mit den neuste Arkebusen und Kurzschwertern, den Sax, ausgestattet sind. Derer hat er wohl an die dreihundert Reiter in seinen Diensten!" Baldur atmete auf, denn es war gut, dass man die Feste wohl nicht mit den großen Katapulten angreifen würde, denn die waren noch ein Vielfaches schwerer und sperriger, als die Bombarden. „Da ist noch etwas, Herr! Ich hab ein Gespräch belauscht, zwischen Graf Gero und Widukind, die sich damit brüsteten, wer den besseren Geheimgang zu seiner Feste hat. Bei den genauen Erklärungen ging es eindeutig um einen zweiten Zugang zu dieser Feste, die vom Gewölbe des Bergfrieds in einer Wendeltreppe durch den Gneis gehauen, bis zum Tal führt. Kennt Ihr diesen Weg?"

Baldur kannte ihn nicht und war sehr verwundert, dass dies zu seiner Zeit nie erwähnt worden war. „Lasst Gernot und Til danach suchen! Sag ihnen, was du in Erfahrung gebracht hast und dann komm zurück und berichte mir über die Hohenheimer, denn ich darf doch annehmen, dass du dich mittlerweile hier, bei uns wohlfühlst und mir mehr als eine Gefälligkeit schuldest, oder etwa nicht?"

„Herr Ritter, ich habe unter der Willkür der Grafen von Hohenheim leiden müssen und hier erfahren, dass es Til, dem Gaukler auf eben dieser gleichen Feste genauso ergangen ist. Ich bin Euer Mann! Ihr könnt auf mich zählen, wenn Ihr. . . "
„Sprich, was forderst du?" Der Troubadour druckste herum: „Nun, die Edelfrauen suchen Minne und ich kann ihnen als Bänkelsänger dabei behilflich sein!!" Baldur lächelte: „Einer einzigen kannst du behilflich sein! Nicht allen, du Weiberjäger! Nun geh schon und bring meine Freunde zum Bergfried!"
Er wandte sich an die Ritter: „Wusste einer von euch von einem geheimen Gang?" Die Männer waren sichtlich erstaunt darüber, dass sie schon seit längerer Zeit hier ihren Dienst verrichteten und niemand von einem zweiten Zugang wusste. „Könnten das nicht Hirngespinste eines versoffenen Musikus sein, oder überhebliche Behauptungen des Grafen?" „Möglich ist alles und bald werden wir Gewissheit haben, denn Gernot und Til werden nicht eher ruhen, bis sie der Sache auf den Grund gegangen sind!" Baldur wechselte das Thema und gab seine erdachten Pläne für die Verteidigung preis:
„Wir werden die Zeit nutzen, um weitere Erdwälle vor den Mauern zu errichten. In Gräben werden wir Fallgruben bauen, die mit geschmiedeten Spitzen im Boden für Überraschungen sorgen werden. Mit Ästen und Blätterwerk abgedeckt, werden die Gruben nicht zu sehen sein und in kleineren Löchern auf dem Plateau werden Öl-Fässer darauf warten, von uns gezündet zu werden." „Was ist mit dem Pulver, das wir vom Alchemisten bekommen haben und das die Bürger am Burggraben in Panik versetzte?" Hoffnung keimte auf und die Gewissheit wuchs, dass es ein fürchterliches Debakel für die Hohenheimer werden würde, denn die dachten immer noch, dass Angst und Zwietracht unter den Erben von Gneisenstein herrschen würde. Wie sehr sie sich getäuscht hatten, würden sie bald am eigenen Leib erfahren.

„Hier müsste der Ausgang sein!" Der Troubadour zeigte auf den Pferdestall, der in dem Gespräch erwähnt worden war.
„Oder der Eingang! Es kommt auf den Standpunkt an. Nähere Angaben hast du nicht erfahren können? Ich sehe hier nur kahle Wände, Stellplätze und daneben die Tenne, voller Stroh!" Sie öffneten die großen Flügel-Tore weit, um genügend Licht für die Suche zu haben. „Hier ist nichts!" rief Gernot aus einer Ecke, während Til die Strohballen im Nebenraum beiseite räumte und den Holzboden absuchte. Ein schwieriges Unterfangen, denn die Tenne war bis zur Hüfte ganz mit zusammengepresstem Stroh gefüllt. Da trat er schmerzhaft auf eine hervorstehende Unebenheit auf dem Boden. „Ihr müsst mir helfen, ich glaube hier liegt was!" Gernot kam alleine: „Er ist gegangen, denn er hatte es eilig. Baldur würde ihn dringend erwarten, meinte er! Wenn das mal stimmt, mit dem Gang, dann kannst du mich Harlekin nennen!" Gemeinsam schleppten sie die schweren Ballen in den Durchgang, der zum Stall führte. Langsam lichtete sich der Raum und eine staubige Schicht bedeckte den Holzboden. Gernot quetschte sich an dem Stroh vorbei und ging in den Pferdestall zurück, wo er einen Reisigbesen gesehen hatte. Nachdem er sorgfältig den Boden gefegt hatte, suchten sie die Holzbalken gründlich ab und wurden nach einer Weile tatsächlich fündig. „Ein geschmiedeter Eisenring ist hier an einem Balken befestigt! Wozu?" Sie steckten eine Stange durch den Ring und versuchten, sie hochzuheben. Einige Bohlen schienen sich zu bewegen, fielen aber sofort wieder herunter. Eine dichte Staubwolke erfüllte die Tenne und veranlasste sie, mit den Händen vorm Gesicht den Raum zu verlassen. Als sich der Staub legte, gingen sie zurück und sahen, dass sich ein Viereck, fein säuberlich ausgesägt, auf dem Boden abzeichnete.
Das war eine Falltür! Sofort wurde sie geöffnet und sie schauten in das düstere Loch eines senkrechten Schachtes.

Mehrere Eisen waren in der Felswand untereinander im Abstand einer Elle angebracht. Man konnte sie als Trittleiter benutzen. Jeder nahm eine Fackel und bahnte sich durch das Spinnengewebe der letzten Jahrzehnte, bevor sie fünf Klafter tief im Tunnel das flammende Licht entzündeten. Bald wurde der Gang flacher und hatte ab hier eingeschlagene Steinstufen. So stiegen sie vorsichtig immer weiter im Berg herab.

Es waren wohl noch gute zehn Mannslängen bis zur untersten Sohle, wo sich der Ausgang befinden musste, als sie mehrere, helle Lichtstreifen im Gang entdeckten. Sie mussten hier wohl ziemlich nahe an der äußeren Felswand sein, denn durch kleine Risse und Fugen strahlte das Sonnenlicht herein. Gernot blieb auf einer Steinstufe sitzen und zeigte auf die hellen Streifen. „Hier sollten wir einen Durchbruch nach außen wagen, denn von dieser Stelle könnten wir mit herunter gelassenen Körben versorgt werden!" Til nickte und stieg die letzten Stufen herab, um das rostige Gitter näher zu betrachten. Der schwache Lichtschein hier unten bestätigte seine Vermutung, dass sehr viel Geröll und Dreck das Gitter bis zur Hälfte verschüttet hatte. Fest verkeilte Gesteinsbrocken hinderten ihn daran, das Gitter prüfen zu können. „Und?" rief Gernot: „wie sieht's aus?" „Vergiss es! Wir werden nicht umhin kommen, tatsächlich einen Felsdurchbruch bei dir oben zu wagen. Das lose Gestein können wir einfach nach unten fallen lassen, es wird den unteren Einlass fest verschließen!" „Komm hoch, wir holen Werkzeug und vergrößern den Felsspalt, damit gerade eben ein Mann hindurchpasst. Von unten wird man nicht auf diese Stelle aufmerksam, wenn wir mit Geäst den Spalt verschließen."

Til kletterte wieder zum Schmied hoch um mit ihm wieder zur Tenne empor zu klettern. Aus der Schmiede holten sie eiserne Harken, Brechstangen, einen schweren und einen leichteren Hammer. Sie legten die Werkzeuge in einen ledernen Sack und ließen ihn an einem langen Hanfseil herab, bevor sie hinunter stiegen und bald tief im Fels verschwunden waren. Lediglich der flackernde Schein der Fackel ließ erahnen, dass dort unten etwas im Gange war.

Der Gneis war viel härter, als gedacht und erforderte zwei Tage Arbeit, bis sie endlich mühsam einen klafterbreiten Spalt, knapp mannshoch in die besagte Stelle geschlagen hatten.

Während sie im Geheimgang arbeiteten, entstand Unmut unter den Soldaten und Landknechten, die keinen Sinn darin sahen, dass der Schmied und der Gaukler ihnen nicht bei den aufwendigen Arbeiten vor den Mauern behilflich waren, aber Baldur hatte beschlossen, den Männern nicht zu offenbaren, was sie innerhalb der Feste machten. Man wusste ja nie, wer noch als Spion unter ihnen weilte.

Ihre Arbeit war nicht unnütz, wie sich bald zeigen würde.

Als sie nach der Arbeit mit dem Burgherrn zusammensaßen, stellte Gernot eine Frage, die ihm auf der Zunge brannte.

„Könnten wir eigentlich ausgedürstet werden? Baldur schien von der Frage unberührt, denn er antwortete sehr schnell mit einem klaren: „Nein! Wieso fragst du?"

„Nun, im Stollen kamen mir diese Gedanken, denn der Brunnen im Hof müsste doch genauso tief, wenn nicht noch tiefer in den Gneis geschlagen sein, oder?" Baldur schüttelte den Kopf und holte ein Pergament, auf dem die Lage der Feste und alle Gebäude aufgezeichnet waren. „Schlau war er ja, der alte Graf! Das kann man ihm nicht abstreiten!" Er rollte die Skizze auf dem Tisch aus und beschwerte die Ränder mit mehreren Krügen. „Das hat er sich von seinen Baumeistern anfertigen lassen. Jede Feste wird, wie ihr wisst, ohne Plan gebaut. Damit aber seine Nachfahren jeden Winkel und jedes Gebäude im Grundriss wissen sollten, war das eine Arbeit, die man zwar anfertigte, aber für völlig überflüssig ansah!" Er beugte sich darüber, strich die Unebenheiten flach. „Nur seltsam, dass dieser Gang nicht eingezeichnet ist!" Er fuhr tastend mit der Hand über das Pergament, bis er fand was er suchte: „Hier ist der Brunnen und daneben steht geschrieben, dass man nicht so sehr tief in den Gneis schlagen musste." Er erklärte: „Der gegenüberliegende Berg, eindeutig höher als Gneisenstein hat mehrere Bäche, die dort ins Tal stürzen. Einige aber sind unter dem harten Gestein gefangen, können dort nicht an die Oberfläche und drücken das Quellwasser hier, unter unserer Feste wieder hoch. Nach jeder Schneeschmelze, Ende des Winters ist der Wasserstand nur fünf Klafter tief, im Rest des Jahres fällt er nie weiter zurück, als fünfzehn Klafter. Gegraben hat man aber, Moment, hier steht es doch irgendwo! Gleich hab ich`s . . . . " er schaute an den Rand, wo eine handschriftliche Bemerkung war: „Hier ist es! Sie standen bei niedrigstem Inhalt hüfttief im Wasser. Mehr war nicht möglich, denn unter Wasser konnten sie nur den Fels zerschlagen und mit Eimern herausholen. Die Quelle füllt also den Brunnen immer wieder nach!" Gernot war fast zufrieden: „Und wie ist es mit den Speisen? Wie lange können alle Burginsassen satt werden, sollte jemand die Feste erfolgreich belagern?" Baldur stemmte seine Hände in die Hüfte: „Warum wohl, habt ihr den Geheimgang wieder begehbar gemacht he?" „Wenn uns am unteren Ende der Steilwand fremde Ritter daran hindern, aus dem Fels zu kommen, wie soll es dann möglich sein, von da aus Güter in den Gang zu bekommen?"

„Du siehst den Popanz! Warum dünkt es dich, solche Sachen zu beschwören? Wenn . . .und wenn dann . . .

Wir werden abwarten und schauen, wie weit die Hohenheimer es schaffen, unsere Kreise zu stören! Unter dem Palas und der Kemenate sind mehrere Gewölbe in den Gneis geschlagen, die sind gefüllt mit abgehangenem Wild, Fässern voller Korn, Hirse und Hafer. Stroh für das Vieh ist auf der Tenne im Stall, kurzum: Ich schätze, dass unsere Vorräte mindestens für zwei Monde reichen! Bist du jetzt zufrieden?"

Sie hatten durch ihre Späher die Gewissheit, dass die Grafen von Hohenheim trotz der Anstrengungen drei Bombarden mit sich führten. Sie wurden von je sechs Gäulen gezogen und es würde ein gewaltiger Kraftakt werden, wenn sie unterhalb des Gneis Felsens angekommen waren. Der Aufstieg zur Spornburg des Baldur und seiner Gesine war nicht allzu steil, aber es genügte, um mindestens zehn Pferde vor die Geschütze zu spannen. Eine Herausforderung, denn die acht Kurven, die der Weg in Serpentinen nach hier oben machte, waren schon für einen Leiterwagen schwer zu nehmen.

Da hatte Fin einen genialen Gedanken, den er sofort seinen Freunden mitteilte. Dann platzten sie mit der Neuigkeit in den Speisesaal, wo Baldur mit seinem Weib beim Abendbrot saß. Die Hunde sprangen jaulend auf und verkrochen sich, als die Männer so ungefragt die Runde störten. Baldur legte seinen Löffel beiseite und verdrehte die Augen: „Freunde, das geht zu weit! Wie wichtig es auch sei, ich wünsche beim Essen nicht gestört zu werden. Lasst euch Hammelkeulen und Becher geben, setzt euch zu uns und gebt Ruhe bis wir gesättigt sind!"

Sie schämten sich ein wenig, ob der Ungeduld, die sie gezeigt hatten, jedoch bedurfte es in dieser Angelegenheit keinen großen Aufschub, wenn der Plan des jungen Fin gelingen sollte. So schlangen sie auch gierig und nervös ihre Speisen herunter und warteten ungeduldig darauf, dass man die Reste der Speisen abdeckte und die Bohlenbretter von den Böcken an die Wand stellte, man also die Tafel aufhob.

Der Page war mit der Schüssel Wasser und dem Linnen herumgegangen und als alle Hände wieder gereinigt waren, stand Baldur auf und kam quer durch den Saal auf die Freunde zu: „Nun, was war so wichtig und duldete keinen Aufschub?" Endlich durfte er seinen Gedanken freien Lauf lassen und den Plan an den Burgherrn und Gesine weitergeben.

Fin hatte von dem gewaltigen Treck erfahren und auch davon, dass man viele Gäule benötigte, um die schweren Feuerrohre hier nach oben ziehen zu können.

„Was wäre, wenn sie auf halber Strecke aufgeschreckt würden und man die Pferde in Panik versetzt? Der Weg ist schmal und an einigen Stellen sehr rutschig. Wenn wir die Zugtiere dazu bringen, nervös zu werden und auszubrechen, so würden die Bombarden unwiderruflich vom Weg stürzen. Dann kann keine Kraft die schweren Rohre wieder zurück auf den Schotterweg heben, richtig?" Fin schaute erwartungsvoll auf den Burgherrn, der sich sein behaartes Kinn rieb. Diese Geste machte er immer, wenn ihm ein Gedanke besonders gefiel.

„Nun, das ist eine Überlegung wert, jedoch wie wollt ihr es schaffen, eine solche Unruhe unter die Angreifer zu bringen?" Der aufgehenden Sol gleich, strahlte das Gesicht des Fin, als er ein kleines Stoff-Säckchen aus seinem Lederbeutel kramte und den Inhalt in seine offene Handfläche schüttete: „Damit!" rief er, ging zur Feuerstelle und warf das schwarze Pulver hinein. Die glimmende Glut antwortete sofort mit einem lauten Zischen und eine Flammenglut durchflutete den Raum.

„Ich weiß, wie wir dies Hel - Feuer im angreifenden Lindenwurm zünden können, ohne zu nahe an den Kriegern zu sein!" Baldur nahm einen Stuhl, setzte sich und schaute die beiden anderen Freunde an: „Wessen Idee war das? Sagt!" Gernot und Til deuteten mit den Köpfen zu dem eifrigen Fin, der immer noch sein strahlendes Gesicht zeigte.

„Sein Gedanke! Ganz alleine, aber wir haben es durchdacht. Es ist eine glänzende Idee, wenn wir Unruhe in den Treck bringen, sobald er sich am Fuße des Gneises in Bewegung setzt, um die schwierigen Kurven zu meistern. Fin hat Recht! Es wird ein wildes Durcheinander unter den Söldnern geben und ihnen, so hoffe ich doch sehr, den Mut nehmen, ohne ihre großen Feuerrohre weiter auf unsere Mauern zuzuhalten!"

Die Sache war beschlossen und jetzt waren die Weiber an der Reihe. Sie füllten etliche, irden gebrannte Flaschen mit dem Pulver, das der Gaukler Til und der Schmied Gernot in den Fässern aufbewahrten. Jedes wurde mit einer Lunte versehen, die tief in das Pulver reichte und mit Wachs am Flaschenhals versiegeln. „Wenn wir oberhalb dieser gefährlichen Kehren Ruhe bewahren und abwarten, werden wir von vielen Stellen aus unsere gezündeten Feuerkugeln unter sie werfen. So wird uns, glaubt mir, der Erfolg sicher sein!" Baldur war davon überzeugt, dass sie dies Vorhaben als eine weitere Möglichkeit durchführen könnten, aber gleichzeitig dachte er wieder an den geheimen Gang, den sie tatsächlich gefunden, wieder begehbar gemacht hatten und den es nun galt, am unteren Ende wirksam gegen Eindringlinge zu schützen. Gernot schien zu ahnen, was ihn beschäftigte, denn er griff einen Gedanken auf, der schon lange in seinem Hirn rumorte: „Starke Eisengitter und sicheren Verschluss kann ich euch schmieden und am unteren Ende des Ganges anbringen, aber mich beschäftigt etwas anderes! Was passiert, wenn sie ein Feuer legen und der beißende Rauch, einem Schlot gleich, sich bis in den Bergfried windet und uns erstickt?" „Stimmt!" mischte sich Til in das Gespräch ein. „Die Möglichkeit, dass so etwas geschehen könnte, muss unbedingt verhindert werden!" Ratloses Schweigen folgte, denn man könnte unmöglich den Gang wieder mit Schutt und Geröll zuschütten und damit so abdichten, dass ein Feuer keinen Abzug finden würde. „Uns bleiben noch sechs Tage, dann steht das Heer der Hohenheimer vor unserem Gneis-Felsen. Kann der Kürschner bis dahin aus ausgeweideten Kühen dichte, riesige Beutel herstellen, die wir mit Wasser gefüllt von oben vor ein eingelassenes Gitter legen? Es müsste auf halber Höhe angebracht, den Gang dicht verschließen. Die weiche, dehnbare Haut wird sich an die Innenwände schmiegen und mit der Flüssigkeit den Gang abdichten." Gernot stand auf. „Ich geh zum Kürschner und werde alles mit ihm besprechen. Til und Fin, ihr könnt mir helfen, zwei Gitter im Gang zu befestigen und mit Holzbohlen zu Falltüren auszubauen, die wir dann fest verschließen können. Mindestens ein Gitter werden wir zusätzlich mit gefüllten Kuhhäuten abdichten. Von unten wird man kein Feuer entfachen können, denn dazu benötigen sie eine freie Esse. Zum Zweiten ist es nicht möglich, mit einem Feuerrohr oder einer Armbrust von unten in den Gang zu schießen, um die Felle zu durchlöchern, da die Treppe nicht gerade, sondern in Windungen nach unten führt! Außerdem wird es schwierig sein, den zugeschütteten Eingang unter Feuer zu legen. Wenn der Angriff vorüber ist und sich wieder Frieden eingestellt hat, so brauchen wir nur von oben die gefüllten Bälge zu zerschneiden und der Gang ist bis zum Felsdurchbruch wieder begehbar."

Da platzte Walpurga in die Besprechung und flüsterte ihrem Bruder etwas ins Ohr. Der sprang so entrüstet auf, dass der Sessel, auf dem er eben noch Platz genommen hatte, nach hinten zu Boden fiel: „Keine Zeit!" rief er und packte im Laufen Gernot und Fin an den Schultern: „Ihr müsst mir helfen, es brisiert!" „Was ist los, so rede doch!" „Wir müssen einen Fremden einholen, der die letzten Tage hier herum gelungert hatte und sich anschickt, die Feste zu verlassen." Sie stürzten in den Hof, als der Fremde gerade sein Pferd bestieg. „Haltet ein, mein Freund! Wohin so eilig?" fragte Til, der neben ihm angekommen, die Zügel seines Vierbeiners fest in seiner Faust hielt. Ohne die Frage zu beantworten, trat er nach dem Gaukler, der jedoch darauf vorbereitet war, denn er tauchte unter dem Bauch des Pferdes auf die andere Seite und riss den Verdutzten zu Boden. Er fiel so ungünstig auf die Tränke, dass er sich die Schulter ausrenkte. Vor Schmerzen schreiend, drehte er sich im Staub, bis ihn Gernot festhielt, den ausgekugelten Arm hochriss und mit einer geübten Bewegung wieder losließ. Der Mann saß immer noch wimmernd, neben dem Wassertrog und schaute die Männer an.

„Antwortet! Wohin wolltet Ihr?" Der Mann hielt immer noch seinen erlahmten Arm vor seine Brust und presste die Lippen fest zusammen. Fin trat in seine Seite und entlockte ihm damit ein trotziges: „Ich sage nichts. Mein Maul bleibt verschlossen!" Ein müdes Lächeln war die Antwort, denn so manch stolzer Recke hatte sich mit ähnlichem Verweigern schon heftig vertan und auf das Rad gespannt, oder mit ausgerissenen Fingernägeln doch bereitwillig alles erzählt, was man wissen wollte.

Da trat ein Burgbewohner in den Hof, stutzte und kratzte sich am Kopf: „Ich hab es geahnt, ein Hohenheimer!" rief er und lief auf die Männer zu. „Ich kenne ihn! Er ist ein Ritter des Grafen Widukind! Was will er hier? Ist es nicht so, dass die Edelinge vom Süden das Erbe der Gräfin nicht anerkennen?" Gernot packte ihn hart an der, gerade wieder eingerenkten Schulter und entlockte ihm dabei ein heftiges Stöhnen.

„Ich bring dich zum Burgherrn, der soll entscheiden, was wir nun mit dir anzustellen gedenken!" er beugte sich ein wenig vor, um seine aufkommende Angst noch zu verstärken und flüsterte: „. . . und glaube mir, uns fallen die grausamsten Sachen für dich ein . . . . ".

Kalter Schweiß brach ihm aus und nun wusste er nicht mehr, was ihn mehr schmerzte, seine Schulter oder das Bewusstsein, nun die Folterknechte der Feste etwas näher kennen zu lernen.

Baldur hatte zuvor eine bessere Idee: Sie zwangen den Spion, eine Botschaft auf einen Streifen Pergament zu kritzeln und in einem Blechröhrchen von einer Hohenheimer Brieftaube überbringen zu lassen. Der erzwungene Text war:

„Sind völlig ahnungslos und erwarten keinen Disput. Es sind lediglich zwanzig schlecht bewaffnete Männer in der Feste. Angriff kann schadlos erfolgen. Komme später nach!"

Ein Beutelschneider in der Burgtaverne

Fin saß in der Burgtaverne und spülte mit dem gewürzten Gerstensaft den pampigen Hirsebrei herunter, als er plötzlich ein Ziehen an seinem Gürtel bemerkte. Er drehte sich um und sah eine Gestalt, die sich an seiner Hüfte zu schaffen machte. Da sie tief gebückt schräg neben ihm stand, konnte er das Gesicht nicht sehen. „….hey, was soll das? Habt ihr die Gicht in den Knochen?" Fin stand auf und betrachtete sorgfältig den Linnen-Beutel an seiner Seite, dessen Stoff zerschnitten war. „So ein Gauner!" rief er laut und zog damit alle Blicke auf sich. Er schüttelte die Stoffreste, nachdem er sie vom Ledergürtel geknotet hatte und man vernahm das helle Klimpern der Münzen, die sich immer noch darin befanden. Verwundert schaute ihn der Alte an, der soeben versuchte, ihm die Silberlinge aus dem Beutel zu schneiden. „Du musst wissen, mein Freund ist Schmied und hat beim Plattner gelernt, dünne Bleche zu formen!" Wieder hob er den zerschnittenen Stoff hoch: „Und das ist so ein Stück! Mich hätte es doch sehr verwundert, wenn du es geschafft hättest, den Blechbeutel, der nur vom Stoff umhüllt war, mit deiner verrosteten Klinge aufzutrennen. Jetzt liegt es an mir, dir als Gegenleistung ein paar Finger zu nehmen, damit du zu Verstand kommst und dich nicht noch einmal am Eigentum Fremder versuchst!" Mit einer Hand hielt er die Faust des Beutelschneiders, damit er nicht noch mehr mit seiner Klinge anstellen konnte und fragte die anderen Gäste: „Schaut nach euren Talern! Wer weiß, ob nicht schon vorher einer von euch erleichtert wurde!" Während die anderen Gäste nach ihren Münzen suchten, riss ihm Fin den schweren Linnen Beutel von der Schulter und forderte seinen Nachbarn auf, den Beutelschneider festzuhalten. Man nahm ihm das Messer und band seine Hände, als Fin den Inhalt auf die grob behauene Tischplatte schüttete. Hier lag nun die ganze

Ausbeute dieses Halunken aber kein Burgbewohner kannte den Fremdling, der hier unauffällig schon länger sein Unwesen getrieben hatte. Man fand eindeutige Beweise dafür, dass dieser Kerl auch in den Diensten der Hohenheimer stand, denn kleine Schriftfahnen mit Erklärungen, Bewaffnung der Feste und Zeichnungen des Grundrisses, der Ställe und sogar dem Geheimgang, befanden sich in seinem Lederbeutel.

„Ich hab für ihn jetzt keine Zeit! Werft ihn zusammen mit dem Anderen ins Angstloch! Wir kümmern uns später um sie, aber diese diebische Elster befreit von . . . sagen wir einmal, da ich gnädig bin, nicht von seiner Hand!" Erleichtert atmete der Alte auf, als dann aber Baldur weitersprach, und den Geschädigten überließ, wie viele Finger man ihm nehmen und die übrigen brechen sollten, brach er zusammen. Er schrie, wehrte sich schlug um sich und spuckte. Er kratzte und wollte sich losreißen, sodass es deren mehrere Männer bedurfte, um ihn zu bändigen. „Halt still! Wir können auch in den Kerker gehen, um dich zu binden und zu knebeln!" Sein Widerstand erlahmte, mangels Kraft und Aussicht darauf, dass sich doch noch alles zum Guten wenden könnte. „Lasst mich noch ein letztes Mal von den Zinnen in die weite Ferne sehen! Das ist mein einziger Wunsch!" Die Männer schauten Baldur an, der keinen Einwand hegte und dem Wunsch des Beutelschneiders nachkommen wollte. Man führte ihn die große Holztreppe empor bis zu den Zinnen, von denen man weit über den Gneis Felsen ins Tal schauen konnte. Seine Hände waren gebunden, als er in die Abendsonne blickte, tief durchatmete . . . . und plötzlich auf die Mauer sprang, sich umschaute und mit einem wirren Lachen im Tal verschwand, bis er tief unten dumpf aufschlug. Die Wölfe würden ein unerwartetes Fressen zu sich nehmen, an diesem denkwürdigen Abend. Es musste wohl noch mehr dahinter gesteckt haben, als nur die Beutelschneiderei . . . . der zweite Mann fügte sich und wurde ins Angstloch geworfen.

Der Tag der Entscheidung war nicht mehr fern, denn der Tross der Hohenheimer war nur noch einen Tagesmarsch von der Feste der Gneisensteiner entfernt, als sich Fin dazu entschloss, nicht tatenlos darauf zu warten, dass sich ein paar Söldner wider Erwarten, von unten durch den Gang zwängen könnten und bei Nacht die Tore öffnen würden. Er besprach das mit seinen Freunden. Til war erbost, ob der aufwendigen Arbeit, die sie zur Absicherung des Ganges in den letzten Tagen vollbrachten. Gernot der Schmied hatte für diese Bedenken nur ein müdes Lächeln übrig und legte seine Hand beruhigend auf Tils Arm. „Kühl dein Blut, mein Freund! Fin war noch nicht da unten und ich kann seine Bedenken gut nachvollziehen, denn er scheint nicht der einzige zu sein, der so denkt!" „Wie kommst du darauf?" „Nun, schau dir die Tenne an! Seitdem es sich hier innerhalb der Feste herumgesprochen hatte, waren speziell die Weiber in hellem Aufruhr. Alma erinnerte sich sofort an den wilden Junker, der mit seinem Biden den geliebten Vater erschlug. Tag und Nacht sollten zwei Söldner die Falltür bewachen, so wollten es die Weiber. Der Schmied war der einzige, der den Gang betreten durfte und nach einem vereinbarten Klopfzeichen herausgelassen würde.
Gernot wartete derweil alleine am unteren Ende des Ganges.
Er hatte sich hier ein Nachtlager eingerichtet und neben ihm lagen, für alle Fälle drei gespannte Armbrüste mit selbst geschmiedeten Eisenspitzen. Es muss so gegen drei Uhr in der Nacht gewesen sein, als er durch leise Stimmen wach wurde. Die Steilwand war leicht gewölbt und wirkte hier wie ein Trichter. Man hätte meinen können, dass die Männer neben ihm standen, aber in Wirklichkeit kamen sie da erst den schmalen Waldweg herab und hielten auf den verschütteten Eingang zu. „Genau, wie wir vermuteten . . " schoss es Gernot durchs Hirn und er hob die erste Armbrust, während er im Dunklen vorsichtig zum herausgeschlagenen Felsspalt schlich.

Er bog die Äste auseinander, die sie zur Tarnung hier verkeilt hatten und sah drei oder vier Fackeln, die sich auf den Gneis zubewegten. „Es muss hier irgendwo sein! Ich hab die Aufzeichnung des alten Grafen genau studiert! Komm, leuchte hierher!" Die brennenden Lichter tanzten hin und her, Gernot machte sich schon bereit, schnell nach oben zu klettern, sollten diese dumpfen Tollpatschen das Gestrüpp in Brand stecken.

„Hier! Ich hab es doch gesagt! Hier ist der Eingang!"

„Pst, nicht so laut! Willst du, dass man uns hört?" Die Fackeln kamen nun keilförmig direkt auf den Felsen zu. Leises Gemurmel drang zu ihm hoch, doch Worte konnte er daraus nicht vernehmen . . . bis ein nicht zu übersetzender Fluch laut herausgeschrien wurde. „Zu! Verrottet und verfallen! Dieser Aufschneider! Der Gang ist uralt und wurde seit vielen Wintern nicht mehr benutzt! Seht doch nur!" Wieder murmelten die Männer und nun verstand Gernot doch viele Wortfetzen, wie etwas von Spinnengewebe, total verrostet und dicht mit Geröll verschlossen, wahrscheinlich sogar eingestürzt.

Sie waren darauf hereingefallen und die Arbeit der letzten Tage lohnte sich schon jetzt. Keiner hätte im Schein der brennenden Lichter die ganze Felswand absuchen können. Selbst bei Tage war es unmöglich, den Felsspalt zu entdecken, zumal sie ihn mit dichtem Gestrüpp aus Ästen und Blättern hervorragend getarnt hatten. Unverrichteter Dinge mussten die Hohenheimer wohl oder übel ihr Vorhaben, durch den alten Gang einen Überraschungsangriff zu wagen, aufgeben.

„Baldur wird stolz auf uns sein!" flüsterte Gernot und wartete noch so lange, bis auch der letzte Feuerschein wieder im Wald verschwunden war. Jetzt musste er schnell wieder nach oben, denn wenn die Männer die traurige Kunde weitergaben, würden sie wahrscheinlich in den frühen Morgenstunden den Aufstieg mit schwerem Gerät wagen.

Vorbereitung zum Angriff

Fin und Tilmann versteckten sich mit ein paar Männern oberhalb des steilen Waldweges hinter Bäumen und Sträuchern. Da hörten sie die schweren Karren, das Scheppern der Bleche, mit denen sich die Söldner gewappnet hatten und das Schnaufen der Kaltblüter, die mit größter Anstrengung im Zaumzeug hingen, um die wuchtigen Bombarden über die ansteigende Zuwegung zur Feste zu bewältigen.

Der Ruf eines Eichelhähers, von den Angreifern nicht beachtet, war das verabredete Zeichen. Mehrere, dicke Bäume, schon vor Tagen von der Wurzel getrennt, standen nur noch von dicken Stricken gehalten am Hang. Man wartete noch eine kleine Weile, dann schlugen sie mit den Streitäxten die Haltetaue durch und sowohl vor dem Treck, wie auch mittig zwischen sie, brach sich mit lautem Krachen das Geäst durch die anderen, noch stehenden Bäume.

Die warnenden Rufe der verwirrten Männer auf dem Weg verhallten ungehört, denn alle waren damit beschäftigt, die Pferde anzutreiben. Das Ächzen und Splittern der Äste vermischte sich mit dem Zischen der Tonkrüge, die ihre brennenden Pulverladungen nun zusätzlich unter den langgezogenen Lindwurm von Mensch, Tier und Waffen zur Zündung brachte. Es war eine Freude für die Gneisensteiner, ein panisches Entsetzen für die Hohenheimer. Und es kam noch viel schlimmer, als es sich Fin im Vorfeld erdachte, denn nicht nur die Bombarden, sondern auch die Karren mit den Waffen, die Söldner neben den Wagen, alles tauchte in den Pulverqualm der explodierenden Tonkrüge und rutschte teilweise den Abhang herunter. Bunte Rauchfahnen zogen über den Weg, während immer wieder dumpfe Schläge bis hoch zu den Männern drangen, die mit ihren Vorbereitungen den Angreifern einen wahrlich heißen Empfang beschert hatten.

Im obersten Zimmer der Kemenate ging Alma an der verglasten Windluke auf und ab. Sie konnte nur schemenhaft durch die verzerrenden Schlieren den aufsteigenden Qualm sehen und aus weiter Ferne drangen die Rufe und das Lärmen der Schlachthandlungen, wie man annehmen musste, zu ihnen herauf. „Die Männer erwehren sich ihrer Haut und wir sitzen unnütz hier herum? Was ist, wenn sie unserer Hilfe bedürfen?" Die meisten Weiber waren solche Worte nicht gewohnt, denn sie arbeiteten in der Küche oder der Taverne, gaben sich der Hausarbeit hin oder kokettierten mit den Mannsbildern. Das war ihre Bestimmung! Was sollten die burschikosen Sätze der Schmiedetochter? „Was ist? Was schaut ihr mich so entgeistert an? Dieser Gassenhauer steht vor unserer Feste und bedroht uns! Uns alle! Denkt ihr vielleicht, er würde vor euch halt machen, weil ihr in einer Feste geboren wurdet und hier lebt? Er wollte sich meiner bemächtigen und nur die verzweifelte Gegenwehr meines Vaters und das ungestüme Einmischen von Gernot, meinem Bruder haben mich vor der Schmach bewahrt. Aber welchen Preis mussten wir dafür zahlen . . . ich hab es euch doch schon mehrfach erzählt, es belastet meine Seele!" Sie stampfte wütend aus dem Zimmer und ging zu der Eichentruhe, in der sie einige Sachen aufbewahrte. Als ein paar Edelfrauen hinter ihr herkamen, ahnten sie schon, welch ungewöhnliche Tat sie vorhatte. „Es sind geübte Ritter! Unsere meisten Krieger erwarten hier ihren Angriff. Draußen sind doch nur ein paar Männer, die verhindern wollen . . ." Alma nahm den Katzbalger und einen Dolch aus der Truhe und drehte sich zu den Weibern um: „Nur?" fragte sie entsetzt. „Habt ihr soeben n u r gesagt? Vor den Mauern versuchen ein paar tapfere Männer die Angriffslust der Hohenheimer alleine zu brechen! Und dabei sind mein Bruder und meine Freunde! Ihr könnt das nicht verstehen!" Sie stieg aus ihrem Gewand: „Lasst mich alleine! Ich muss mich rüsten!"

Vergeltung für den Vater

Mit blutverschmiertem Harnisch, auf sein mannshohes Schwert gestützt, wankte Wulf, Graf von Hohenheim auf einen zerbrochenen Leiterwagen zu. Todesschreie und das ängstliche Wiehern der verendenden Schlachtrosse hallten durch den Wald, als eine jugendliche Stimme dem Edeling zurief: „Hey, seid Ihr nicht der Bidenhänder, der nur allzu gerne sein Schwert kreisen lässt?" Erschöpft und müde drehte er sich zu dem Junker um, der mit leichtem Lederwams und Beinlingen auf dem Weg stand. „Scher dich beiseite!" Wulf musste seine Tränen unterdrücken, als er die vielen Toten sah, die noch nicht einmal beim wahren, edlen Ritterkampf, Mann gegen Mann gestorben waren. „Ihr kennt mich wohl nicht mehr? Oder wollt Ihr mich nicht kennen?" Jetzt wurde dieser Junker aber doch zu aufmüpfig und dreist: „Wenn dich dein Körper stört, weil du zu groß bist, so will ich dich gerne von deinem Haupt befreien! Komm näher!" Er hob sein Biden: „Ich spaße nicht!" Der Junker hatte sein Haupt mit einer Kapuze bedeckt. An der linken Hüfte baumelte ein Katzbalger, er hielt die Arme verschränkt und schien unbeeindruckt von den Drohungen des Grafen. „Ach, ich weiß wohl, wie gut Ihr mit dem Biden seid, denn ich hab einer tödlichen Attacke von Euch beigewohnt!" Wulf ließ sein Schwert sinken, um Näheres zu erfahren und um Kraft zu sparen, denn die wuchtige Waffe erforderte seine ganze Muskelkraft. „Red schon, es brennt dir doch auf der Zunge!" Ohne Antwort zog sein Gegenüber die Kapuze nach hinten und ließ das wallende Haar über die Schultern gleiten. Gleichzeitig zog Alma ihr Schwert vom Leder. „Nun? Erkennt Ihr mich? Ihr habt meinen Vater, den Stadtschmied gemeuchelt, erinnert Ihr Euch jetzt?" Wulf kniff seine Augen zusammen und überlegte. Träumte er oder wollte sich die junge Dirn einem Zweikampf stellen? Mit ihm, dem geübten Ritter!

„Wirf das Eisen von dir! Noch ist Zeit dazu, denn du gehörst unter einen wahren Mann und nicht klaftertief unter die Erde!" Er stellte den Biden drohend vor sich und bekräftigte damit seine Worte. Alma blieb immer noch ruhig: „Betet! Ihr werdet gleich dem Schöpfer begegnen und dann ist es besser, wenn Ihr alle irdischen Dinge bereinigt habt! Bittet um Vergebung und Ihr werdet nicht allzu lange im Fegefeuer verweilen!" Wulf war solche Worte nicht gewohnt! Schon gar nicht von einem schwachen Weib, das sich erdreistete, ihn zu belehren.

Der wütende Gesichtsausdruck, den er nun bekam, war in ihrer Erinnerung festgebrannt.. Genau wie beim Vorspringen auf ihren Vater, ließ er den Biden über dem Kopf kreisen und schlug zu. Die flinke Alma, auf diesen Angriff bestens vorbereitet, drehte sich mit einer gekonnten Rolle zur Seite und stand nun in seinem Rücken. Die Wucht der schweren Klinge, die ins Nichts gesaust war, warf ihn fast um. „Dreht Euch, Herr Graf, denn es schickt sich für mich nicht, im ritterlichen Duell einem guten Mann in den Hintern zu stechen! Und ein guter Mann seid Ihr doch, oder?" Jetzt kochte sein Blut. Die schwere Rüstung, der Biden und die Anstrengungen des Aufstiegs forderten ihren Tribut. „Nun, was ist? Legt Ihr eine Pause ein?" Wulf, rasend vor Wut hatte einen solchen Feigling noch nie vor sich gehabt. „Bleib stehen, damit dich mein Schwert in Stücke hacken kann! Wer bist du denn schon, dass du es wagst, einem Edeling zu widersprechen?"

Er drehte sich um, rechnete jedoch nicht damit, dass Alma jetzt direkt vor ihm stand und ihm den kurzen Dolch zwischen die ungeschützten Beine stieß. „Ich werd Euch von Eurer lästigen Männlichkeit befreien, damit Ihr nicht noch einmal eine Jungfer bedrängt!" Sie hob den Dolch ein wenig nach oben, verdrehte die Klinge und zog mit schneller Bewegung das scharfe Eisen wieder zurück. Der Biden entglitt seinen Händen, die er zum finalen Schlag gehoben hatte und wunderte sich, dass die kleine Dirn so flink gewesen war und ihn an seiner empfindlichsten Stelle traf. Woher wusste das verdammte Weib, dass ausgerechnet vor seiner Männlichkeit, die er in einem ledernen Beutel trug, nur das Kettenhemd hing. Wozu diente der schwere Panzer, wenn es nicht alle Körperteile bedecken konnte? Auf dem Schlachtross wäre er sicher gewesen und hätte er den Biden . . . hätte, hätte! Nun war es zu spät. Sein Blick wurde trüb und der Tag verdunkelte sich für ihn nun sehr schnell. Er hörte keine Stimmen mehr, kein Lärmen und spürte keinen Schmerz, als er ohne weitere Gegenwehr nach vorn auf den Weg schlug. Er war sofort tot. Alma hätte niemals gedacht, dass es so schnell vorbei sein würde. Sie sprang auf ihn zu, schrie ihn an, stieß mit dem Fuß in seine Seite und bemerkte erst jetzt, dass keine Gegenwehr mehr von ihm zu erwarten war. Sie nahm den Biden, sprang gegen die Böschung und zog sich an Ästen, Gräsern und Wurzeln wieder nach oben.

Sie erreichte die Mauer und sah die Männer, die bewaffnet aus dem Tor strömten, um die Hohenheimer, oder das, was noch von ihnen übrig war, zum Satanus zu schicken. „Sie haben es noch nicht einmal bis zur Anhöhe geschafft!" riefen sie ihr zu: „Die Fallgruben sind für künftige Angreifer!" Sie waren hinter der Lichtung verschwunden, als sie ihren Namen hörte und sich umdrehte. Da stand Tilmann. Er eilte auf sie zu und umarmte sie: „Das hätte aber auch schief gehen können!" Alma stutzte: „Du warst da?" Er nickte. „Ich stand oberhalb des kleinen Felsens, als ich dein Scharmützel mit dem Ritter sah. Mutig, mutig! Ich hätte dich nicht schützen können, denn ich war viel zu weit weg!" „Du siehst, ich habe es alleine geschafft! Baldur hatte uns doch die einzelnen Teile der Rüstung genau erklärt. Dank ihm wusste ich, dass ein Eisenmann unter den Armen, sowie zwischen seinen Beinen ungeschützt ist. Ich musste nur nahe an ihn herankommen."

Til sah den blutverschmierten Biden. „Was willst du damit? Der ist viel zu schwer für dich!" „Für mich schon, aber nicht für Baldur! Das ist sein verdienter Lohn für alles, was er mir gegeben hat. An Kampfkunst, Freundschaft und Unterkunft. Ich bin froh, ihn zum Freund zu haben!" Til stemmte die Hände in seine Hüften: „Und ich? Was ist mit mir?" Alma ließ den Biden ins Gras fallen und nahm ihn in die Arme. „Dich nehme ich zum Mann! Das heißt, wenn du das überhaupt willst!" Til griff in ihre Haare und drückte ihr einen kräftigen Kuss auf die Lippen: „Und ob ich das will! Und ob! Ich dachte schon, du würdest mich nie fragen!" Sie stieß ihn in die Seite. „Fragt nicht der Mann sein Weib zuerst?" Der Gaukler lächelte: „So wie du kämpfst, bist du der Mann!" Sie bückte sich, nahm den Biden wieder an sich und dann gingen beide durch das Tor in die Feste Gneisenstein, die dem Angriff der beiden rasenden Söhne des Grafen von Hohenheim ohne Schaden zu nehmen, schon auf der Zufahrt getrotzt hatte. Sie feierten acht Tage und einen Mond später standen weitere Festlichkeiten an. Gleich mehrere Paare waren sich einig und wollten in der kleinen Kapelle der Burg getraut werden: Ritter Baldur von Hagen und Gräfin Gesine zu Gneisenstein, der Schmied Gernot und die Gauklerin Walpurga, ihr Bruder Tilmann und Alma, die Schwester des Gernot. „Und ich? Der Pfaff soll auch meinen Namen in der heiligen Messe vorlesen!" Fin rannte zur Kemenate und zog ein junges Ding hinter sich her, die schüchtern ein Tuch vor ihre Lippen hielt. Der elternlose Junge hatte sein Glück gefunden und war zum Manne gereift.

Der alte Graf Widukind zerbrach seelisch an der Nachricht, die ihn Tage später auf seiner Heimatburg erreichte. Nie wieder würde er sich dazu hinreißen lassen, gegen den Landesvater zu opponieren und eigene Ideen zu verwirklichen. Er starb einsam und verarmt drei Winter später und sofort entbrannte ein Streit um das Erbe der Feste, aber so etwas, das kennen wir ja schon!

Erklärungen:

Mäander, (Meander) veraltet für Fluss, Flusswindungen.
Scheffen auch Braideler genannt, bildeten mit dem **Schultheiß** und dem Lehnsherrn (Vertreter) einen Gerichtshof.
Ein **höriges Gut** (Eigentum des Lehnsherrn) konnte auch ein Klostergut sein. Hier war der Abt Lehnsherr.
In regelmäßigen Abständen oder bei dringendem Bedarf wurde ein **Hofgericht** (Geding) einberufen. (vom Hofschultheiß).
Verhandelt wurden Verstöße, wie z.B. unerlaubtes Bebauen, nicht erlaubter Holzschlag, verbotene Viehdrift und allerlei sonstige, nachbarliche Streitigkeiten.
Leibeigenschaft - Freie Bürger - Adelige - Klerus
Bede, plural: **Beden,** nannte man die Steuern im Mittelalter

Als Hartgeld größeren Wertes waren sowohl **Taler (Sachsen),** als auch **Gulden** (Gold-Gulden) und **Dukaten** im Umlauf.
Münzen von geringem Wert: Deut, Heller, Groschen, Albus Kreutzer und Pfennige. Die unterschiedlichen Bezeichnungen entstanden, weil große Städte ihre eigenen Münzen prägten, meist mit dem Wappen oder Ebenbild des regionalen Herrschers. Oft waren Vertiefungen in Form eines Kreuzes auf der Rückseite eingeschlagen, um mit einem Meißel den Wert exakt verkleinern zu können. Bei dieser Vielfalt war es nicht einfach, die unterschiedlichen Werte genau zu ermitteln.
1 Gulden = 24 Albus = 48 Schilling. 1 Albus = 2 Schilling
1 Schilling = ½ Albus 6 Heller = 3 Pfennig
Deshalb gab es Münztauscher, wie die heutigen Wechselstuben.
Die Bezeichnung „**Bank**" kommt ursprünglich aus Italien, wo staatlich bestellte Geldhändler Münzen und Noten handelten.
Sollte einem jedoch bei seinen Geschäften Unredlichkeit nachgewiesen werden, so wurde ihm diese Berechtigung entzogen und sein Tisch, seine **Bank** zerschlagen. (Banca rotta)

Mirgel – Kawl Mergelgrube (Jauchegrube)
Jus primae noctis. Das Recht des Lehnsherrn auf den ersten Beischlaf mit einer leibeigenen Brautjungfer. (Hochzeitsnacht). Möglichst zum Zweck der Schwängerung, um sich des Zuspruchs seiner Untertanen auch weiterhin sicher zu sein. Zusätzlich musste der Bräutigam dem Lehnsherrn dafür Geld, den sogenannten Stechgroschen zahlen.

Als Waffen waren in dieser Zeit bekannt:
Streitkolben, Morgenstern und Franziska (Streitaxt)
Sax, ein Kurzschwert, wie auch der
Katzbalger, das breite, zweischneidige, ca. 50 cm lange Schwert der Landsknechte, die auch
Hellebarden, Piken oder **Spieße** verwendeten. (Spießbürger)
Das **Ritterschwert** war ca. 90 cm lang, 1,2 – 1,3 kg schwer.
Ein anderthalb Schwert, (ca 1,5 – 1,8 kg) konnte mit einer oder beiden Händen geführt werden
Biden, oder Zweihänder, wurde wegen seiner Schlagkraft auch Gassenhauer genannt. (ca 2,0 – 2,3 kg) Ein Ritter, der es verstand eine solche Klinge zu führen, bekam doppelten Sold.

Trebuchet, oder Steinschleuder katapultierte Felsbrocken über eine Distanz von zweihundert bis dreihundert Schritt.
Mit Erfindung des **Schwarzpulvers** begann der Zerfall der Ritterschaft, da diese Reiter gegen die damit einhergehenden, neuartigen Waffen nicht mehr ausreichend geschützt waren.
Bombarden, (Kanonen) ersetzten die Steinschleuder und **Lunten Gewehre** (Arkebusen) machten die Armbrüste überflüssig
Da die Ritter nicht mehr gebraucht wurden, nahmen sie sich jetzt, was sie zum Leben brauchten, mit Gewalt.
Sie wurden zu Raubrittern

Vom gleichen Autor (Verlag: B.o.D. Norderstedt)
(teilweise auch als E-Book erhältlich)
Die weisse Traumkatze 1. + 2. Teil
ISBN 9783 73473 5301
Die weisse Traumkatze Band 2
ISBN 9783 84480 5970
Roman`s Mittelalter Band 1
ISBN 9783 84480 6144
Roman`s Mittelalter Band 2
ISBN 9783 84480 6205
ZWÖLF MAL ROMAN ... plus X
ISBN 9783 84480 5499
Ron`s Krimis 1 + 2
ISBN 9783 84480 5826
Geheimnisvolles Familienerbe
ISBN 9783 73473 8104

Herstellung und Verlag:
BoD - Books on Demand, Norderstedt
ISBN 978-3-7448-3494-0